悪役令嬢の結婚後

～もふもふ好き令嬢は平穏に暮らしたい～

登場人物紹介
Character
カーライル
筆頭騎士の美青年。
アリシアに対して
常に誠実で優しい旦那様。
アリシア
前世はOLだった
真面目な侯爵令嬢。
もふもふした動物が大好き。
ブラン
アリシアの実家に
現れていた不思議な犬。
アリシアに懐いている。

テオ
アリシアの婚約者だった
第二王子。
直情的で尊大。
シェリル
男爵令嬢。
アリシアに苛められていると
主張しているが……？
グレファス
カーライルの領地に
流れてきた難民の青年。
ハロルド
カーライルの弟で、
王宮の魔術学者。
ミア
アリシアにずっと
仕えている出来る侍女。

プロローグ

「奥様。お出かけに合わせ、こちらにお召し替えはいかがでしょうか？」

衣装部屋には、色鮮《あざ》やかな服がいくつも飾られていた。そんな中、微笑みつつ白いドレスを広げた侍女に聞かれ、私――アリシアは、むずむずとこそばゆい気持ちで返す。

「ありがとう。でも、今朝着たドレスで十分よ。ただ髪を少し編みこんでもらえるかしら」

結婚して一日経つが、「奥様」という呼ばれ方にはまだ慣れない。

だって昨日まで、私はただの令嬢だったのだ。

それも……婚約者であった王子に忌《い》み嫌われる悪役令嬢。

視線の先の大きな姿見には、胸下まであるさらりとした銀髪に緑の瞳の、私の姿が映っていた。

はっきりと目鼻立ちの整った容姿は、ある人からは「生意気そうで可愛げがない」と言われ、またある人からは「美しくて高貴だ」と言われていた。自分の姿なのに、前世の記憶があるせいか、なんとなく物語の人物を見ているような感覚になってしまう。

綺麗な翡翠色《ひすいいろ》のドレスが、そんな色素の薄い容姿にしっくりと似合っていた。

（昨日までは、実家の侍女たちが着替えを手伝ってくれていたのよね……）

今は遠く離れた実家――ウォルター家が、ついしみじみと懐かしくなってくる。

だが、思わぬ流れで結婚したとはいえ、こうして屋敷の奥様になった今は、甘えた態度ではいられない。ゆったりと微笑み、できるだけ落ち着いた声で続けた。

「出かける先はすぐそこの森だから、帽子もいらないわ」

「ですが、陽射しがお強いのでは……」

「木陰を歩いていくから大丈夫よ。それに、つばが枝や葉にぶつかると、動物たちが驚いて逃げてしまうでしょうし」

「ああ……確かに。森の動物を眺めに、旦那様とお出かけになるのですものね」

納得して頷いた侍女は、椅子に座った私の髪を綺麗に編みこんでくれる。

そんなやりとりをしていると、こんこんと扉がノックされた。

「あ、旦那様がいらしたようですね」

その言葉に、どきっと胸が跳ねる。「自分の旦那様」も、まだ慣れない存在だった。

「どうぞお入りくださいませ。奥様のご準備も整いましたので」

侍女の声のすぐ後にがちゃりと扉が開く。

「失礼します」

「カーライル様……」

涼《すず》しげな声と共に入ってきたのは、金髪に青い瞳の凛々《りり》しくも麗《うるわ》しい美青年。

二十二歳という若さで最高位の筆頭騎士に上《のぼ》り詰めた男性であり、私とは、王宮で何度か顔を合わせたことがあるだけだった人。そう——結婚するまでの私たちは、いわば知人未満の間柄だったのだ。

(なのに、どうしてこんなことになってしまったのかしら)

うむむと考えこむ私に、カーライル様が歩み寄り、美しい目を細めた。

「ああ……髪型を少し変えられたのですね。愛らしく、よくお似合いです」

「あ、ありがとうございます」

「それでは、そろそろ森へ行きましょうか。——アリシア、どうぞお手を」

恥ずかしくなって目を伏せた私に、ふっと微笑んだ彼は自然に手を差し伸べる。

紳士的なエスコートは、この屋敷に来てから何度もされたことだ。彼は当たり前のように私を大切に扱ってくれて……嬉しく感じるのに、それ以上に戸惑ってしまう。

なぜなら、彼がこんな風に接してくれる理由がまったくわからなかったから。

私はおずおずと、広い掌に手を預けた。伝わる温《ぬく》もりに胸が落ち着かなくなる中、さらに疑問が増していく。

(こんなに素敵な人が、本当にどうして私みたいな女に求婚してくださったのかしら……？　ありがたいけれど、やっぱり謎すぎるわ)

自分だったら絶対に、王子に疎《うと》まれるような女に求婚したりしない。くれると言われたって丁重にお断りする。

なにしろ私は、本当なら王子に婚約破棄され、そのまま破滅の道を進む予定だったのだ。

悪役令嬢アリシアとして、本来歩むはずだった残酷な未来へと。

あの日、彼にいきなり結婚を申しこまれさえしなければ――

第一章　その言葉、謹《つつし》んでお受け致しますわ

煌《きら》びやかな燭台《しょくだい》の灯りが輝く、王宮の広間。

今日は王子主催の夜会だけあり、宮廷楽師たちが優美な音楽を奏《かな》でていた。気品ある正装姿の人々が酒杯を手にさざめくように談笑する中、ひときわ目を引く若い男女がこちらへ歩み寄ってくる。

二人の強張った表情に、私、アリシア・ウォルターは、すっと息を吸った。

ああ……とうとうこの時が来たのね。そう胸中で呟きながら。

「アリシア。よくものこのこと、ここに顔を出せたものだな」

目の前に来て吐き捨てたのは、男の方――夜会の主催者で私の婚約者でもある、テオ王子。

王族らしい豪奢《ごうしゃ》な服装が、彼の癖のある黒髪と精悍《せいかん》な容貌を引き立てている。そして彼が背に庇《かば》っているのは、彼と最も親しい友人と噂《うわさ》の、男爵令嬢シェリルだ。

私はドレスの裾を持ち、彼らへ優雅に挨拶《あいさつ》する。たとえこれからなにが起きようと、侯爵令嬢として、無様に取り乱す様《さま》は見せたくなかったから。

「ご機嫌麗《うるわ》しゅうございます、テオ殿下、シェリル様。今宵《こよい》は誠に素敵な夜会で……」

「下手な芝居はやめろ！　話は聞いたぞ。まさか、お前がそこまで悪辣《あくらつ》な女とは思わなかった。陰で何度もシェリルに嫌がらせをしていたとはな」

私を睨んだ王子が憎々《にくにく》しげに言うと、彼の背に身を寄せたシェリルが、垂れがちの大きな目からぽろぽろと涙をこぼした。

「殿下……私のために、そんな風に言ってくださるなんて……」

ふんわりした栗色の髪に、春の花めいた薄桃色のドレスを着たシェリル。可憐《かれん》な容貌の彼女は、仕草もか弱く、男性からすれば大切に守りたくなる存在なのだろう。

一方の私は、冷たい月のようと評される真っ直ぐな長い銀髪に、凛《りん》とした緑の瞳。怯えもせず真っ直ぐに見つめ返す様子が生意気で可愛げがないと、よく王子に言われていた。

身に纏《まと》うドレスも、シェリルとは真逆の、気品はあるが可愛らしさはない青いドレス。

（今もきっと、二人にふてぶてしいと思われているのでしょうね）

そう考えつつ、私は静かに問い返す。

「恐れながら、お言葉の意味がわかりかねます。そちらにいらっしゃるシェリル様に、私がなにかしたと仰《おっしゃ》っているのですか？」

「ふん、この期《ご》に及んでまだしらを切るか、見苦しい！　そうやってなにも知らぬ振りをして、シェリルを苛《いじ》めてきたんだろう。俺の婚約者の立場を取られるとでも思って」

「私は誓って、そのようなことはしておりません。そもそも、シェリル様と直接お会いしたのはこれが初めてで……」

「煩《うるさ》い！　お前が言い逃《のが》れをすることも予想済みだ。なにしろこれまでも、そうやって他の者たちに罪を被《かぶ》せてきたそうだからな」

「殿下……それを、貴方は信じたのですね」

私は掠《かす》れる声で呟く。

元々、親同士が決めた婚約者で睦《むつ》まじい仲ではなかったけれど、それでも少しも信じてもらえず怒鳴られるのは、やはりやるせない気分になる。

義憤《ぎふん》と確信をこめた声で彼は言うが、シェリルに嫌がらせをした覚えなどただの一度もない。そもそも彼女とは、まともに話したことさえないのだ。

なにしろ彼女の存在を知って以来、できる限り関わらないようにしていたのだから。

しかし、シェリルはしゃくり上げ、ふるふると首を振って言う。

「良いのです、殿下。きっとあれは、私の思い違いだったのですわ」

「シェリル……」

「誰かに池に突き落とされた時、一瞬アリシア様の後ろ姿が見えたことも……小屋に閉じこめられた時、アリシア様の声が外から聞こえた気がしたことも。きっとすべて、私の勘違いだったのです」

「お前は、こんな卑怯な女を庇《かば》おうというのか……！　なんといじらしい。それに比べ、こいつときたら……」

涙ながらに語る彼女を愛《いと》しげに見た王子は、さらに私を睨みつけた。

「上手くやったつもりだろうが、生憎《あいにく》だな。俺は陰で他人を痛めつける女と結婚する気はない。……いいか、よく聞け！　アリシア・ウォルター。今日をもって、お前との婚約は破棄する!!」

静まり返っていた室内に、彼の声と周囲の人々が息を呑む音が響いた。

そんな中、私は速まる鼓動を感じつつ、彼の言葉の響きをぎゅっと拳を握って待つ。

あらぬ罪を理由に婚約破棄され、さすがにショックだったが、それでも思っていたほどには心が波立たなかった。それは、いずれこの時が来るとわかっていたからだろう。

そして、必要以上の期待を彼に持たないようにしていたから。

だから私は、すっと顔を上げて彼らを真っ直ぐに見据える。

（――さあ、次は一体なにを言い渡されるのかしら。国外追放？　それとも身分剥奪《はくだつ》の上、重労働？　なにを命じられたって今さら驚きはしないわ）

だって、幼い頃からこの日が来ることを覚悟していたのだ。

この世界が、前世で遊んだ乙女ゲームの世界だと気づいた日からずっと。

私が、ゲーム内で主人公シェリルを苛《いじ》めた末に王子から婚約破棄される、悪役令嬢アリシアなのだと気づいてから、ずっと――

だからこそ最悪のエンドを回避するため、これまで色々と行動してきたのだ。

いつしか私は、記憶に焼きついたゲームのことをぼんやりと思い出していた。

◇　◇　◇

『王宮に花は隠れる』――それが、前世で遊んだ乙女ゲームのタイトルだ。

前世の私は、家と会社を往復するだけの社畜な日々の中、帰宅後にゲームをするのが趣味の、二十代の女性会社員。

経理として細かな予算管理や支払い業務に神経を使い、家に帰る頃にはぐったりしていた。だからこそ、家でのんびり楽しめるゲームは大切な癒《いや》しだったのだ。

そして特に気に入っていたのが、この『王宮に花は隠れる』というゲーム。好みの美形キャラが多く、ストーリーは一捻《ひね》りされていて面白く、夢中になって遊んだものだ。

ただ、いくら好きだったとはいえ、まさかその世界の悪役令嬢に生まれ変わるなんて。

(そんな、嘘でしょう……？)

生まれてすぐに現状を認識した時は、ひどく驚いたし呆然とした。これが夢なら早く覚めてほしかった。けれど、それから十八年経った今では、そんな非現実的な現実を、なんとか受け入れられるようになっている。

だって、どんなに頬を抓《つね》っても、目の前にはゲームで見た風景が広がっているのだから、もうそういうものだと受け入れるしかなかったのだ。

ちなみに、ゲームの舞台は剣と魔法が存在する中世西洋風の世界で、主人公の男爵令嬢シェリルが王宮にやってきた日、物語は始まる。

行儀見習いの侍女になるはずだったシェリルは、庭で休んでいた第二王子テオとばったり出会う。そんな彼を呼びに来た星見の文官が、シェリルを見て息を呑んだことから、彼女の運命の歯車は回り始める。

文官の見立てによると、シェリルの中には不思議な力が眠っているというのだ。それを伸ばせば、彼女は救世の乙女にも、傾国《けいこく》の悪女にもなり得るらしい。

国を救う者となるのか、はたまた国に害をなす者となるのか。

それを王家が見極めるためにも、しばらくは王宮に滞在してもらう必要があるとのことで、シェリルは第二王子の友人という破格の待遇を与えられることになる。

そうして秘められた能力を良い方向へ伸ばそうと学ぶうち、シェリルは様々な青年たちと出会い、彼らと親交を深めていく。

まず初めに出会うのが、最初は尊大だが徐々に善《よ》き王族へ成長していく、黒髪の王子テオ。

他にも、理知的な銀髪の文官や、豪胆で勇猛な赤髪の騎士、優美な茶髪の宮廷楽師、飄々《ひょうひょう》とした明るい金髪の魔術学者、渋い灰髪の退役軍人……隠しキャラも含め攻略対象が八人いて、彼らと恋をするのが目的の乙女ゲームだ。

ゲーム中、授業や特訓を受けてシェリルの知力や体力などを育成するのだが、伸ばした能力によって攻略対象が新たに登場するのも特徴の一つ。

たとえば文官キャラなら、ある程度シェリルの知力を上げないとそもそも登場せず、登場してからも効率よく知力を上げていかないと、彼の好感度はなかなか上がらない。

そんなわけで望みのキャラを攻略するには、会話で距離を縮めるだけでなく、彼の好む能力を上げていく必要があった。

（そのシェリルを陰で苛《いじ》めるのが、悪役令嬢アリシアなのよね）

アリシアは幼少時にテオ王子の婚約者に選ばれた、気位の高い侯爵令嬢。

銀髪に緑の瞳の美しい容姿で、自分より劣った存在でありながら王子の興味を惹《ひ》くシェリルを忌々《いまいま》しく思い、彼女に様々な嫌がらせをする。その悪事はやがて露見し、彼女は王宮の広間で、王子たちに断罪されることになるのだ。

要は、主人公シェリルのライバルであり、かませ犬役というポジションだ。

誰とエンドを迎えようとアリシアは必ず婚約破棄され、あとはシェリルがどのキャラのルートへ進んでいるかで、アリシアの罪状は変わっていく。

というのも、分岐したルートによってアリシアがシェリルに行う嫌がらせの内容が変わり、それによって断罪内容も変わるためだ。

銀髪の文官ルートでは、アリシアは国外追放。赤髪の騎士ルートでは、身分剥奪《はくだつ》の上、奴隷《どれい》落ち。場合によっては死亡エンドもあり、自業自得とはいえ、なんともアリシアに厳しい世界なのだ。

（他も遠慮したいけれど、死亡エンドだけは絶対にごめんだわ……！）

身震いしたところで、テオ王子の苛立《いらだ》たしげな声が私の意識を戻す。

「おい！　さっきからなぜ黙っている。今さらになって罪悪感を覚えたのか？」

どうやら彼はなにも言わない私に焦《じ》れた様子だ。

恐らく私がすぐに言い返すか、騒ぎ出すとでも思っていたのだろう。

だが、今の私はそれどころではない。なにせ、この場に彼以外のどの攻略対象がいるかで、私の運命は大きく変わるのだから。

そう……ゲームでは、王子以外の攻略対象たちも一緒にアリシアを責め立てるのだ。

最悪の場合、八人全員に糾弾《きゅうだん》されることもあるという。

私は誓ってシェリルに嫌がらせなどしていないが、ここが彼女を主人公とした乙女ゲームの世界である以上、どんな恐ろしい展開に進むかわからない。

(落ち着いて、私。しっかりしないと……！)

私は深呼吸し、祈る気持ちで、王子とシェリルの周囲をゆっくりと見回していく。

煌《きら》びやかな燭台《しょくだい》が照らす中、彼らのすぐ傍には護衛騎士が一人いた。そんな三人を遠巻きにする形で、事の成り行きを戸惑いながら見守る、大勢の貴族や官僚たちが見える。

だが何度見ても、他の攻略対象たちの姿は見つけられなかった。

ゲーム内で王子と共にアリシアを責めるはずの青年たちが、ここには一人もいない。

もしかしたら、私がゲームと違う行動を取り続けたため、流れが大きく変わったのかもしれない。

アリシアの残酷な運命を思い出して以来、私はできる限り品行方正を心がけ、悪役令嬢とは真逆の生き方をしていたから。

それでも、シェリルを苛《いじ》めたとして婚約破棄される流れは、どうしても避けられなかったけれど。

（でも、言ってしまえばそれだけだわ。私に告げられた罰は婚約破棄のみで、テオ王子以外に私を責める攻略対象はいない。それはつまり――）

「もしかして私、最悪エンドをなんとか回避できそう？　もしそうなら……」

震える声で呟く私の目の前が、徐々に明るくなってくる。

この日を迎えるまで、ずっと生きた心地がしなかったのだ。だが、この婚約破棄イベントを無事に通過してしまえば、私は晴れて自由の身。

婚約破棄された外聞の悪い立場になる以上、社交界から離れて地方に引き籠《こ》もったり、身を隠すように修道院に入ったりしてもおかしくないだろう。

そうすれば、長年の夢である、もふもふした動物に囲まれた隠居生活も夢じゃない。

私は幼い頃から、犬や猫が大好きで堪《たま》らないのだ。もし貴族社会から離れる道しかなくなるなら、心癒《いや》してくれる動物たちとのんびり過ごしたい。そのためにも、早くこの場を最善の方法で収め、まずは蜂蜜色《はちみついろ》のあの子に会って癒《いや》されたかった。

（――よし、いけるわ。あと少しで悲願達成よ……！）

溢れる歓喜と共に拳をぎゅっと握った私だが、テオ王子には、その様子が屈辱《くつじょく》を堪《こら》えているように見えたらしい。途端に、はっ、と嘲《あざけ》りの声を上げる。

「そうか、そんなに悔しくて堪《たま》らないか！　だがな、お前のした悪事が消えるわけでは……」

「ああ……失礼しました。目の前の出来事が信じられず、しばし呆然としておりました」

「ふん、しおらしい振りで言い逃《のが》れしても、もう遅い！　お前が婚約者の座に縋《すが》ることは、俺はもちろん周囲も許しはしないからな」

「いいえ、言い逃《のが》れなど。シェリル様に嫌がらせをしたことはただの一度もございませんが、彼女が傷ついたと仰《おっしゃ》るなら、私の行動に誤解させるなにかがあったのでしょう。それは私に責があるのだと思います」

「なんだと……？」

目を見開いた王子を見据え、私はむしろ晴れやかな気持ちで口にする。

夢のもふもふ生活を思い浮かべ、もしかしたら柔らかく微笑んでいたかもしれない。

「婚約破棄、謹《つつし》んでお受け致します。今まで殿下の婚約者という、身に余る立場にいられたこと、誠に誇りに思っております。私のような些末《さまつ》な者のことは忘れ、今後はどうぞ、シェリル様と末永く絆《きずな》をお深めになってくださいませ」

「お、おい、アリシア……」

婚約者の立場に一切執着《しゅうちゃく》を見せない私に、王子は呆気に取られている。

私があっさり受け入れるとは思っていなかったのだろう。しかし私からすれば、いずれ婚約破棄されるとわかっていたため、初めからその地位に未練はない。

さらに言うと、元々低かった彼への好感度は、先程からの聞く耳持たない態度と罵倒《ばとう》の連続で地の底まで落ちていたから、今では「熨斗《のし》つけてお返しします」という気分だ。

シェリルについても、本気で私を嫌がらせの犯人と勘違いしているのかは不明だが、できればもう関わりたくなかった。彼女の近くにいると、どうしても私は悪役になってしまうのだから。

そんな中、周囲の人々はざわざわとざわめき始めていた。

元々この場は、テオ王子の私的な知人を招いた夜会。出席者は高位貴族や上級官僚ばかりのため、私がどんな人間か知る人々も少なからずいる。

だからだろう、王子の言葉を信じて私に軽蔑《けいべつ》の目を向ける者たちのほか、困惑し、王子に物問いたげな視線を向ける者もいた。

「アリシア嬢に非があるとはいえ、陛下のおられぬ場で婚約破棄とは……」「いやそもそも、本当に彼女がそんなことを……？」など、怪訝《けげん》そうな声も聞こえてくる。

周囲からの疑問と非難を感じたのか、王子がぐっと言葉に詰まる。皆、自分に賛同すると思っていたらしい。ばつの悪さを隠すように、彼は声を張り上げた。

「ふ、ふざけるな！　そんな心にもないことを言って、一体なにを企《たくら》んでいる……!?」

「あら……私は本心から申しましたのに、それも信じて頂けないと？」

「当然だ！　お前が婚約者の立場をむざむざ捨てるなど、まさかそんなはずが……」

私を指差して声を荒らげた彼に、私は落ち着いた態度で提案する。

「では、誓約書をかわしましょうか」

「誓約書だと……？」

「ええ。私は婚約破棄を受け入れ、もう決して殿下とシェリル様には近づかない、そしてお二人もまた私に近づかない。そういう取り決めが書かれた書類です。そうすれば双方ともに納得し、安心できますでしょうから」

そう言って私は、ドレスの胸元から折りたたんだ紙を二枚取り出す。

そこには、あらかじめ書いておいた条項がずらずらと並んでいた。

前世の会社で経理――それも契約事務をしていた私にとって、契約書や誓約書は見慣れた書類だ。だから、それらしい文章は悩まずにしたためることができた。

紙を受け取った王子は、信じられないとばかりに手を震わせ、食い入るようにそれを見ている。

「な、な……」

私はにこりと微笑んで、最後にこう告げた。

「こちらにご署名を頂ければ、私は今後一切、お二人の前に現れることはございません。同時に、殿下たちにも同様の内容をお約束頂くことになりますが」

そこが我慢の限界だったのか、王子が叫んだ。

「う、煩《うるさ》い、煩《うるさ》い!!」

ばさっと紙を床に叩きつけ、彼はさらに声を張り上げる。

「お前はそうやっていつも、小賢《こざか》しい真似《まね》ばかりして……だから可愛げがないと言うんだ！　お前のような女、俺でなくとも結婚したくないに決まっている!!」

苦し紛れでしかない台詞《せりふ》だったが、私の胸をぐさっと刺す言葉でもあった。

実際、男性に好まれない性格であることは自覚していたから。

前世でも、支払い日間近になっても領収書を出さない同僚にはっきりものを言っては、「あの人って、どうも可愛げがないんだよな」とぼやかれていたことを思い出す。

私を見て、王子は周囲に聞かせるみたいに声を響かせた。

「とにかくだ！　婚約破棄は当然として、お前がまたシェリルに良からぬことを考えないよう、念を入れ、しばらく塔に幽閉を……」

まずい、と背にじわりと汗が滲《にじ》む。

ゲームでは、アリシアが塔に幽閉され、毒殺されるエンドもあったのだ。

上手くいきそうだったのに、このままでは――

「あの、殿下……！」

慌てて私が口を開いた時。涼《すず》しげな青年の声が辺りに響いた。

「――恐れながら、殿下。その先はどうかお待ち頂けますでしょうか」

え？　と驚き、私は視線を声の方向へ向ける。そこにいたのは、先程まで王子たちの後ろに控えていた騎士、カーライル様だった。

一つに結ばれた絹のような長い金髪に澄んだ青い瞳、すっと鼻筋が通った清雅《せいが》な美貌。

身長は百八十センチ以上あり、程良く筋肉のついた長身に、気品ある濃紺の騎士服があつらえたように似合っている。目を奪う美貌の彼は今、私を背に庇《かば》って立っていた。

「あ、あの……？」

「どうか、私にお任せを」

戸惑う私に一瞬視線を向けて囁《ささや》いた彼は、王子の前へ進み、すっと騎士の礼を執《と》る。

高貴な雰囲気を持つ彼は所作も美しく、どちらが王子なのかわからなくなってしまう。

テオ王子が、やや気圧《けお》された様子で一歩下がった。

「な、なんだカーライル。こんな時にいきなり……」

それもそのはず。彼――カーライル・ブライトン様は、国で最も名誉ある騎士に与えられる筆頭騎士の位にあるだけでなく、その勇猛さから『金狼《きんろう》の騎士』という二つ名を持つ人。

また、この場に駆り出されているが、彼は本来、テオ王子の兄である第一王子付きの騎士。そのため、強引に護衛として彼を借りた王子としては、あまり強く出られないのだろう。

彼は有能で、王族たちに護衛を命じられることが多かった。

そして驚くことに、これほどの美貌と能力を持ちながら、彼はゲームの攻略対象ではない。

それどころか、私の記憶が確かなら、「筆頭騎士カーライル」という青年が登場する場面すら一度もないのだ。つまりゲームでの彼は、名もなきモブキャラ。改めて考えると、なんとも不思議な気がしてくる。

そんな中、カーライル様が冷静な眼差しで言う。

「お話し中に口を挟むご無礼をお許しください。ですが、どうしても今申し上げたいことがあり、お声がけした次第です」

「今言いたいこと？　なんだ一体……まあいい、言ってみろ」

怪訝《けげん》そうに眉を寄せた王子を見据え、カーライル様は告げる。

「では僭越《せんえつ》ながら。――殿下にとって、アリシア嬢がもはや不要な存在と仰《おっしゃ》るならば、私が彼女をもらい受けたく存じます」

(——えっ?)

私は一瞬、なにを聞いたかわからず、ぽかんとして固まる。

テオ王子も驚いたらしく、ぎょっとした顔で問い返した。

「は? いや、ちょっと待て。それではまるで、お前がアリシアを……」

「はい。殿下のお許しを頂けるのであれば、私は是非、彼女に求婚したく考えています」

「きゅ、求婚……!?」

その言葉に、私も王子もシェリルさえも、呆然と目を見開く。第三者がこの場に介入し、さらには結婚を申し出るなど微塵《みじん》も予想していなかったのだ。

しかもその第三者が、王子の後ろに控えていた国の英雄だとはまさか思うまい。

周囲の人々もざわめく中、王子が狼狽《うろた》えた様子で声を上げる。

「お、お前、正気か? この女はシェリルに嫌がらせの限りを尽くしたんだぞ……!?」

「恐れながら、私は彼女がシェリル嬢を害した現場を見ていないため、その問いにはお答え致しかねます。しかし、殿下が疑惑をお持ちならばなおさら、彼女の動向を誰かが傍で監視していた方がよろしいのではないでしょうか」

答えるカーライル様はどこまでも冷静だが、王子を見据える眼差しは幾分鋭いような——ともかく、彼は私のお目付け役を名乗り出たということだろうか。

王子も彼の意図を察したのか、次第に愉快そうな表情になっていく。

「は、ははっ……! そうか、なるほどな。いかにも忠義に厚いお前らしい申し出だ」

彼はうんうんと頷いて続ける。

「確かに、一時的に塔に幽閉したところで、そこから出ればなにをするかわからん。ずっとお前が傍で見張れば、アリシアももう下手なことは考えないに違いない」

王子は、周囲から非難の目を向けられていたこともあり、この辺りが良い落としどころと判断したのだろう。それに、自分の寛大さを見せたかったのかもしれない。

すっと息を吸うと、勢い良く声を張り上げた。

「……よし、良いだろう！　カーライル、お前にこの女に求婚する権利を与えよう。俺とは縁もゆかりもなくなった女だ、結婚でもなんでも好きにすればいい」

「寛大なお言葉に感謝致します。――では早速」

王子に恭《うやうや》しく礼をするや、身を翻《ひるがえ》し、迷いなくこちらへ歩み寄ってくるカーライル様。

真正面から見ると、本当に整った顔立ちで驚かされてしまう。

睫毛《まつげ》は長く瞳は青く澄んでいて、絹のような長い金髪も相まり、凛《りん》とした美しさがある。しかし女々《めめ》しさはない。鼻筋がすっと通った男らしい美貌で、表情があまり変わらないため、どこか高貴さと近寄りがたさを感じさせた。

その彼に目を奪われながら、私はかつてないほど混乱していた。

（え……本気で求婚するつもり？　というか私、結構な汚名付きになったはずだけど、国の英雄がそんな女を娶《めと》って大丈夫なのかしら）

私の記憶が確かなら、彼は公爵家の生まれのはず。

だから、私みたいなお荷物をあえて抱えることに利はない。

主《あるじ》である王族のために怪しい女を監視するのだとしても、彼が結婚し、自分の経歴を汚す必要などまったくないのだ。

（というか、婚約破棄からの求婚って、さすがに急すぎるでしょう……!?）

「あの、カーライル様。今のお話はなにかの間違いでは……？」

だって私たちはそもそも、会話らしい会話さえしたことがないのだ。第一王子を護衛する彼を遠目に見たり、挨拶《あいさつ》をかわしたりすることはあったが、言ってしまえばそれだけ。こんな間柄で「もしかして私を想ってくれていたのかも」なんておめでたい思考にはなれない。

しかし、動揺して見上げた私に、彼は真面目な顔で首を横に振った。

「いいえ。私が貴女を妻に望んでいることは紛れもない事実。殿下から求婚のお許しを頂いた今、もし貴女さえお嫌でなければ、どうかこの手を取って頂きたく思っています」

「嫌だなんて、そんなことは……」

むしろ、ありがたい話なのだ。彼の気持ちがよくわからないことを除けば。

それに、汚名付き令嬢を娶《めと》るのに、カーライル様が一求婚者としての立場を崩さない——あくまで私の意思を尊重しようとしていることも、不思議に感じてしまう。

本来なら「王子に捨てられて哀れだから自分が娶《めと》ってやる」ぐらい言われてもおかしくないのに。

戸惑う私を、海のような青い瞳がじっと見つめていた。

話に聞く限りでは、彼は性格も清廉潔白《せいれんけっぱく》だと聞いている。寡黙だが、言葉以上に行動で示す人――そして、誰より民《たみ》を守ろうとする人なのだと。

だからこそ、彼が私に求婚するなんて、ますます信じられなくなってくる。

ただ……その疑問を度外視すれば、私は塔への幽閉を回避できるのだ。

それに、幽閉中に毒殺される以外にも、塔へ侵入した賊に惨殺《ざんさつ》されたりという展開もあり得る。

だが、ここで彼の求婚に頷いた場合、最も平穏に婚約破棄イベントを済ませ、退場できるのだ。

（……そうよ。彼の気持ちがよくわからなかったとしても、この機会を逃《のが》す手はないわ。だって、無事にこの場を生き延びてみせるって幼い頃から決めていたんだから）

なにより、彼によって助けられるのは、私だけではない。もし私が婚約破棄以上の汚名を被《こうむ》れば、その影響は家族や領民たちにも自然と及ぶのだから。

宰相である父は王宮で立場が悪くなり、失脚する恐れが出てくるだろう。年の離れた弟だって、醜聞塗《しゅうぶんまみ》れの姉がいたら出世など望めないはずだ。

主《あるじ》である侯爵家がそうして豊かさを失っていけば、皺寄《しわよ》せは自《おの》ずと領民たちへ行く。

前世の私は、アリシアの断罪場面を見てもなにも思わず楽しくゲームをプレイするだけだった。

だが、実際にアリシアとして十八年生きてきた今は違う。彼女にも背負うものと守るものがあると深く知ったから。

それに、「ここがゲームと同じ世界である以上、婚約破棄は絶対に避けられないはず」と覚悟はしていたが、彼の手を取ることでそれ以上の不幸は回避できるなら、やはりその道を選びたい。

――悪役令嬢である前に、私は領民を守る侯爵家の娘なのだ。

だから私は息を吸い、深々とお辞儀して彼に告げる。

「カーライル様。結婚のお申し出、謹《つつし》んでお受けします。ふつつかな者ですが、これからどうぞ妻としてお仕えさせてくださいませ。私を……ひいては家族と領民たちをお助けくださり、本当にありがとうございました」

そして顔を上げ、真っ直ぐに自分を見つめた私をどう思ったのだろうか。

彼は一瞬目を見開くと、ふっと目元を和《やわ》らげた。

「こちらこそ、貴女に求婚できて本当に幸運でした。では、今後は伴侶として末永く貴女をお守りします。――これからよろしくお願い致します。気高き心を持つ、アリシア殿」

真摯《しんし》な眼差しに戻って告げた彼は、すっと跪《ひざまず》いて私の手の甲に口づける。

長い睫毛《まつげ》を伏せた美しくクールな面差しからは、なにを考えているのかさっぱり読み取れない。

ただ白手袋越しに触れた手と、私の手の甲にかすかに触れた唇だけが、彼の人間らしい温《ぬく》もりを感じさせた。

（本当に、この麗《うるわ》しい方がこれから私の旦那様になるのね……。なんだか今も信じられないけれど）

そうして、彼との結婚は嵐のように決まったのだった。

第二章　お望みとあらば、華麗に嫁《とつ》いでみせましょう

「アリシアお嬢様、お話は伺いました。婚約破棄など、テオ殿下はなんと酷いことをなさるのでしょう。あんまりでございます……！」

王宮から戻った侯爵家の屋敷。夜も更《ふ》けた中、薔薇《ばら》色《いろ》の調度品で統一された自室に入るや侍女のミアにわっと泣かれ、彼女を慌てて慰《なぐさ》めることになった。

彼女以外の使用人たちも、深夜なのに緊張した面《おも》持ちで私を待っていたところを見ると、どうやら王宮から使いが走り、すでに大体の事情が屋敷内に伝わっているらしい。

私は胸元から手巾《ハンカチ》を取り出し、ミアの涙をそっと拭《ぬぐ》う。

「私は大丈夫だから、泣かないで。婚約破棄はされたけれど、カーライル様のお陰で塔に幽閉されずに済んだのだもの」

「お嬢様を幽閉など、それこそあり得ないことですわ。お嬢様は幼い頃よりずっと、殿下をお支えするため、休みなくお妃《きさき》教育をこなしてこられましたのに」

「ミア……」

「男爵令嬢の言葉を鵜呑《うの》みにし、公《おおやけ》の場でお嬢様を糾弾《きゅうだん》なさるなど、恐れながら高貴な方の行いとは思えません……！」

眉のきりっとした顔を歪《ゆが》め、目に涙を溜めたミアの怒りは、収まる気配がない。

彼女は私より五つ上の二十三歳で、結い上げた黒髪に上品な黒い侍女服が似合う美女だ。幼い頃から我が家に仕えていて、私にとっては友人や姉のような存在でもある。

これまでもなにかある度《たび》、彼女は私以上に怒ったり悲しんだり、喜んだりしてくれた。

お妃《きさき》教育のため、王宮へ行く私を励まして送り出してくれたのも彼女で――だからこそ、今回の件が口惜《くや》しくてならないのだろう。私が妃《きさき》になる日を、彼女はずっと楽しみにしていたのだ。

期待を裏切ってしまったことが申し訳なく、私はミアの手をそっと握って言う。

「確かに信じられないことよね……。ただ殿下にとって、私よりもシェリル様の言葉の方が正しいものだったの。だから、驚いたしやるせない気持ちだけれど、今回の件はなるべくしてなったとも思っているわ」

「そんな……！　お嬢様は、なにも非のない立場で塔に幽閉されていたかもしれませんのに。心ない方々の所業を寛大にお許しになるなんて……」

やるせなさそうに目を伏せるミアに、私は静かに首を横に振る。

「ありがとう。……でも、私は別に優しいわけではないわ。だって、恐れながら殿下のなさったことには憤《いきどお》りを感じているし、それに、寛大に受け入れて婚約破棄に頷いたわけでは決してないの。私は考えた末、自分の守りたいものを選び取っただけなのよ」

「守りたいもの、ですか……？」

「ええ。私にとって、より大切なことを」

涙を浮かべてきょとんとするミアや、彼女の背後の窓に見える領内の景色を眺めながら頷く。

そこには星空の下、緑の裾野に点在する領民たちの家々が遠くまで広がっていた。

今回の件は、一つ間違えば私が必要以上の汚名を被る結果となり、彼らの生活にも多大な影響を与えていたかもしれないのだ。考えるうち、次第にむかむかしてくる。

そう――できるだけ冷静にあろうとしていたが、私だってかなり腹が立っているのだ。

シェリルからの相談がきっかけとはいえ、王子はこちらの言い分を少しも聞かず、すべて私が悪いと頭から決めつけた。挙句、塔に幽閉しようとするなんて。

(さすがに無茶苦茶よね。まあ、それだけシェリルの言葉を信じていたんでしょうけど)

思わず溜息が漏《も》れる。

そもそも、あの場で「私は本当に無実です。全部シェリル様の勘違いです」と頑《かたく》なに主張したところで、きっと王子は信じなかっただろう。むしろ「誤魔化そうとするとは、悪辣《あくらつ》な女め‼」とさらに怒りを買う可能性の方が高かった。

潔白《けっぱく》を主張し続けたところで、満たされるのは私の自尊心だけ。

その代わり、王子の心証が悪化したことで私に被せられる罪が増え、私の周囲の人々にもより迷惑がかかったはず。

だから、私は大人しく婚約破棄を受け入れることで、ちっぽけなプライドの代わりに周囲の人々を守る方を取っただけだ。それに――

「婚約破棄は絶対に避けられないと思っていたから、受け入れられた面もあるのよね……」

やや複雑な思いで呟く。なぜならあの場面は、ゲームを進めていく上でプレイヤーが必ず通る、メインストーリー部分だったから。

また、アリシアとして生まれて十八年。私もただ手をこまねいて婚約破棄の日を迎えたわけではないのだ。幼い頃に自分が悪役令嬢だと気づいて以降、私は最悪エンドへの道を歩まないよう、それは様々な行動を試《こころ》みてきた。

そもそも王子の婚約者にならなければいいと考え、彼に会わないよう王宮へ行くのを避けたり、父に他の貴族令息との婚約をお願いしたり。シェリルと王子が出会わなければ上手くいくかもと思い、王宮に上がる前の彼女を探し、我が家で雇おうともした。

しかし、まるで私の努力をあざ笑うかのごとく、そのどれもが上手くいかなかった。

(どんなに他の未来へ誘導しようとしても、結局、私は幼くしてテオ王子の婚約者に選ばれてしまうし、シェリルはまるで運命のように庭で王子と出会ってしまうのよね)

そしてほどなく、シェリルと王子は親密に語り合う仲になり――

それらを見て、私は次第に理解していった。どうやら前世のゲームで主軸だったシーンの出来事は、この世界でも絶対に起こるらしいと。

どんな天の采配《さいはい》が働いてそうなるのかはわからない。

だが「シェリルが王宮で王子に出会い、彼と親しくなること」と「アリシアが王子の婚約者となり、いずれ婚約破棄されること」は、どうあっても起こってしまう、必須イベントのようなのだ。

また、そこが動かない反面、物語の枝葉の部分はあまり強制力が働かないのか、私の行動によって様々に姿を変えていった。

婚約破棄の際　王子以外の攻略対象が糾弾《きゅうだん》に加わらなかったことや、カーライル様から突然求婚されたことは、そのいい例だろう。お陰で、なんとか助かったわけで――

ともかく、王子たちには腹が立つけれど、無事いい方向に進めたのだから、今はそれを喜びたい。

そう考え、私は明るい口調でミアに言う。

「貴女にも心配をかけたけれど、もう大丈夫よ。カーライル様のもとへ嫁《とつ》げば、殿下たちとお会いすることもなくなるでしょうから。むしろほっとしているの」

そもそも令嬢は屋敷内で過ごし、あまり外を出歩かないもの。

私が今まで例外的に王宮へ通っていたのは、お妃《きさき》教育を受けるためにほかならない。その義務がなくなった今、よほどのことでもない限り王宮に出向くことはなくなるだろう。

そしてカーライル様に嫁《とつ》げば、嫁《とつ》ぎ先の屋敷を管理するため、今以上に家で過ごす生活になる。

もちろん茶会などに呼ばれれば出かけるが、醜聞《しゅうぶん》が流れた私を誘う人はまずいないだろう。

なにより、私の監視をカーライル様に一任した以上、もう王子たちは私に関わってこないはず。

ミアもようやく涙を拭《ぬぐ》い、ほっと息を吐いた。

「そうですわね……カーライル様には窮地《きゅうち》をお救い頂き、お礼の申し上げようもございませんわ。……いいえ、これで良かったのかもしれません。殿下よりもよほどお嬢様を大切に守ってくださるだろう方が、結婚相手になってくださったのですから」

「ミアは、彼のことをよく知っているの？」

彼が有名なのは知っていたが、それは主に王宮内でというか、貴族間での話かと思っていたのだ。

不思議に思って問うと、ミアが目を瞠《みは》る。

「まあ、お嬢様。この国の女性で、一度もあの方に憧れたことがない者はおりませんわ」

「えっ、そうなの？」

「ええ。赤髪の勇猛なる騎士ゼファル様も名高い方ですけれど、筆頭騎士カーライル様はそれ以上に活躍しておられますから。王族の護衛についていない時は、いつも戦場を馬で駆けておられるとお聞きします」

「へぇ……」

「しかも、あれほど見目麗《うるわ》しい殿方は滅多におられませんもの。常に冷静沈着でいらして、どこか謎めいた雰囲気もおありで。屋敷の若い侍女や村娘たちも、町で売られている姿絵を買っては、頬を染めて眺めていますわ」

「民衆にも、そんなに慕《した》われている方だったのね……」

頬に片手を当て、うっとりと語るミアの様子に、驚きを新たにする。

攻略対象たちにばかり注意を払っていた私は知らなかったが、どうやら攻略対象の一人である赤髪の騎士ゼファル様以上に、色々な層に支持されているらしい。

なぜこれでカーライル様が攻略対象でないのか、ますます謎に感じる。というか、これで彼が本当にモブキャラだとしたら、あまりにモブのレベルが高すぎるのでは。身分や能力だけでなく顔面スペックも高すぎて、主要キャラたちの立場がないというか。

（うーん……私が覚えていないだけで、もしかしてカーライル様は隠しキャラだったとか？）

首を傾げてすぐ、いや、やはりあり得ないとかぶりを振る。

なぜならあのゲームの隠しキャラは、筆頭騎士ではなく大魔術師の青年だったから。

おまけに大魔術師だけあり、彼を登場させるにはシェリルの魔力を驚くほど成長させなければならず、あまりに難易度が高すぎて、前世の私はとうとう登場させられなかったのだ。

説明書に描いてあった彼のシルエットしか見られなかったことが、未だに口惜《くや》しくてならない。

改めて思い返しても、彼以外に隠しキャラがいたという記憶は出てこなかった。

ちなみに、私の前世の記憶は曖昧《あいまい》な部分も多く、自分がいつ、どんな風に死んだのかはぼんやりとしか思い出せないが、会社員として働いていた時のことと、ゲームの内容についてはわりと鮮明に記憶していた。

それだけ、このゲームにはまっていたのだろう。だからこそ、物語内に「筆頭騎士カーライル」というキャラが登場していなかったことは断言できる。

（――不思議ではあるけど、ともかく、今考えるべきは目の前のことだわ）

父の姿がふっと頭に浮かび、自然と緊張してくる。

そう……まずは、当主である彼に、今回の事情を話さなければならないのだ。

婚約は家と家が結ぶものであり、私とテオ王子の個人同士で完結する問題ではない。

ミアがすでに知っていたあたり、私が王宮でバタバタしていた間に使いが走り、夜会での出来事は父へももう伝わっているのだろう。

私の帰宅が遅れたのにはわけがある。夜会のあと、国王に呼ばれた王子が緊張した表情で謁見室へ向かい、そんな彼にシェリルが縋《すが》りと、ひと悶着《もんちゃく》あったのだ。また、残った私に好奇心を抑えられない人々が押し寄せ、そこからカーライル様が庇《かば》ってそっと逃がしてくれたりもした。

結局、ようやく家に戻れたのは三時間後で、もはや夜もとっぷりと更《ふ》けていた。

だが、そうして私が戻るより先に事情を知ったところで、父は「そうか、わかった」で済ませてくれるような人ではない。

父、ジョセフは現宰相であり、陰では石巌《せきがん》公と呼ばれるほど頭が固く、部下はもちろん、娘である私に対しても昔から厳しい人なのだ。そのため、悲しいかな、親子らしい和気藹々《わきあいあい》とした会話をした記憶はほとんどない。

穏やかな母が今も傍にいれば、父の様子はまた違ったのかもしれないが、彼女は私の弟を産んですぐに亡くなってしまったから――

「ミア。とりあえず私はお父様のもとへ向かうわ。私が来ることを、今か今かと待っておられるでしょうから」

「左様《さよう》でございますね。旦那様もきっと深くご心配なさっているでしょう」

覚悟を決めて言った私に、案じるような真剣な眼差しでミアが頷く。

恐らく彼女も、すんなりとは話が進まないと思っているのだろう。

(――さあ、まずは我が家のラスボスと対決といきましょうか)

自分に活を入れると、私は青いドレスの裾を翻《ひるがえ》して部屋を出たのだった。

長い瀟洒《しょうしゃ》な廊下を進み、父の書斎前へ辿り着いた私はそっと扉を叩いた。

「お父様。アリシアでございます」

「……入れ」

「はい。失礼致します」

きぃ、と扉を開いて中へ入ると、そこには見慣れた重厚な雰囲気の室内が広がっていた。

蔦《つた》模様の絨毯《じゅうたん》が敷かれた上に、飴色《あめいろ》に磨かれた机と椅子。両の壁際には本がぎっしり詰まった背の高い書棚が置かれ、机上にある燭台《しょくだい》の灯りがそれらを照らしている。

その窓際にある椅子に、父、ウォルター侯爵は厳格な面差しで座っていた。

四十代半《なか》ばで、年齢以上の威厳を漂《ただよ》わせている。

貴族服を着た細身の身体は、文武を修めているためしっかり筋肉がつき、品良く撫でつけられた銀髪の下では、青灰色《せいかいしょく》の瞳が鋭く私を見据えていた。

「アリシアよ。……王宮でのこと、すでに使いからの報告で大体は聞いておる。お前がテオ殿下から婚約破棄されたのだと。これについて、なにか申し開きはあるか？」

「いいえ、ございません。お父様が仰《おっしゃ》った通りです」

緊張を滲《にじ》ませた表情の私をじろりと見て、彼は問う。

「では、男爵令嬢に嫌がらせを繰り返したというが、それも本当か？」

「そちらについては、一切身に覚えがないことと否定させて頂きます。私は彼女に嫌がらせをするどころか、まともに話したこともございません」

「話したこともないだと……？　ならば、なぜ甘んじて婚約破棄を受け入れた」

拳で机をどんと叩かれ、びくりと身が竦《すく》む。

大声で怒鳴られたわけではないが、低く冷たい声は容赦がなく、心臓がぎゅっとなる。

しかし、これが父なのだ。家族や部下だけでなく、身分の高い相手や自分自身に対しても常に厳しい人。

そんな父に幼い頃から接してきたからこそ、私は対処の仕方がわかっていた。

(怯えたり、まごついたりしては駄目。自分の意見ははっきりと告げる、それも簡潔に)

私はぐっと気持ちを奮《ふる》い立たせながら答える。

「それは……あの場において、それが最善の行動だと思ったからです」

「ほう……？　話してみろ」

「殿下は、シェリル様の言葉を深く信じておられました。そのため、私は無実だと伝えても、しらを切るな、の一点張り。そんな状況で頑《かたく》なに潔白《けっぱく》を主張したところで、決して良い方向には向かわないだろうと判断しました」

なにも言わず視線で先を促《うなが》す父に、私はひと呼吸して説明を続けていく。

「それゆえ、シェリル様になにか誤解を与えた可能性については認め、結果的に婚約破棄を受け入れました。ですが、彼女に嫌がらせをした点については、一切認めておりません」

「つまり、下手は打っていないと言いたいわけか。しかし、そうして婚約破棄を受け入れ、お前はそれで本当に良いと？」

探るように尋ねてきた彼に、私は目を伏せて言う。

「私への労《いたわ》りの情を欠片《かけら》もお持ちでない方に、なぜ婚約者でいてほしいと望みましょうか。殿下にとって私が不要なら、婚約破棄を受け入れた方が互いのためと思ったまでです。それに……」

「それに？」

「私が守りたいのは、殿下の婚約者の立場ではなく、領民を抱える侯爵家の娘としての立場です」

「ほう……」

そこで初めて、父の青灰色《せいかいしょく》の瞳に興味深そうな光が宿る。

私はここが攻め時だと感じ、顔を上げて思いを伝えていく。

「お父様は幼い頃から私に、貴族としての誇りと責務を忘れるなとお教えくださいました。それは恵まれた立場に固執《こしつ》し、甘い蜜を啜《すす》ることではなく、貴族として、自分の抱える者たちを守ることだと考えております」

「なるほど……。もはや流れを変えられないならば、少しでも自分――ひいては侯爵家と領民が受ける傷を浅くしたいと考え、早い段階で婚約破棄を受け入れたということか」

「はい。それに私が無実であることは、いずれ皆様におわかり頂けると信じています。実際になにもしていない以上、証拠が出るはずもないのですから。ただ、今回の件ではお父様にもご迷惑をおかけし、それが心苦しく……」

なにしろ、この件で最も影響を受けるのは父なのだ。

私は王宮から離れるから良いが、彼は今後も宰相をしていく以上、風当たりが強くなったり、立場が悪くなったりする可能性が高い。国王との関係も気まずくなってしまうだろう。

だから私は姿勢を正し、深々と頭を下げる。

「陛下とお父様が結んでくださった婚約のご縁、このような形で裏切ることとなり、誠に申し訳ございませんでした。ですが、私は今回の行動を後悔するつもりも撤回するつもりもございません。お話の通り、カーライル様のもとへ嫁《とつ》がせて頂きたく思っています」

そして顔を上げた私を、父はしばらくの間黙って見つめていた。

（やっぱり、呆れていらっしゃるかしら……？）

長い沈黙が続いて背に汗が滲《にじ》んできた頃、ようやく彼は静かに口を開く。

「お前は、カーライル殿と密かに想い合っていたのか……？」

「え？　いえ、あの方と話したことはほとんどございません。優秀な騎士であることは、人づてに聞いておりますが」

戸惑いながら答えると、考え深げな眼差しの父にさらに問いかけられる。

「では、お前と彼はただ利害が一致しただけだと？」

「そう……なりますでしょうか。私には利があるというか、非常に助かることなのですが、あちらにはそうでもない気もして。ただ……」

「ただ？」

「だからこそ、この機を逃《のが》してはならないとも感じています。婚約破棄され、新たな婚約は望めないと思っていた中、これ以上ないほど素晴らしい方に名乗りを上げて頂いたのですから」

困惑しつつも真剣に答える私をじっと見て――やがて父は息を吐いた。

「……そうか。お前が浅はかな感情からでなく、深く考えた上でそれを良しとしたのなら、儂《わし》は婚約破棄に関しても結婚に関しても反対せん。好きにするがいい」

「え……？」

あっさりと言われ、私は驚いて目を瞬《しばたた》く。

「なんと愚かな真似《まね》を」とか「いいから思い直せ」とか、苦言を呈《てい》されると思っていたのだ。なにしろ父には、幼い頃から「婚約者として殿下をお支えしろ」と幾度も諭《さと》されていたから。

家臣は忠義をもって王族に仕えるもの。ゆえに彼らが行動を誤った時は、煙たがられたとしても諫言《かんげん》せよ。それが真の忠臣だと、彼は私に言い聞かせてきた。

彼自身、王を諫《いさ》めていく中で信頼を勝ち得て、宰相の地位にまで上《のぼ》り詰めたと聞いている。

私もその教えを受け、王子が横暴な振る舞いをした時は進言してきた。それが原因で、彼に煩《うるさ》がられたのだけど……。ともかく、父はそうした忍耐と忠義の人だったため、王子の婚約者の立場をあっさり捨てた私を、苦々しく感じていると思っていたのだ。

戸惑う私をじろりと見て、彼は言う。

「儂《わし》が怒り狂うとでも思うておったか？」

「あの、それは……」

「良い。儂《わし》はお前に対して、ずっとそう振る舞ってきたのだからな。そして、お前は儂《わし》の話を従順に聞きつつも、時折物言いたげな瞳でこちらを見ていた」

そう言った彼は、憂《うれ》いげにふっと目を伏せる。

「今思えば、お前は幼い頃から貴族子息との婚約を願っていたな。王族との婚姻も望める侯爵家の娘が愚かなことをと、相手にしなかったが」

「お父様……」

「……そしてテオ殿下との婚約が決まった時、涙を溜めて嫌がっておった。今思えば、お前の直感の方が正しかったのかもしれん」

なんと答えればいいか迷う私の前で、彼は緩やかに首を横に振る。

「いや……儂《わし》が殿下に望みを抱きすぎていたと言うべきか。幼い頃はまだしも、兄君のエルド殿下が優秀に育つにつれ、テオ殿下は焦り、勇み足が多くなられた。……それだけ兄に負けじとしていたのだろうが、最近の浅はかさは危《あや》ういものがあった」

「そのように思われていたのですね……」

「王宮におれば、嫌でも彼の様子は目に入ってくる。そこに来て今回の、男爵令嬢を寵愛《ちょうあい》し、確たる証拠もなしに婚約者たるお前を糾弾《きゅうだん》する愚行。……諫《いさ》め正すのが家臣の役目とはいえ、浅はかすぎる主《あるじ》にどこまで仕え続けるのが真の忠臣だろうか。そう思い直しもするわ」

静かな苦渋が滲《にじ》んだ声だった。

きっと父は、テオ王子が良い方向に伸びることをずっと期待していたのだろう。そして成長するにつれ尊大さが増してきた彼を、私に諫《いさ》めさせて変えようとしたのかもしれない。

だが、王子はもはや私たちを遠ざけてしまった。

深く息を吐いた彼は、冷静な宰相の眼差しになって問いかけてくる。

「さて——アリシアよ。お前がこのまま婚約破棄を受け入れるとして、それにより、王宮内にはどのような影響が出てくると思う？」

「そうですね……。恐らくですが、貴族たちの足並みが乱れるかと思います。特に、身分のあまり高くない貴族が、テオ殿下に取り入ろうと画策する可能性があるかと」

「それはなぜ？」

「理由はどうあれ、殿下が貴族の中で最も下位にある男爵家の令嬢を重んじ、侯爵家令嬢の私を公然と貶《おとし》められたからです。この様子を見て、身分が低くとも王子に気に入られさえすれば好きに権力を振るえると思い、殿下に近づく輩《やから》も出てきましょう」

そして、シェリルを利用せんとする者も出てくるはずだ。なにしろ彼女づてで言えば、王子が意のままに動いてくれる可能性が高いのだから。

「その通り。これからテオ殿下には、飢《う》えた獣《けもの》のような者共がまとわりつくだろう。逆に、ある程度の良識を持つ貴族なら、そうした危《あや》うい王子に近づきはしまい」

苦々しい表情を浮かべ、父は続ける。

「たとえ侯爵令嬢が罪を犯そうと、夜会で見世物にする必要などないのだ。反逆などの大罪ならば見せしめとしてまだ理解できるが、此度《こたび》の件は一令嬢への嫌がらせだった。それなら、粛々《しゅくしゅく》と本人の生家のみに罪を告げれば済む話。つまり殿下は、浅慮で自《みずか》ら賢臣を遠ざけたということだ」

彼の指摘に、私も目を伏せて頷く。

「確かに賢い者は、己も同じ目には遭うまいと殿下から距離を取るでしょうね……。私が嫌がらせをしたと信じられていた点を差し引いても、殿下の振る舞いは少々感情的で、思慮に欠けるように思われましたから」

もしシェリルが王子の妃《きさき》だったなら、王族への不敬罪での処罰だと受け止められただろう。だが実際には、彼女は王子のただの友人。

たとえそれほど彼女が大事なのだとしても、身分の低い令嬢を守るためにはあまりに過ぎた対処だ。つまり王子は必要以上に事を大きくしてしまったのだ。

また、私を断罪する理由がシェリルの発言のみで、他に証拠を出さなかったのも痛かった。実際あの場でも、王子の行動に疑問の目を向ける者がいたのだ。冷静に物事を判断できる知識人たちには、危《あや》うく感じられて当然だった。

「加えて、陛下のおられぬ場で独断で婚約破棄をなさったのも頂けなかった。父王を軽《かろ》んじていると周囲に判断されてもおかしくはない」

「確かに……そのように思われたでしょうね」

「そして、殿下が本気で男爵令嬢に懸想《けそう》し、彼女を娶《めと》りたいと考えているのであれば、なお愚《ぐ》を極めておられる。惚れた腫れただけでは、王子の妻という立場は務まらん」

拳をぎゅっと握った父は、苦々しい表情になって続けた。

「第二王子の妻は、国内貴族の掌握《しょうあく》をせねばならん重責にある地位なのだ。その令嬢が自《みずか》らの低い身分を補って余りある才覚や気骨を持つ娘ならばまだしも、ただ泣いて権力者に縋《すが》るしかできないようでは、先は見えておる」

「お父様は、以前からそう仰《おっしゃ》っていましたね……」

第一王子はいずれ他国の姫君を妻に迎えるだろう。それにより他国との繋がりが深まり、国が豊かになって安定していく。そう父が語っていたことを思い出す。

また、第一王子が国外との橋渡し役なら、第二王子は国内の貴族をまとめる存在。貴族たちを掌握《しょうあく》するため、貴族の中でも高位の家から妻を迎える必要がある。

そんな国王と父の考えにより、私とテオ王子の婚約が早々に結ばれたのだ。

宰相の娘で、権威ある侯爵家の娘でもある私は、立場も年齢も彼に相応《ふさわ》しい相手だったから。

言い替えれば、それだけ国王が息子たちを案じていた証拠でもあった。腹心の部下の娘と婚約させることで、次男のテオ王子の地盤を固めようとしたのだ。

――だがその計画は、当の王子の行動で破綻《はたん》してしまった。

「今回の件で、エルド殿下につく貴族はより増えていくだろう。そしてアリシア、彼付きの騎士であるカーライル殿に嫁《とつ》ぐ以上、お前もその一員となるわけだが」

「はい、承知しております。カーライル様と結婚することは、彼の主《あるじ》が私の主《あるじ》にもなるということ。そしてその婚姻は、テオ殿下ご自身が認めてくださったことでもありますから」

「そう……殿下ご自身がお前たちの結婚を認めてしまわれた。それが一番の問題なのだ」

青灰色《せいかいしょく》の目を伏せ、皮肉をこめて父は言う。

「カーライル殿は次期公爵であり、そこに嫁《とつ》ぐお前は、数ある侯爵家の中でも歴史と権威あるウォルター侯爵家の令嬢。つまり、強大な力を持つ貴族夫婦が誕生するというのに、それを殿下御自《おんみずか》ら許してしまわれたのだから」

はっとした私は、確かに……と頷く。

「古き王族は、貴族が王家の脅威とならないよう、強い力を持たせないよう婚姻を制限し、牽制《けんせい》したと聞いています。ですが仰《おっしゃ》る通り、殿下にそのご様子は見受けられませんでした」

それに、「私を娶《めと》ってもカーライル様に利はない」とさっきは思ったが、もし私の汚名が晴れれば、彼は貴族の中でより高みの存在になるのだ。

国の英雄の上、次期公爵であり、侯爵令嬢を妻に迎えるカーライル様。

一方テオ王子は、王族とはいえ、身分の序列を守らず侯爵令嬢を貶《おとし》め、男爵令嬢を寵愛《ちょうあい》した人。さらに彼は、国王と宰相が決めた婚約を独断で反故《ほご》にした身でもある。

今後、もし私の無実が明らかになった場合、貴族たちが重んじるのはどちらだろうか。

少なくとも、テオ王子がシェリルを偏愛している状況では、男爵家より身分が高い貴族たちは、表向き彼に従ったとしても内心は快《こころよ》く思わないはず。

父が眉間を指先で押さえ、絞り出すように言う。

「殿下も、王家と貴族の均衡《きんこう》が危《あや》うくなると察すれば、お前たちの結婚を認めたりはしなかったろう。だが、そこまで考えが及ばれなかったのだ。そして、その事実を白日の下《もと》に晒《さら》してしまわれた。もし婚約破棄のみに留めておれば、多少は救いがあると思えたが……」

「お父様……」

それ以上、彼は口にしなかった。恐らく、テオ王子を見限ったということなのだろう。

父と同じ考えに至った者たちもまた、波のように王子の傍から引き上げていく。

そして王子の傍に残るのはシェリルと、二人に群がる権力目当ての貴族だけ。そんな王子が今後、国王に重責を任されたり、民の支持を得られたりするかは、だいぶ怪しい。

——だが、それも仕方ないことかもしれない。

人を簡単に傷つけられるほどの権力を持ちながら、彼はその重みを理解していなかったから。

振るう力が大きければ、自分に返ってくるものだって大きくなるのに……

(私も同情はしないわ。一歩間違えば、塔の中で毒殺されていたかもしれないんだもの)

静かにそう思う私の視線の先で、いくらか落ち着いた様子で父が息を吐いた。

「ともあれ——今回の件はもう覆《くつがえ》らん」

「はい……」

「お前と殿下の間だけの話であれば、陛下も冷静になって思い直すよう殿下を諭《さと》されたかもしれんが、公爵家も絡み公然の事実となった以上、もはやなかったことにはできん。陛下もそれはおわかりのはずだ」

それに、と彼は真剣に私を見つめて続ける。

「殿下とお前の心がこうも離れている以上、無理に結婚させたところで良い夫婦になるとも思えん。……陛下も儂《わし》も、お前たちが互いに支えになればと婚約させたのであって、それが難しいとわかった現状で、無理に押し通すつもりはない」

「そんな風に考えてくださったのですね……。ありがとうございます」

ちゃんと、私の気持ちも考えていてくれたんだ……

驚きと嬉しさを感じる私に、素直でない父は、ふん、と鼻を鳴らす。

「礼を言うのはすべて終わってからだ。まず儂《わし》は明朝、陛下のもとへ謁見に向かう。婚約破棄は受け入れるが、嫌がらせに関しては男爵令嬢の思い違いであると、しかとお伝えせねばなるまい」

「お手間をおかけして、申し訳ございません……」

「構わん。それと同時に、結婚の話を詳しく進めていくつもりだ。どんなに急な話であれ、承諾した以上は準備を進める必要があるのだからな」

「あ……はい。そうですね」

王侯貴族の力関係も気になるが、確かに当面の問題はこちらだ。実感があまり湧かないとはいえ、すでに話は動いてしまっている。

はっと思考を切り替えた私は、記憶の中から結婚についての知識を引っ張り出す。

「まず、陛下の正式なお許しを頂いてからのお話にはなりますが。その上でカーライル様のもとへ嫁《とつ》ぐとして、恐らく四ヶ月後になりますでしょうか……？」

そう確認したのは、結婚の準備には時間がかかるためだ。

結婚を公的に成立させること自体は、そう手間はかからない。

教会で、私とカーライル様の他、証人となる聖職者の立ち合いのもと誓いの式を挙げ、登録簿に署名することで結婚許可証を取得できる――つまり、それで婚姻成立となるのだ。

さらに言えば、私の場合、王子からすでに結婚を許可されているし、今後もし国王からも結婚の許可が下りるようなら、式を挙げる前にほぼ対外的に婚姻が認められた形になる。

だから、教会での式は本当に形式上挙げるようなものだ。

――問題は、嫁《とつ》ぐ際に持っていく、嫁入り支度。

舞踏会や晩餐会《ばんさんかい》用の正装のドレスや、茶会服、日常着。他にも外套《がいとう》や帽子、靴や長靴下、リネン類一式を新たに仕立てるのだが、その準備が大変なのだ。

すでに嫁《とつ》いだ従姉《いとこ》たちを見るに、それらを整えるのに四ヶ月はかけている様子だった。

たぶん、私とカーライル様の誓いの式は、私が婚約破棄された直後で外聞がよくないため、ほぼ人を招待しない質素なものになるだろう。だが、たとえ式が控えめでも、持っていく花嫁道具は変わらない。むしろ盛大な式が挙げられない分、趣向を凝《こ》らす可能性が高かった。

また、妻側がそうなら、夫側も受け入れ準備に忙しくなるはず。

特に今回の結婚は急に決まったため、向こうも準備に大慌てになりそうだ。それで四ヶ月は必要と見積もったのだが――

父がなんとも言えない顔で、ごほんと咳をする。

「まあ……普通ならば、それだけの期間が必要であろうな。だがアリシアよ、此度《こたび》の件はどこまでも尋常ではないのだ」

「と仰《おっしゃ》いますと？」

「先程、早馬で訪れたカーライル殿からの使いによれば、あちらの準備はすぐに整うゆえ、もし可能であれば、三ヶ月後においで頂きたいとの話だった」

「さ、三ヶ月後ですか……!?」

いくらなんでも早すぎる、とぎょっとした私に、父はやや複雑そうな表情で頷く。

「さらには、それより早く準備が整うようなら、二ヶ月後にお迎えすることも可能と先方は言っておられる。請い願う花嫁ゆえ、少しでも早く迎えたいのだと」

「二ヶ月後って……」

どれだけハイスピードで準備するつもりなのか。というか、急に決まったことなのに、なんだか結婚に前向きすぎるような。カーライル様、あの場では凄く冷静に見えたのに……

唖然とする私に、父はしかつめらしく言った。

「そうだ。驚くほど早いが、つまりは、それだけ急ぐ必要があると向こうは踏んだのだろう」

「……急がねば横やりが入るかもしれないと？」

私は、はっと真剣な眼差しになる。

もしかして、王子が口を挟んでくるのを危惧《きぐ》しているのだろうか。だが、大勢の前で宣言した手前、人一倍人目を気にする彼が、今さら前言撤回はしないはず。

もし横やりが入るとすれば、カーライル様の家族からではと気づき、尋ねる。

「あの、もしや、ご家族が反対されているのでしょうか？　それも当然だとは思うのですが、そのため急ぎ進めたいとか……」

「いや、どうやらそういうわけではないようだ。両親や親族がなにか言ってくることは恐らくないし、もしそうなった場合でも、自《みずか》ら説得するゆえ問題ないとはっきり仰《おっしゃ》っているのだとか」

「そうなのですか？」

「ああ。そもそもカーライル殿は、ご実家の公爵家を何年も前に離れ、一人別の屋敷に住んでおられるらしい。公爵子息ではあるが、今は父君の二つ目の爵位であるセンテ侯爵の名で領地を治めているのだと。半《なか》ば独立しているようなもので、干渉は少ないということなのだろう」

「別の領地に、一人でお住まいだったのですね……」

驚きつつも少しほっとする。結婚相手は自分の判断で決めることを許されているのだとすれば、それだけ両親に信頼されているのだろう。

そういう状況なら、カーライル様がこうも急ぐのはより不思議だったが、別の可能性に思い到る。もしかしたら、私を早く目の届く場所に置きたいのかもしれない。私を見張るために王子に求婚の許可を願い出たくらい、彼は王家に忠実な騎士なのだから。

もし嫁《とつ》ぐまでの数ヶ月で、私がシェリル絡みで新たな問題を起こせば、彼や王子の面目は丸潰れになる——それを危惧《きぐ》したのだろう。

逆に考えれば、私も早めに彼に見張ってもらうことで、シェリルを害する意思がないことを周囲へ迅速《じんそく》に証明できるのだ。

（……そうよ。それならどんなに急でも、ここは話に乗っておいた方が得策だわ。私だって、ちょっとでも早く平穏な生活を迎えたいもの）

やがて気持ちを固めた私は、父に向き直る。

「少し驚きましたが、そうも前向きに進めてくださっているなら、私もお応《こた》えしないわけには参りません。お父様、アリシアは二ヶ月後に嫁《とつ》ぐため、明日より準備を進めたいと思います」

「ふん――良い覚悟だ。ならば、英気を養うために今日はもう休め。やるべきことは山ほどあるのだからな」

父はそう言い、ようやくふっと目を細めたのだった。


自室に戻った頃には、窓の外はさらに深い藍色《あいいろ》に変わっていた。

天鵞絨《ビロード》のような夜空に、乳白色《にゅうはくしょく》の月と、宝石めいた星々が皓々《こうこう》と輝いている。窓辺から斜めに差しこむ静謐《せいひつ》な光が、室内を青白く照らしていた。それも当然だろう、屋敷に帰ってからもバタバタしていたのだ。恐らく、今は午前一時頃のはず。

湯浴みを済ませて白い夜着姿になった私は、天蓋《てんがい》付きの寝台にゆっくりと横たわる。

「なんだか、色々あって疲れたわ……」

自然と肩の力が抜け、ほっと息が漏《も》れた。もしかしたら、自分で思っていたよりずっと緊張していたのかもしれない。さっきは、どう父を説得しようと必死に頭を巡らせていたから。

そして嫁《とつ》ぐ話がまとまった今、ようやくこの土地を離れる実感がじわじわと湧いてくる。

そう――私は二ヶ月後には、生まれ育った屋敷を離れるのだ。

厳しく、いつだって誰より正しかった父、まだ無邪気で幼い弟。

瞼《まぶた》に浮かんだ二人の姿に、寂しく切ない気分が押し寄せてくる。

（二人とも、元気にやっていけるかしら……。ううん、問題を起こした私がここに残る方が彼らに心配や迷惑をかけるから、これでいいのよね……きっと）

それに彼らはもちろん、幼い頃から共に過ごしてきた使用人たちとも、近々お別れになるのだ。

「一人なら使用人を連れていっても良いそうだから、誰かはついてきてくれるでしょうけど……他の皆とはもうほぼ会えなくなるのね」

幼くして母を亡くし父に厳しく育てられた私に、ミアら使用人たちは忠実に仕えつつ、親愛の情を持って接してくれた。そんな彼らとの別れが、今になってひどく寂しく感じられる。

永遠に会えなくなるわけではないが、これまでのように顔を合わせることはかなり難しくなるだろう。カーライル様の屋敷はここから馬で半日駆ける遠い場所にあるし、そうでなくとも、嫁《とつ》いだ娘が実家に帰ることは良しとされていないのだから。

皆と会えなくなるだけでなく、母の墓にお参りに行くことだって――

胸がぎゅっと切なくなってくる。

「ああ……それに、ブランとももう遊べなくなるんだわ」

ふと頭をよぎったのは、婚約破棄の場でも思い浮かべた、蜂蜜色《はちみついろ》の大型犬の姿。

我が家の飼い犬ではなく、私が幼い頃、屋敷へ紛れこんできた犬で、日に当たった毛並みがまるで黄金の麦の穂のようにも見えたから、ブランと呼ぶようになったのだ。

初めこそ使用人たちもブランを追い出そうとしたが、彼が賢く大人しい犬だとわかると、触れ合うことを許してくれた。

恐らく、お妃《きさき》教育で忙しく子供らしい遊びができなかった私に、せめて動物と戯《たわむ》れる時間くらいは、と思ったのだろう。それからは、私と仲良くなったブランがふらりと屋敷にやってくると、使用人たちは私を呼んで遊ばせてくれるようになった。

もちろん、万一にもブランが私を噛まないよう誰かが見守る中でのことだったが、その度《たび》、私は彼を撫でて存分に癒《いや》されたものだ。思い出して、ふふっと笑う。

「思い浮かべたら、なんだか撫でたくなっちゃった」

ブランこそが、私がもふもふ好きになったきっかけでもあった。

触るとふわふわとあったかくて、毛並みに顔を埋《うず》めるとおひさまみたいな匂いがして、凄く幸せだった。でも……それももうできなくなるのだ。

私は直《じき》にこの家の令嬢ではなく、カーライル様の妻になるのだから。

「これが結婚するってことなのね……」

今まで身近にいた人たちから離れて新しい土地へ向かう。それでも、その先に愛《いと》しい相手がいるならまだ寂しくないのかもしれないが、私の場合、結婚するのはよく知らない相手だ。

私を助けてくれただけでなく世間の評判も良い彼は、きっと良い人なのだと思う。

それでも、一抹《いちまつ》の不安は残る。なぜならカーライル様は、私を見張るため求婚すると言っていたから。私を監視対象と見ている人と、どこまで夫婦らしく過ごせるだろう。また、家族は同居していないそうだが、屋敷の使用人たちは果たして私を受け入れてくれるかどうか。

考えるうち、自然と溜息が漏《も》れてくる。

「王子に婚約破棄された、訳あり令嬢だもの。歓迎してもらえると思う方が間違いよね」

だが、それは私自身が受け入れて決めたことだ。

世間にどう思われようと、無事に生き延びる方を――大事な人々を守る方を選んだのだから。

それにたとえ疎《うと》ましがられたとしても、こちらの歩み寄り次第で、屋敷の人々の印象をわずかでも変えられる希望だってある。

「そうよ、悩んでいても仕方ないわ。……だって、私は好かれるために行くのではなく、カーライル様の妻として屋敷や領地を守るために行くのだもの」

第一、よく考えればこれは、今まで勉強してきた知識を生かせるチャンスでもあるのだ。

私はいずれ婚約破棄されて路頭に迷う可能性もあったので、そうなっても一人で生きていけるよう、商売や内職の仕方なども密かに学んでいた。

一時はそれらが無駄になるかと思ったけれど、この知識だってもしかすれば生かせるかもしれない。

なにより、慣れない場所で一人ぼうっとしているより、なんでもいいから動いている方が、ずっと気が紛れる気がした。

「さ……考えていないで、眠ってしまいましょう。明日から、きっと忙しくなるんだから」

そう呟くと、私は決心を固めるように上掛けを首元までかける。

そしてうとうとするうち、深い眠りへ落ちていったのだった。

第三章　普通に登場しては、面白くないでしょう？

ふわふわとしたまどろみの中、私は遠い昔の光景を夢に見ていた。

幼い頃――たぶん、私が七、八歳頃の光景。小さな私は、夕陽で橙色《だいだいいろ》に染まった屋敷の庭で、自分と同じくらいの大きさの犬をぎゅっと胸に抱き締めている。

『ブラン……また上手くいかなかったの』

ひっく、と嗚咽《おえつ》を堪えながら言う私に、ブランはくぅん、と鳴いて鼻を摺《す》り寄せた。

まるで慰《なぐさ》めるように、私の頬をそっと舐めた、蜂蜜色《はちみついろ》の毛並みの犬。

澄んだ青い瞳を持つ彼は、気がつくといつも、私にそっと寄り添ってくれていた。

ああ……これは確か、お父様に『王宮には行きたくありません』と駄々をこね、けれど問答無用で連れていかれた日の夕方だ。

テオ王子に会いたくない、会ってはならないと、必死に考えてかわそうとしたのだが、父からはただの我儘《わがまま》だと思われ、ひどく叱られた。

そして泣き腫らした目でぎゅっと唇を引き結んだ私は、そこでテオ王子に出会ってしまったのだ。

初めて会う私を見て、やんちゃな印象の顔を顰《しか》めた、今よりずっと幼い黒髪の王子。彼の後ろには国王がいて、彼は嬉しそうに目を細めて私を見ていた。

やがて『うむ、ジョセフに似て実に聡明そうな娘だ』と頷いた国王に、父はいつもの生真面目な顔のまま——しかし、どこか誇らしげに『はっ』と礼を執《と》る。

その後、国王と父がかわした意味深な目配せに、ゲームのアリシアの未来が透けて見え、くらりと眩暈《めまい》がした覚えがあった。

駄目なのに、その方向に行ってはいけないのに。

そう思っても、私はまるで波に攫《さら》われるみたいに、悪役令嬢アリシアの道を進んでいってしまう。

それが、怖くて仕方なかったのだ。

けれどまさか、ここが前世で遊んだゲームと同じ世界で、それゆえに私は残酷な目に遭うはずだから王子とは関わりたくない、などと言えるわけがない。

そんなことを言えば、気が触れたと思われて部屋に閉じこめられかねなかった。それに、子供とはいえ王子に対して不敬だと折檻《せっかん》されただろう。ここは、そういう世界なのだ。現代日本とは違う、中世ヨーロッパに近い世界。

そこで別世界の記憶を持つ私は、異質な存在だった。皆が楽しそうに海で泳ぐ中、一人波から逃《のが》れようと必死に砂浜を走っているような——

そうして嗚咽《おえつ》を堪《こら》えていると、ブランがくぅん、と鳴いて、私の頬をぺろりと舐めた。

まるで『元気を出して』と言われているようで、私は涙を浮かべたまま、くすりと微笑む。

『あら……もしかして貴方、慰《なぐさ》めてくれているの？　優しいのね』

きっと、なぜ私が泣いているかもわからないに違いない。

だが言葉の通じない相手だからこそ、ふっと気が楽になった。私がどんなにおかしなことを言っても、ブランは笑いも気味悪がりもせず、ただ不思議そうに見ているだけなのだ。

だから私は、誰にも言えなかった秘密をぽつりとこぼす。

『ねえ、ブラン。信じられる？　私ね、いずれ第二王子殿下の婚約者になるはずなのよ。そして、いつか王宮の広間で、彼に婚約破棄されるの』

案の定、ブランはきょとんとした表情だ。その愛らしさに、ついふふっと笑ってしまう。

『嘘だと思うでしょう？　でも、本当なの。私は婚約破棄されて、さらに恐ろしい目に遭うの。国外へ追放されたり奴隷《どれい》の身分に落ちたり……もしかしたら、もっと怖い目に』

そして私は掠《かす》れる声で呟く。

『どうやったら、その未来から逃《のが》れることができるのかしら……』

抱き締めたブランの毛並みに顔を埋《うず》めると、次第にうとうとしてくる。

あったかくて、おひさまみたいないい匂い。

難しいことを全部忘れて、陽だまりに包まれているような気分になる。

それが、なんだかとても心地良くて――

「……様、お嬢様……！」

ふいにミアの声に呼ばれ、私ははっと目を覚ます。

「え、ミア……？」

半分ぼんやりしたまま顔を上げると、そこは夕陽に染まる屋敷の庭ではなく、がたごとと揺れる馬車の中。窓から明るい陽射しが差しこむ車内で、隣に座ったミアが、気遣わしげにこちらを覗きこんでいた。

「ええ、私でございます。お眠り中のところ恐れ入りますが、段々とセンテ領に近づいて参りましたので、お声がけをと」

彼女は、わずかに乱れていた私の髪をそっと櫛《くし》で直してくれる。

「ここ最近、ずっと休みなく動かれていましたものね……お疲れになるのも当然です。もしミアがご疲労を代わることができるなら、是非代わりたいものですわ」

労《いたわ》しげに目を細めるミアは、常より改まった臙脂色《えんじいろ》の侍女服を着ていて、その姿に、ああ……と今の状況を思い出す。

そうだ、馬車に揺られるうちにいつの間にか眠ってしまったけれど、私はこれからカーライル様のいるセンテ領に――彼のお屋敷に向かうところなのだ。

そしてミアは、私が誰か一人、嫁入りのお供に連れていきたいと言った時、すぐに「私が参ります！」と手を挙げてくれたため、こうして一緒に向かうことになった。

ぼやけていた思考が徐々に明瞭《めいりょう》になり、私は身を起こす。

「そうだったわね……起こしてくれてありがとう。大丈夫、少し眠ったらだいぶ疲れも取れたから」

私が着ているのも、いつもより意匠を凝《こ》らした水色のドレス。

長い銀髪と緑の瞳をより美しく見せるため、仕立屋が奮起《ふんき》して作ったものだ。清楚《せいそ》な水色地に薄桃色を合わせたデザインで、飾りのリボンや花も上品な薄桃色。窓硝子《ガラス》に映る私の姿が、普段よりどこかたおやかに見える。長旅で汚すといけないので、白い花嫁衣装には、屋敷に着いてから着替える予定だ。

これ以外にも、華やかなドレスの数々が馬車に山と積まれていた。

そんな馬車の前後を、馬に乗った護衛騎士が一人ずつ守ってくれている。彼らはカーライル様の屋敷の手前まで私たちを護衛し、そこで元来た道を引き返すことになっていた。

馬車が賊に襲われないよう護衛は必要だが、かといって帯剣した者たちが嫁《とつ》ぎ先の敷地内まで入るのは、そこに危険ありと言っているも同然で、慶事においては無礼に当たるからだ。なので、実際に屋敷まで足を踏み入れるのは、私とミアに御者《ぎょしゃ》のダン、それに嫁入り支度の大荷物だけ。

(本当に山ほどの荷物になったけれど、無事に準備が整って良かったわ)

ほっとしつつ、息を吐く。

そう――国王から「テオとの婚約破棄はやむなし。カーライルとの結婚も認める」とのお言葉を頂き、カーライル様と結婚の話し合いをしてから二ケ月、支度にずっと奔走《ほんそう》していたのだ。

私が婚約破棄されてすぐの状況を鑑《かんが》み、やはり親類縁者を呼ぶ盛大な結婚式は挙げないことになり、カーライル様の領地内の教会で、二人で静かに誓いを立てることになっている。

そうしたあれこれを手紙などでやりとりして決め、支度を進め、さらには出立準備も慌ただしかったせいか、ようやく積み荷を終えて馬車に乗りこんだ時には、私はだいぶぐったりしていた。

そのままうとうとするうち、いつしか懐かしいブランとの思い出を夢に見ていたのだろう。結局、この二ヶ月は彼に会えず、お別れも言えず終《じま》いだったから。

窓の外を見ると、清々《すがすが》しい緑の田園風景がどこまでも続いていた。視界をいくつもの木々が流れていく中、時々、遠くにぽつぽつと小さな家や小屋が見える。

日の高さからして、今は午後二時頃だろうか。窓から差しこむ陽光の心地良さと、ガタゴトと音を立てる馬車のかすかな揺れを感じながら、私は周辺の地理を思い浮かべて尋ねる。

「今は、グランセルとセンテを繋ぐ街道の辺りかしら？」

「ええ。そろそろセンテに入る頃合いかと思われます」

ミアが答えた通り、眺めているうち、車窓から見える景色が変わっていく。

ぽつぽつと見える民家の屋根が、水色や緑など先程より鮮《あざ》やかな色になっている。そんな家々の側に橙色《だいだいいろ》の花が咲いているのが、ふと目に入った。あれは確か、メイランという果物の花だ。

「そういえば、カーライル様の領では果物の栽培も盛《さか》んらしいわね。小麦も安定して採れるけれど、果物の実りもいいのだとか」

この二ヶ月間、嫁《とつ》ぎ先のことを知っておきたいと、花嫁支度の合間に読んだ本を思い出して言う。

すると、ミアがほっと息を漏《も》らした。

「まぁ……実り豊かな土地なのですね。でしたら、領地運営も安定しているでしょうし、ご領主であるカーライル様と小作人たちとの関係も、比較的良好かもしれませんわね」

「そうだといいわ。領民たちと信頼関係が築けているなら、もし私が領地運営をお手伝いすることになった場合も、きっとやりやすいもの。私がどこまで携《たずさ》わっていいかは、お聞きしてみないとわからないけれど……」

領主はただ屋敷で報告を受けていればいい身ではなく、領内のまとめ役であり、調整役のような存在でもあるのだ。

領民たちがきちんと税を納めているか帳簿を確かめ、領内で諍《いさか》いが起きれば仲裁に当たる。

万が一、天災などの被害が出れば、橋の復旧などの対処も領主の役目だ。

もちろん大規模な戦《いくさ》や暴動が起こった際は、さすがに国の統括する騎士団の役目となるが、それ以外の領内で起こった雑多な問題は、領主の管轄《かんかつ》とされていた。

そして、領主であるカーライル様が不在時、それらの仕事を代行するのが、彼に代理を命じられた土地管理人か、妻の私になる。

(なんだか今さらになって、責任の重さをひしひしと感じてきたわ……)

結婚へ甘い期待を抱くより、今後の仕事ばかり考えてしまうのは、父の厳しい教育の賜物《たまもの》だろうか。たぶん前世の私なら、美貌の騎士と結婚できる未来に、胸を弾ませていただけだっただろう。

あの頃の私は、貴婦人をただ華やかな生活を送る、気楽な立場と思っていたから。

うーんと顔を顰《しか》めていると、ミアが噛み締めるようにしみじみと言った。

「それにしても、こうしてお嬢様とご一緒できて本当に嬉しゅうございます」

「私もミアが同行してくれて心強かったわ。……でも、本当に良かったの？　住み慣れた土地を離れてしまうのに」

もしかしたら向こうに想う相手だっていたのでは、と心配になってくる。ミアは結婚適齢期だし、そうでなくても凛《りん》とした美女で、男性からよく熱い眼差しを向けられていたから。

するとと、彼女はぐっと身を乗り出して言う。

「まあ！　なにを仰《おっしゃ》います。私はお嬢様のご幼少のみぎりにお会いした時から、ずっとお仕えし続けると心に決めていたのです。誰が相手だろうと、この権利は絶対に譲りませんわ」

「権利って……」

そこまでのものではないのでは、と思ったのだが、ミアは誇らしげに胸を張った。

「実際、侍女仲間たち七人と昨晩まで争ったのですよ。最後はサーラと対決して、お嬢様への深い敬愛と、自分がどれだけ貢献できたかを語り合い、見事私が勝ちましたけれど」

「えっ、そうだったの？」

まさか陰でそんな争いが繰り広げられていたなんて、と驚く。というか、サーラまで同行を強く望んでくれていたとは……。しかし戸惑いながらも、少しわかる気もする。

なぜならミアとサーラは、幼い頃に私が町で拾ってきたようなものだったから。

（そういえば、二人と出会ったのはあの時だったわね……）

懐かしい光景が、自然と瞼《まぶた》の裏に浮かんできた。

――あれは、確か私が八歳の頃。父と馬車に乗って領内の町を巡っていた際、痩《や》せた身体に薄汚れた服装で地べたに座る子供たちを幾人も見かけたのだ。

父の領地経営手腕は優れていたから、幸い、この地に生まれた者で貧しい暮らしをする者はほぼいない。それに、領民の顔は大体覚えていたから、視線の先の子供たちが元々ここに住む者でないのはすぐ察しがついた。けれど、そのままにはしておけなくて――

そこで私は、隣に座る父に提案したのだ。

『お父様。あの子たちを、一時的にうちで保護しませんか？』

『保護だと？ ……いい、捨て置け。あれらは我が土地の領民ではなく、いずれ去る者。彼らへ下手に手を差し出しては領民たちが黙っていまい』

苦虫を噛み潰した顔の彼に、私は必死に言い募る。

『ですが、このまま住み着けば、彼らもやがて我が領の民《たみ》となります。国の法でも、一定期間その土地に留まった者は、領主の許可を得ることによりそこに籍を置けるとあるではありませんか』

私がその件を知っているとは思っていなかったのか、父は驚いたようにこちらを見つめた。

『アリシア……』

『それに、確かにお父様が保護されれば、仰《おっしゃ》る通り領民の反発を招く恐れがあるかもしれません。ですが、まだ幼い私ならば、知識や常識の足りない子供のこと、一時の気紛れと流してもらえるのではないでしょうか』

そんな風に言ったのは、単純に生気のない子供たちを放っておけないせいもあったし、それだけでなく、彼らの姿が他人事ではなく感じられたからだ。

だって、今は侯爵家の娘でも、私もいつ婚約破棄され、その後どんな処罰を下されて路頭に迷うかわからない。彼らは見知らぬ他人だが、まるで未来の自分のようにも思えたのだ。

目を見開いて私を見ていた父だったが、やがてなにを思ったか息を吐いて答える。

『お前という奴は……まあ良い。そこまで言うなら、やってみるがいい。お前がどれだけのことをできるのか、この父に見せてみろ』

『あ、ありがとうございます……！』

許しを得てぱっと笑顔になった私は、馬車を降りて子供たちに声をかけると、まず修道院へ連れていった。いつも侯爵家が多額の寄付をしていることもあり、修道院の院長は、すぐに私の考えを理解して彼らを受け入れてくれた。

そこでしばらく子供たちに雑用をしつつ生活してもらい、彼らの適性を見ることにしたのだ。

というのも、保護するといっても、ただ住まいと食事を与えるだけでは彼らは自立できない。まず彼らには、仕事を見つけ、日々の糧《かて》を得る方法を手にさせねばならなかった。

だが、もしどこかの店で働くにしても、性質に合わない仕事を紹介しては上手くいかないだろう。だから一人一人、どんな長所や短所があるのか把握しようと思ったのだ。

そうして色々な雑用をしてもらう中で、彼らの動きや対応を見ていくうち、だんだんと個々の適性がわかり、勤め先が決まっていった。

病弱だが手先が器用な少年は、革細工師の住みこみの弟子に。

引っこみ思案だけれど、子供好きで心根のあたたかい少女は、修道院で子守りに。

計算は苦手でも、誰より力自慢の元気な少年は、農家のいい働き手に。

また、ミアやサーラら数人の少女たちは、きびきびとどんな仕事も器用にこなしたので、我が屋敷の侍女にどうかと推薦したのだ。

もちろん、貴族の屋敷の仕事は民衆にとって憧れで、家なし子が簡単になれるものではない。

だから、皿の配膳や衣装を準備する仕事を素早く的確にできるか、客へ丁寧な対応が取れるかなどを重点的に、侍女長たちに公正な目で見て判断してもらった。

結果、彼女たちは侍女長たちのお眼鏡に適《かな》い、無事ここで働くことが決まったのだ。

そんな経緯があったためか、侍女の中でも特にミアとサーラは私に深く感謝し、忠実に仕えてくれていた。しかし、きっかけは私とはいえ、実際には彼女たちの努力と能力の結果、仕事と住まいを得たのだ。

私と同様に昔を思い出したのか、ミアが遠くを見つめて言う。

「あの日、お嬢様が手を差し伸べてくださらなかったら、私もサーラも他の子供たちも……道端で倒れていたか、身を売る仕事をしていたでしょう。私はずっと、それが当然と思っていたのです。戦《いくさ》で親を失った子供が逃げた先の地で幸せに生きるなど、夢物語だと」

私に視線を戻した彼女の鳶色《とびいろ》の瞳には、うっすらと涙が滲《にじ》んでいた。

「ですが、お嬢様はその意識から変えてくださいました。……私のような者でも、こうしてきちんと能力を認めてもらえるのだと。懸命に働けば、こんな風に幸せになれるのだと」

「ミア……」

目を瞠《みは》る私に、ミアは思いのこもった声で静かに言う。

「ですから私は、お嬢様が向かわれる先が、たとえ火の中だろうとご一緒致します。……いえ、どうかご一緒させてくださいませ。私は、お嬢様に少しでもご恩返しがしたいのです」

「ありがとう……。ずっと、そんな風に思ってくれていたのね……」

私は上手く言葉にできず、掠《かす》れる声でやっと口にする。

思えばあの頃の私は、目の前の子供たちが未来の自分に重なり、ただ放っておけなくて手を差し伸べたのだった。自分だって、いつ彼らと同じ状況に陥《おちい》るかわからない。その時、どんなことをしてもらったら嬉しいだろう、助かるだろうと考えて。

そう――いつだって私は、恐ろしい未来から逃《のが》れるために必死だったのだ。

けれど、なかなかそれが上手くいかず、だんだんと自信を失いかけてもいた。だからこそ、なにか一つでも自分で成し遂げたかったのかもしれない。

私だって現状に流されるだけでなく、きっとなにかできるのだと、誰かに証明したくて。

そして……それは決して無駄ではなかったのだ。

(こうして誰かの心を、ほんの少しでも助けることができてたんだ……)

それがじんわりと嬉しく、私の力になっていく。

王子に厭《いと》われたり婚約破棄されたり、上手くいかないことは何度もあったけれど、私の歩んできた道は間違いじゃなかった。ちゃんとそう思えたから。

「ミア……ありがとう。本当に」

(――むしろ、助けてもらったのは私の方だわ。そんな風に思ってくれるミアが傍にいてくれて、こんなに心強いんだから)

深く感謝しながら、これから向かう土地でも自分らしく生きていこうと静かに誓う。

たとえ上手くいかないことがあっても、くじけずにしっかりと歩こうと。


その後、どれくらい馬車に揺られていただろう。

窓の外の景色を眺めつつ過ごしていると、やがて視線のずっと先に屋敷が見えてきた。

——カーライル様のお屋敷だ。

ここまで来ればもう安心ということで、馬に乗った護衛騎士二人は恭《うやうや》しく礼をし、馬車を守っていた列からすっと離れていく。私は感謝をこめて彼らの後ろ姿を見送った。

そして、改めて進行方向に視線を戻すと、丘に上《のぼ》る形で穏やかにうねった長い道が続き、終点の小高い丘に、緑に囲まれた瀟洒《しょうしゃ》な白い屋敷が建っているのが見えた。

これだけ離れた距離でも見えるということは、だいぶ大きい造りらしい。周囲にある緑と調和して、まるで一枚の絵画のような景観だ。

「綺麗……とても雰囲気のいいお屋敷ね」

「本当に、湖畔《こはん》の別荘を思わせる爽やかな佇《たたず》まいですわ。それよりもずっと立派ですけれど」

そんな風に二人、窓を開けて心地良い風を受けながら見惚《みと》れていると、前方から、御者《ぎょしゃ》のダンのしみじみとした声が聞こえてくる。

「こいつは見事なお屋敷だ。うーん……厩舎《きゅうしゃ》も大きそうだなぁ」

「ダン。長旅で疲れているところ申し訳ないけれど、あと少しお願いね」

御者席《ぎょしゃ》との間にある小窓越しに伝えた私に、一瞬こちらを振り返った彼は、日に焼けた顔でにっと笑う。

「もちろんお任せください、お嬢様。フレイアの足なら、一っ飛びであそこまで辿り着けますよ。なにせこの日のために、丹念に世話してきた馬ですからね」

前方へ視線を戻しつつ言った彼は、誇らしげに手綱《たづな》の先の白馬を見下ろす。フレイアは馬の中でも珍しい魔力持ちで、それゆえにこうした重要な旅路で重宝されていた。

そう——この世界には、魔力が存在しているのだ。

ゲーム内でも、主人公シェリルを育成する際のパラメータには、知力、体力、芸術性、社交性の他に魔力もあり、それを重点的に伸ばすと、彼女に魔法を覚えさせることができた。

ただ魔力は万人が持つものではなく、稀《まれ》に持って生まれてくる人もいるという珍しい特性のような扱い。それゆえ、魔力を持たない体質の私には縁遠いものでもあった。

もしかしたら、自分にはない魔力を持っていることへの嫉妬《しっと》もあり、ゲームのアリシアはシェリルに嫌がらせしていたのかもしれない。

……まあ、それはさておき。そんなわけで動物にも稀《まれ》に魔力持ちが生まれ、特に馬やロバは、移動手段かつ護衛として重宝されていた。なぜなら彼らは魔力に敏感で、魔術師などの襲撃があればすぐ反応し、被害を未然に防ぐことができるからだ。

魔力持ちのフレイアは、我が家で重要な催《もよお》しがある際に度々《たびたび》使われてきた馬だった。

そんな白馬が先導する馬車はやがて門を通り過ぎ、その先にある屋敷の玄関へ向かう。

敷地が広く、まだ随分と距離があるため小さくしか見えないが、どうやら玄関前にずらりと使用人たちが並んでいるようだ。そして彼らの手前には――

（あ、カーライル様だ……）

青鹿毛《あおかげ》の馬の手綱《たづな》を握って立つ、白い正装姿の彼が見える。恐らく、愛馬と共に出迎えるのが、騎士としての彼の礼節の表れなのだろう。

久し振りに目にした彼の姿に、次第に胸が落ち着かなくなる。なにせこの二ヶ月、結婚の打ち合わせで我が家を訪れた彼が父と話す様子を見たり、手紙でやりとりしたりしたが、こうしてしっかり顔を合わせるのはまだ二度目。なのに、今日には彼と結婚してしまうのだから。

（駄目ね……しゃんとしないと）

ぴしゃりと両頬を叩き、気を引き締めた時だった。

「あっ、おい！　どうしたフレイア？」

前方からダンの焦った声が聞こえ、私は不思議に思い外に向かって声をかける。

「どうしたの？　ダン」

「いえ、それが、フレイアの奴が急におかしくなって……あっ、おい、やめろ！　そっちは……」

彼が叫んだ瞬間、馬の甲高い嘶《いなな》きが聞こえ、ぐらっと馬車が揺れた。

急な揺れに、車内にいる私たちはしたたかに壁に身を打ちつける。

「えっ？　一体なにが……きゃっ！」

「きゃあっ!!」

私が声を上げたのと、ミアが悲鳴を上げたのはほぼ同時だった。ガタガタと揺れが激しくなったかと思うと、ぐんぐん馬車の速度が増し、窓の景色が目で追えなくなっていく。

荒々しい蹄《ひづめ》の音に重なるように、興奮した馬の嘶《いなな》きと鼻息が絶えず聞こえてくる。

(なにこれ……まさか、フレイアが暴走してる?)

じわりと嫌な汗が滲《にじ》む。もしや、襲撃でもあったのだろうか。

だがそれにしては、こちらを攻撃してくる者の気配はどこにも感じられない。どちらかといえば、フレイアがなにかに対して怯え、それから逃《のが》れようとしているかのように見える。

なぜこうなったかわからないが、かなりまずい状況なのは伝わってきた。

なにしろ、外からは今までに聞いたことがないほど激しいフレイアの嘶《いなな》きが聞こえ、それを制そうとするダンの声もまた、焦りで掠《かす》れていたから。

「フレイア、駄目だ!! 頼むから、もっとこっちに……!」

恐らく、今馬車が向かっているのは屋敷の方角ではない。

外の景色を見るに、屋敷の脇へ伸びる林道を猛烈な速度で駆けている様子だ。森の奥へ走っているのか、どんどん周囲の木々が増え、緑が深くなっていく。

まずい、このままじゃ――。心臓がどくどくと波打つ。

「お、お嬢様……」

「大丈夫よ、ミア……きっと大丈夫」

激しく揺れる馬車の中、青褪《あおざ》めるミアに言い聞かせながら、私は焦る頭を働かせる。

このままでは、木にぶつかるか谷に落ちるまで馬車は走り続けるに違いない。

だがそうして止まったところで、私たちが無事でいられるかどうか。

(どうしたらいいの。なんとかしないと……)

しかし、頭を巡らせていられる時間はなかった。

「うわあぁ!!」

次の瞬間、窓の外から、ダンの恐怖におののいたような叫び声が聞こえ——

(——駄目、もう間に合わない……!)

せめてミアだけは守りたいと、目を瞑《つぶ》って彼女をぎゅっと抱き締めた時。

ふいに、蹄《ひづめ》の音と涼やかな声が響いた。

「大丈夫だ、落ち着け……!」

直後、フレイアが甲高い嘶《いなな》きを上げ、ぐるんと馬車が方向転換する。

(え……この声、カーライル様?)

恐らく、馬に乗って駆けてきた彼が、フレイアを宥《なだ》めるか注意を逸らすかしたのだろう。

急激な方向転換をした馬車は、なおも凄い速度で走り続けている。

並走しているらしきカーライル様が、しっかりと響く声でダンに告げた。

「——焦るな。手綱《たづな》を向こうの方向へ切れ。道は私が誘導する」

「は、はい！　フレイア、向こうだ!!」

すぐに上擦《うわず》ったダンの声が聞こえたかと思うと、フレイアがひときわ大きな声で嘶《いなな》く。

まだフレイアは気が立っているみたいだが、それでも、馬車の揺れや流れゆく窓の景色の変化から、幾分速度が緩んだのが感じ取れた。

窓の外を見ると、先程まで馬車が向かっていた後方に大きな木が佇《たたず》んでいる。どうやら、馬で急ぎ駆けてきたカーライル様が、あれにぶつかる寸前でなんとか回避させたようだ。

（もしぶつかっていたら、ただでは済まなかったわ……）

ぞっとする私の耳に、また車外の会話が聞こえてくる。

カーライル様は今、さらに馬車を安全な方向へ誘導しようとしてくれている様子だ。

「そのまま進んで大丈夫だ。向こうに泉がある。そこまで行けば馬も落ち着くだろう」

「わ、わかりました……！」

その冷静な声音に、動転していたダンの心も次第に落ち着いてきたのだろう。

「よーし、よし……いいぞ、フレイア。よし、その調子だ」

ゆっくりと宥《なだ》めつつ手綱《たづな》を操るダンに、フレイアもいつもの落ち着きを取り戻してきたのか、嘶《いなな》きと鼻息が次第に収まってくる。

やがて馬車は速度を落とし、ようやく泉のほとりでフレイアが足を止めた。周囲を木々に囲まれた森の中の泉で、手前には開《ひら》けた空間がある。

深い安堵からか、はぁ……と魂《たましい》が抜けたような、ダンの溜息が聞こえてきた。

車内にいる私とミアも、ほっと息を漏《も》らす。

「良かった。どうにか無事だったようね……」

「ええ……一時はどうなることかと」

「とにかく、外の様子を見に……っ……」

席から立ち上がった拍子に右足首がずきんと痛み、つい顔を顰《しか》める。さっき馬車から振り落とされまいと踏ん張った時、もしかしたら足を捻《ひね》ってしまったのかもしれない。

そんな私に、ミアが血相を変えて身を乗り出す。

「お、お嬢様!? まさかお怪我を……？」

「大丈夫、少し捻《ひね》っただけよ。それより、ダンが無事か確かめないと……」

ずきずきする痛みを意識の外に追いやりつつ立つと、私は馬車の扉に手をかける。

だが、私が開けるより先に、外から勢い良く扉が開き――

「――アリシア嬢、侍女殿！ ご無事でしたか？」

「カーライル様……」

目を見開いて見つめる先には、かすかに息を弾ませた彼が立っていた。

相変わらず視線を奪う麗《うるわ》しい容貌。一つに結ばれた金髪や白い正装の襟元は、風に煽《あお》られたのかやや乱れ、額《ひたい》に汗も浮かんでいる。さっきは冷静に対処しているようだったが、やはりあの状況を収めるのは大変だったのだろう。

（考えてみれば当然だわ……。狭い林道で、馬車に並走して馬を宥《なだ》め続けていたんだもの）

今いる泉のほとりは開《ひら》けた空間になっているが、先程通った向こうの林道は両脇にびっしり木が生《は》え、馬車と馬が並んでギリギリ通れるくらいの幅だ。

下手をすれば、カーライル様は馬車にぶつかられ、大怪我をする恐れがあった。

そうでなくとも、横の馬車だけでなく前方にも気を配らなければ、脇から伸びた木の枝にぶつかったり、木の根に馬の足を取られたりして落馬する危険もあっただろう。

そんな細心の注意を払わねばならない状況で、彼は馬を操りながら、力強く冷静な声でフレイアとダンを宥《なだ》めていたのだ。

優れた馬術と冷静な判断力、なにより豪胆な精神なしではできないことのはず。彼は当たり前のようにやっていたけれど――

目の前に視線を戻すと、彼は、私の身体を上から下まで真剣な眼差しでじっと見つめていた。

やがて大きな怪我はないとわかったのか、安堵した様子で呟く。

「良かった……。もし貴女になにかあったら……」

「あの、カーライルさ……」

言いかけた次の瞬間、私はほっと肩の力を抜いた彼の腕の中に、ぎゅっと抱き寄せられていた。

(え……ええ⁉)

予想外の状況に、つい赤くなって固まる。

いつもと同じ涼《すず》しげな表情に見えるカーライル様だけど、耳元で吐かれた深い安堵の息や、私を抱き寄せた腕の力強さから、凄く心配してくれているのが伝わってくる。

その気持ちはありがたいのに、どうにも胸が落ち着かなかった。

だって、こんな風に男性に抱き寄せられたことなど、今まで一度もないのだ。

前世は男性と縁のない人生だったし、今世でも、テオ王子には煩《うるさ》げに手で払いのけられるばかりで、父に抱き上げられたこともなく……だから、どうしたって動揺してしまう。なにより、麗《うるわ》しい容貌があまりに近すぎて――

動揺した私は、両手でそっと彼の胸を押し、身を離そうとする。

「た、助けてくださってありがとうございました。あの、そろそろ放して頂いてよろしいですか？」

「ああ……これは、失礼しました」

そこで、ようやく自分の行動に気づいたらしい。恥じ入るように言った彼は、私をステップから地面へ丁重に下ろすと、身を離して真摯《しんし》に言う。

「私が貴女を守るのは当然のことです。我が家に嫁《とつ》ぐため、ここまで来てくださったのですから。それに、そもそも先程、馬が暴走したのは……」

その時、彼の背後にダンの姿が見え、私は思わず「あっ」と声を上げた。

「すみません、カーライル様。少しだけあちらに行かせてください」

話の途中で申し訳なかったが、やはりダンの様子が気になる。断りを入れてその場を離れた私は、慎重に彼のもとへ歩み寄っていく。

ぼんやりと力なく木の根元に座っているが……うん、大丈夫。怪我はないみたい。

「ダン、良かった……！　貴方も無事だったようね」

ほっとして言うと、魂《たましい》が抜けたようにがっくり肩を落としていたダンが、はっと顔を上げる。

「あ……」

次の瞬間、ざっと青褪《あおざ》めた彼は、地面に這いつくばってがばっと頭を下げた。

「お、お嬢様……！　も、申し訳ございませんでした……！　嫁入りの馬車で、このような不始末をしでかしてしまい……なんと、なんとお詫びすれば良いのか……」

自分のしくじりを実感し、急に恐ろしく、申し訳なくなったのだろう。

身体を震わせるダンの前にそっと膝をつき、私は首を横に振る。

「貴方が無事ならそれで十分よ。私もミアもこうして無事だったのだし、それに、身体の大きな動物が暴走したら、私たち非力な人間には手も足も出ないもの」

実際、耳に虫が入って驚いた馬が暴走したりする話は、少なからず聞くものだった。もしそうした状況に陥《おちい》ったならば、私たち人間に対処などほとんどできない。

というか、この状況でフレイアを止めることができたカーライル様が、凄すぎるのだ。

ダンが目を潤ませ、地についた手を震わせながらぎゅっと握る。

「お嬢様……あ、ありがとうございます。本当に、申し訳ございませんでした……」

「さ、いいから顔を上げて。早く屋敷の皆さんに姿を見せなくちゃ。皆、今か今かと待ってくれているでしょうから」

彼の背をそっと叩いて宥《なだ》めた私は、足に負担をかけないよう立ち上がり、後ろを振り返る。

「カーライル様、危《あや》ういところをお助けくださり、改めてお礼申し上げます。お陰でミアもダンも、こうして怪我をせずに済みました」

「いえ、先程も申しましたが、私は当然のことをしたまでですから」

こちらに歩み寄りつつ答えた彼は、なぜかわずかに顔を俯《うつむ》け、じっと私を見つめている。

もしかしたら、使用人を叱らない私をいかがなものかと思ったのかもしれない。

明確な身分制度のあるこの世界では、どんな理由があれ、主人に迷惑をかけた使用人は折檻《せっかん》されたり、解雇を言い渡されたりするのが常だったから。

けれど私は、長年忠実に勤めてくれているダンを、こんな理由で路頭に迷わせたくなかった。

だから考えた末、あえてのんびりと言う。

「その……なんだか私、ちょっと変わった到着の仕方をしてしまいましたね」

「え……？」

不思議そうに顔を上げたカーライル様に、私は微笑んで続けた。

「けれど、これもまた私たちらしいのではないでしょうか。だって、私たちの結婚が決まった時も前代未聞の状況だったのですもの。婚約破棄された直後に結婚が決まって……だから、嫁《とつ》ぐ時もこれくらい風変わりで丁度いいのですわ、きっと」

「アリシア嬢……」

驚いたように目を見開いた彼は、次の瞬間、堪《こら》えきれないとばかりにふっと笑った。

「あの、どうかされましたか？」

いや、さすがに自分でも、無理やりなまとめ方だなとは思ったけど……

少し恥ずかしくなっていると、彼はまだ愉快そうにしながらも、くすりと笑いを収めて言った。

「……いえ、失礼しました。貴女はいつどのような時も貴女らしさを失わないのだなと、嬉しく感じただけです」

「ええと……それはもしかして、褒めてくださっています？」

「ええ、もちろん」

答える彼の表情は、涼《すず》しげだが楽しげにも見えて、私はやや複雑な心地になる。

それに、いつどのような時もって、どういう意味だろう？

彼とちゃんと対面したのはあの夜会の晩だけだ。もしかしたら、あの日王子に言い返したことも含め、物怖《ものお》じしないというか、変に度胸があるとでも思われたのかもしれない。

（うーん……喜んでいいのかしら、これ）

むーと考えこむ私に、彼は涼《すず》しげな表情のまますっと歩み寄った。

「それよりアリシア嬢、どうかあまり動かれませんよう——私がお運びします」

「えっ……」

なにを？　と思った次の瞬間、私は彼によって、ふわっと横抱きにされていた。

急に身体が宙に浮き、同時に彼の体温がぐっと近づき、驚いて声を上げる。

「カ、カーライル様……!?　お、下ろしてください！」

動揺する私に、彼は静かに首を横に振った。

「ですが、足に怪我をしておいででしょう」

「それは……」

まさか気づかれていたとは思わず、言葉に詰まったところ、彼は諭《さと》すように言う。

「そんな貴女に、屋敷までの道を歩かせるわけには参りません。不躾《ぶしつけ》なのは承知ですが、どうかしばらくの間、貴女に触れるお許しをください」

「許しだなんて……助けて頂いて、ただありがたく感じているだけですのに」

掠《かす》れ声で返すと、彼はふっと眼差しを細めた。

「ならば幸いでした。私も貴女をこの手でお連れすることができて、光栄なばかりなのですから。――では、どうかしばしの間ご辛抱《しんぼう》を」

そう言った彼は、戸惑う私を抱き上げたまま歩を進めていく。

周囲では、ミアが「まあ……！」と頬を赤らめつつも、ほっとした様子でこちらを見ていて、その隣にいるダンはだいぶ心配そうに私を見ていた。

これ以上遠慮するのも憚《はばか》られ、私は迷った末に力強い腕へそっと身を任せる。

そして、カーライル様は想像以上に過保護なのかも……とぼんやりと思う。

(それに、いつ私が怪我していると気づいたのかしら……？　なんだか不思議な方)

すらりとして見えるのに、彼の腕や胸はしっかり筋肉がついていて、私の身体を揺るぎなく支えてくれる。そして、見上げた先にある端麗な容貌は、相変わらず落ち着いているのに、私と目が合うと、優しげに目を細めることもあって――

考えていた矢先、視線がばちっと合い、彼がふっと微笑んだ。

それが目を奪われるほど慈愛に満ちた眼差しだったため、急に胸が落ち着かなくなってくる。

まるで、彼に愛《いと》しく思われているような、そんなあり得ない錯覚をしてしまいそうで。

どうしたらいいかわからなくなった私は、彼から顔を隠すため熱くなった頬をそっと伏せた。

（なにかしら、これ……なんだか正視できない。早く屋敷に着いてくれるといいのに……）

落ち着かない気持ちで、そう思いながら。


それからの時間は、慌ただしく過ぎていった。

私たちがフレイアの暴走に驚いたのと同様、屋敷前にいた使用人たちも、急に目の前で起こった事件に驚き、目を白黒させていたようだ。

私たちのいる泉まで駆けつけた彼らは、ひどく焦った様子で「とにかくお嬢様を……いや、奥様を屋敷へ……！」と、馬車の積荷を急ぎ運び出すや、私たちを屋敷まで案内してくれた。

本来なら到着してすぐ、私が彼らへ侯爵夫人となった挨拶《あいさつ》を述べるはずだったのだが、今はそれどころではないと判断したのだろう。

もちろん、そうして案内される間も、私はカーライル様に抱きかかえられていた。

「まずは居間へお連れします。あそこなら、貴女もゆるりと休めるでしょうから」

そう囁《ささや》く彼の表情は、やはり静かで落ち着いている。

使用人たちにこの状況を見られてもまったく気にする様子がなく——むしろ、私を抱き上げることは当然とばかりに堂々と歩いている。

そんな彼の腕の中で、私は赤い顔のままうろうろと視線を彷徨《さまよ》わせた。

（な……なんだか恥ずかしいというか、凄く居《い》た堪《たま》れないわ）

到着して早々、旦那様に横抱きされた状態で登場するなんて、まるで熱々な新婚夫婦のようだ。実際の私たちはこれまでほぼ話したことがない、よそよそしい関係だというのに。

(屋敷の使用人たちに気にしている雰囲気がないことだけが、まだ救いね……)

そっと息を吐いて、周囲を見渡しながら思う。

……というか、後ろを歩く侍女や執事、遠くにいる料理人たちも、私たちをどこか嬉しげに眺めている気がする。先程、カーライル様に抱えられた私を見た執事の中には、なぜか感激した様子で、うっと目頭を押さえる者もいた。

もしかしたら彼らなりに、急に結婚することになった私たちが上手くやっていけるか案じていたのかもしれない。自分たちの主《あるじ》が、急に王子の婚約者だった令嬢と結婚することになり、色々と心配していただろうから。

とりあえず、彼らの表情から悪感情は感じ取れなくて、ややほっとした。

そう考える間も、カーライル様の長い脚は颯爽《さっそう》と廊下を通り過ぎ、先へ進んでいく。

やがて瀟洒《しょうしゃ》な居間へ辿り着くと、彼は中央に置かれた布張りの長椅子へ慎重に私を下ろした。ふんわりして座り心地がいい椅子だ。

部屋全体を見ても、テーブルや棚などの家具といい、壁に飾られた絵画といい、趣味が良かった。

「ここまで運んでくださり、ありがとうございました」

座ったまま、傍に立つ彼を見上げてほっとお礼を言うと、彼はさらりと返す。

「私がしたかったことですので、お気になさらず。では、すぐに応急手当てをしましょう。医者を呼んでいますが、到着するまでしばらく時間がかかるでしょうから」

「いえ、そんな。そこまでの怪我ではありませんし、少し休ませて頂ければそれで……」

来て早々、そこまで迷惑はかけられない。

ただでさえ到着後の段取りが大幅に狂っているのだ。本当なら今頃、使用人たちへの挨拶《あいさつ》を終え、教会へ向かう準備に入っていてもおかしくないのだから。

たとえ私たち二人と聖職者だけで行う式とはいえ、遅れていい理由にはならないだろう。

第一、怪我のもとになった事故だって我が家の馬の暴走が原因で、こちら側の責任によるものだったのだ。なぜフレイアが突然暴れ出したかは、今も謎だったけれど——

そう断ろうとしたが、彼は真摯《しんし》な表情で首を横に振る。

「たとえ小さな怪我でも、放っておくとのちに大怪我に変わる場合もあります。なにより、貴女の身にわずかでも傷が残ったら、私は自分が許せなくなります。すぐに済ませますので、どうか手当てをさせてください」

「カーライル様……わ、わかりました。では、お手数をおかけしますがお願いします」

真剣な眼差しに呑まれて頷いたところ、彼はほっとしたみたいに言う。

「承知しました。——では」

そして侍女に薬箱を持ってこさせると、彼は迷いなく私の足元に跪《ひざまず》いた。

どうやら侍女に命じるのでなく、彼が手当てするらしいとわかり、私は大いに焦る。だってこれはさすがに、当主にさせていいことではない。

「あの、お気持ちは嬉しいのですが、なにも手ずから手当てしてくださらなくても」

「男の手でみだりに触れるのは不躾《ぶしつけ》と承知していますが、医者がいない現状、この屋敷で最も怪我の手当てに精通しているのは私です。戦いで幾度も仲間の怪我の処置をしてきましたから」

「それは、確かにそうでしょうけれど……」

それでも、彼に使用人のような真似《まね》をさせるのはやはり憚《はばか》られた。だって彼は、屋敷の家令たちだけでなく、戦場でも多くの騎士たちを指揮する立場の人――この国で最も名高い英雄なのだ。

しかし困惑する私の足首にそっと触れ、彼は静かな落ち着いた声で返す。

「決して貴女を傷つけたりはしませんので、どうか処置をお許しくださいますよう。――恐らく、この辺りが痛むのではありませんか？」

「は、はい……」

つい頷くと、彼は薬箱から器入りの薬や包帯を取り出していく。

「では、薬を塗って強めに固定しましょう。少し動きづらくなるかもしれませんが、数日後にはだいぶ楽になるはずです」

そして彼は真剣に患部の状態を見つつ、薬を塗って器用に足首に包帯を巻いていく。

……確かに、巻き方が上手いのか、さっきより楽になってきた。本当に治療のコツをよくわかっているのだろう。それに、彼は高い身分でありながら、自《みずか》ら動くことをちっとも厭《いと》わない人のようだ。かなり甲斐甲斐《かいがい》しいというか。

（さっきも感じたけれど、カーライル様って、実は過保護な方なのかしら……？）

王宮で見かけた時、エルド王子の傍に控える彼はいつも冷静で、その凜《りん》とした美貌もあり、どこか近づきがたい雰囲気があった。

礼儀正しいけれど、誰に対しても表情が変わらず、常に周囲と一線を引いている雰囲気で。

だから一応妻として迎えてくれたとしても、私へもきっと淡々と対応するのだと思っていた。

なのに——想像していたよりずっと優しい。

まるで、好きでもない女性を成り行きで受け入れたのではなく、強く望んだ女性を迎え入れているかのように思えてくる。私と彼はこれまでまともに会話したことさえなかったから、そんなわけは絶対にないのだけれど。

(本当に不思議……。私が怪我をしているからかしら?)

そう思いつつ見つめるうち、長い睫毛《まつげ》を伏せた彼の目元に、かすかに傷がついていることに気づく。

(あ、少し擦《す》れてる……)

恐らく林道を駆けた際、枝葉にぶつかってしまったのだろう。

私は無意識に、彼の目尻にそっと指先で触れていた。せっかく綺麗な顔なのに、勿体《もったい》ないな……なんてぼんやりと感じながら。

すると、カーライル様が驚きの表情で動きを止めた。

「アリシア嬢?」

「あっ、驚かせてしまってごめんなさい。怪我をなさっているようだったから」

「いえ……どうかお気になさいませんよう。ただのかすり傷ですから」

平静を装《よそお》う風にして返した彼は、また足の手当てに意識を集中しようとする。

(私の怪我は気にするのに、ご自分のことには無頓着《むとんちゃく》なのね……)

なんだか放っておけなくなった私は、つい口にする。

「ですが、気になります。それに、小さな傷がのちに大きな怪我になるかもしれないと、先程カーライル様も仰《おつしや》っていました。そうならないためにも、どうか私に手当てをさせてください」

「貴女に……？」

戸惑った様子の彼に、にっこり微笑んで頷く。

「はい！　こう見えても私、怪我の手当ては得意な方なんです。幼い頃は犬と一緒に庭を駆けて転んだりして、後からこっそり自分で薬を塗っていましたから」

「犬と……」

「その、だからといって、そこまでお転婆《てんば》だったわけではないのですけれど。でも、他のご令嬢たちより、多少は手当てに慣れていると申しますか」

急に恥ずかしくなって早口で弁解すると、なぜか彼はふっと目を細めた。

「それはよく承知しております。――では、アリシア嬢。お願い致します」

そう言って彼は私に薬の器を手渡し、私の足元に片膝をついたまま、すっと瞼《まぶた》を閉じる。

――良かった。これで少しはお礼の気持ちが返せる。

嬉しくなった私は、粘液状の薬を指に取り、彼の目元の皮膚にそっと塗っていく。

すると、彼がぴくりと身を震わせた。

「あ、ごめんなさい。くすぐったかったですか？」

「……いえ、貴女に触れられると、どうにも落ち着かなくなるだけです」

「私に？」

「ええ……貴女の手は、私にとって抗《あらが》いがたい魔法のようなものですから」

そう答えた彼は、なにかを堪《こら》えるみたいに小さく息を吐く。もしかしたら、私のぎこちない手つきでくすぐったくなったのを堪《こら》えつつ、フォローしてくれたのかもしれない。

なんだか不思議な言い回しだったけれど……


手当てが終わった頃、居間に執事らしき黒服姿の初老の男性がやってきた。

長椅子に座った私と対面するや、渋い面差しの彼はぶわっと涙を溢れさせる。

「アリシア様……いえ奥様。よくぞ、よくぞこの屋敷にいらしてくださいました！」

「え、ええ」

「この日が来ることを、我々一同心待ちにしておりました。無事お目通りが叶ったことが嬉しくもあり光栄でもあり……ああ！　そういえば、先程は大きなお怪我がなく幸いでございました」

「あ、あの……歓迎してくださってありがとう」

凄い勢いだ。喜んでくれている様子で嬉しいが、あまりの熱さに戸惑ってしまう。

すると、カーライル様が彼を紹介しつつ、そっと制してくれた。

「うちで長年、執事長をしている者です。――チャールズ、立て板に水のように話すな。アリシア嬢が戸惑っている」

「ああ、申し訳ございません。どうにも先程から感情が高ぶってしまいまして」

照れたみたいに頭を掻いた彼は、すっと居住まいを正し、胸に片手を当てて改めて挨拶《あいさつ》する。

「奥様、この屋敷の執事たちを取り仕切らせて頂いております、チャールズと申します。貴女様にお仕えできますこと、誠に光栄です。ご用命がございましたら、なんなりとお申しつけくださいませ」

優雅に礼をした彼は、清潔に撫でつけられた灰茶の髪といい、上品な口髭《くちひげ》が生《は》えた渋く品ある容貌といい、有能な執事という印象だ。黒い執事服がしっくりと似合い、どこか英国紳士然とした雰囲気がある。年齢は恐らく、五十代後半くらいだろう。

「初めまして、チャールズ。私はアリシア。こうして歓迎してくださって嬉しいわ。これからどうぞよろしくお願いね」

微笑んで返すと、チャールズは「うっ」と目頭を押さえた。

……これは、かなり感動しやすい性格なのかもしれない。

そして、どうもさっき玄関辺りで彼を見た気がする。私を抱き上げたカーライル様の姿に、感極まった様子で口元を押さえていたような。

「そういえば貴方、さっき玄関のところにいたかしら?」

「はい、おりました。旦那様が奥様を抱き上げられた後、居間に移られたお二方が愛《いと》しげに触れ合っておられたので、これはお邪魔してはならないと、声がけは控えておりましたが」

「い、愛《いと》しげに触れ合っていたのでなく、ただの手当てね！　さっきのは」

慌てて訂正したところ、彼はわかっているのかいないのか、うんうんと嬉しげに頷く。

「ええ、ええ、左様《さよう》でございました。それで、しばらく二人きりにさせて頂くべきかとも悩んだのですが、万一にも旦那様がご自分を抑えられなく……いえ、奥様を困らせたりなさらないかと、幾分心配もございまして。それでご挨拶《あいさつ》させて頂いた次第です」

「カーライル様が、私を困らせる？」

むしろ、さっきから助けてもらってばかりなのに……

不思議に思って首を傾げると、横でカーライル様がこほんと咳をする。

「――チャールズ。アリシア嬢は疲れておられる。あまり長話をして困らせるな」

「おお、これは失礼を。左様《さよう》でございますね。では私は退室しますが、近くにおりますので、お声がけ頂ければすぐにまた参上致します。それから旦那様、僭越《せんえつ》ながら一つ申し上げたいことが……」

「なんだ？」

「ご自分の細君《さいくん》に、いつまでもよそよそしい呼び方をなさるのはいかがなものでございましょう。私共としましては、仲睦《なかむつ》まじいお二方のご様子を少しでも早く拝見したく思います」

「おい、なにを言って……」

驚いた様子のカーライル様に、チャールズは気にした風もなく、悪戯《いたずら》っぽく微笑む。

「おや、失敬。恐れながら旦那様のお気持ちを思うあまり、老婆心《ろうばしん》が出てしまいました。それでは奥様、邪魔者は退散致しますので、どうぞごゆるりとお過ごしくださいませ」

「え、ええ」

チャールズは優雅に微笑んで一礼すると、出ていってしまう。

目を瞬《しばた》いて彼の背を見送る私は、なんだか新鮮な心地になっていた。

チャールズはカーライル様に敬意を払い忠実に仕えているが、それ以上に隠しきれない親愛の情が滲《にじ》んでいるというか……彼らの間には見えない壁がないように感じられたのだ。

私の実家だと、父が厳格だったせいか、使用人たちは従順に仕えつつもかすかに怯えているところもあり、屋敷内は常にどこかぴりっと緊張した空気が漂《ただよ》っていた。

でも、この屋敷はそれとは違い、チャールズや他の使用人たちが過ごしやすそうだし、穏やかで優しい空気に満ちている気がする。

そう考えていると、カーライル様が恥じ入るみたいに言った。

「チャールズが余計なことを申し上げ、失礼致しました」

「いえ、貴方が慕《した》われているのが伝わってきて、なんだか微笑ましかったです」

「そうならば良いのですが、あれに関しては面白がっている部分も多いのです。何分、私が幼少の頃より仕えてくれていて、言うなれば爺《じい》やのような者ですから」

「まあ……そうだったのですか」

「ええ、私が色々なことに無頓着《むとんちゃく》な部分があるせいか、時折、どうしても世話を焼きたくて仕方がなくなるらしく」

嬉しいような、困ったような表情でぼやいた彼に、ついくすくすと笑ってしまう。

「頼もしい爺《じい》やなのですね。それに、カーライル様」

「なんでしょう？」

視線を返した彼を見上げ、私は微笑んで続ける。

「確かにチャールズが言った通り、『アリシア嬢』は、ややよそよそしいかもしれません。だって私たち、式はまだ挙げていないとはいえ、実質的にもう夫婦同然ですのに。ですから、できれば呼び捨てにして頂けましたら嬉しいです」

そう伝えると、彼はわずかに躊躇《ためら》ってから、照れくさそうにぽつりと口にした。

「わかりました。……では、今からアリシアと呼ばせて頂きます」

「はい！」

——よし、これでちょっとは夫婦らしくなったかも。

ほっとすると同時に嬉しくなった私は、そっと立ち上がり廊下の方へ歩こうとする。

「では、カーライル様。私はもう平気ですので、そろそろ教会に向かう準備を致しましょう。それに、もっとこの屋敷の方々とお話しもしたいのです」

チャールズみたいな感激屋もいれば、怒りっぽい人、笑い上戸《じょうご》な人など、きっと様々いるのだろう。これから彼らと共にここで過ごしていくのだから、準備の間に少しでも話しておきたかった。

だが私は、数歩歩いたところでよろめいてしまう。

「あっ……」

手当てのお陰で痛みは引いたが、怪我が治ったわけではないのだ。それを忘れかけていた。

「……っ……アリシア……！」

しかし次の瞬間、カーライル様が駆け寄って後ろから支えてくれる。

背後から私を抱き締めた彼は、ほっと安堵の息を吐く。涼《すず》しげで男の色気を感じさせる掠《かす》れ声が、私の耳朶《じだ》を震わせた。

「危ない……アリシア。怪我をしているのですから、どうか無理はなさらないでください。貴女になにかあったらと思うと、気が気ではなくなります」

「は、はい……すみません、カーライル様」

私はなぜだか、かぁっと頬が熱くなり、顔を上げられなくなる。

（変だわ。自分から言い出したことなのに、彼に呼ばれると、なんだか凄く心臓に良くない……）

まだ慣れないせいだろうか。

私は戸惑いつつ、どうにか胸の鼓動を落ち着けようと、そっと深呼吸したのだった。


数時間後、ようやく到着した医者に私の足首を診《み》てもらったところ、念の為、数日は外出を控えた方がいいとのことで、午後に予定していた誓いの式は二日後に延期することになった。

式が終わり次第、領民たちへの顔見せで馬車に乗って町を巡回する計画だったので、その際の負担も考えての配慮なのだろう。

誓いの証人として式に出る予定だった聖職者への連絡も、もう済んでいる。

カーライル様は渋るどころかこちらを気遣ってくれて、申し訳なくもほっとしているところだ。

ちなみにミアは今、別室で他の侍女たちから屋敷の仕事の流れを教わっているそうで、その研修が終わり次第、私のもとへ戻ってくるらしい。

また、ダンは御者《ぎょしゃ》として私たちを送ってくれただけなので、休憩後にウォルター家の屋敷へとんぼ返りした形だ。最後まで彼は私に怪我をさせたことを詫び、何度も頭を下げていた。

彼のせいではないから、あまり気にしないでくれると良いのだけど……

――そして、いつの間にか日はとっぷりと暮れ、窓の外はもう藍色《あいいろ》。

カーライル様と夕餉《ゆうげ》を取った私は、湯浴みを済ませて白い寝間着姿になった今、侍女長によって二階にある寝室へ案内されていた。

やはり、彼と同室なのだろうか。そう緊張していたのだが、幸いにも目の前に広がっているのは、女性向けらしい上品な一人部屋。

手前に居間、奥に寝室がある瀟洒《しょうしゃ》な二間続きで、居間には文机《ふづくえ》や長椅子があり、壁や棚に美しい風景画や花瓶などが飾られている。一人で使うのが憚《はばか》られるほど広い、綺麗な薄水色の部屋だ。今は窓が開け放してあり、心地良い夜風が入ってくる。

ほっとしながら部屋を見回していると、案内してくれた侍女長が恐縮したように詫びた。

ポーラという名の、黒い侍女服を着た赤茶髪のふくよかな女性で、年齢は四十代半《なか》ばほど。

穏やかな薄茶の瞳が、落ち着きと頼もしさを感じさせた。

「申し訳ございません、奥様。本来なら旦那様と同じ寝室でご就寝頂くべきなのですが、誓いの式がまだという現状も考えまして、同室は控えた方がよろしいのではと……」

「いえ、気にしないで頂戴。むしろ、そうして頂けると私も助かるから」

本当に、心から感謝したいくらいだ。

いくら今日、カーライル様に抱き締められたとはいえ、さすがに彼と同衾《どうきん》までするのは精神的にハードすぎる。もちろん、そういう夫婦らしい夜を過ごす日はいずれ来るのだろう。その覚悟だって、当然ながらしてきた。

だが実際に彼と対面し、美貌や紳士的な所作が予想以上に心臓に悪い人とわかった今は、少しでいいから心を落ち着ける猶予《ゆうよ》が欲しい。というか、たとえ艶《つや》めいたことがなく並んで眠るだけだとしても、ドキドキして眠れる気がしないのだ。

ポーラがほっとした様子で言う。

「そう仰《おっしゃ》って頂けましたら幸いです。それでは、どうかごゆっくりおやすみくださいませ」

「ええ、ありがとう。おやすみなさい」

微笑んで答えると、ポーラは綺麗なお辞儀をして出ていった。

部屋に一人になった私は、寝台に腰かけてほっと息を吐く。

「なんだか、思っていたよりずっと歓迎されているみたい。チャールズやポーラだけでなく、他の使用人たちもいい人だし……凄く過ごしやすそうだわ」

なによりカーライル様が、こちらが戸惑うほど気にかけてくれて——

私を監視する目的の結婚だと思っていたから、つれない態度を取られても仕方ないと覚悟していたのに、思わぬありがたさだった。

「……これなら、平穏な結婚生活が送れるかしら」

今まで考えたことのなかった「幸せな結婚」という言葉が胸に浮かび、次第に希望が湧いてくる。

テオ王子と婚約していた時のように邪険にされることもなく、互いに大切に思い、支え合える……そんな夫婦になれるだろうか。

「ううん……違うわ。なれるように、自分から歩み寄らないと」

だって、カーライル様の方から先に歩み寄ってくれたのだ。ならば私もそれに応《こた》えて、彼の役に立つために少しでも頑張りたかった。

私に、なにができるだろう？　とりあえず、なにか仕事をするにしても、動きやすい服装をしておいた方がいいかもしれない。

やる気がむくむくと湧いた私は、持ってきた花嫁道具の中から、比較的動きやすそうな翡翠色《ひすいいろ》のドレスを選ぶと、それを部屋の隅に飾る。

「よし！　明日はこれを着ていきましょう」

満足して頷き、私は寝台に上がって眠りに就《つ》いたのだった。


翌朝。目覚めた私は、着替えなどの支度を終えると、朝食の席に向かった。

清々《すがすが》しい朝の空気に満たされた広い食堂では、カーライル様がすでに座って待っていた。白地に青の飾りのついた上着に下袴《ズボン》姿で、凛《りん》とした彼の雰囲気に似合っている。

翡翠色《ひすいいろ》のドレス姿の私は、彼へ挨拶《あいさつ》して用意された席に座った。

「おはようございます、カーライル様」

「アリシア、おはようございます。よく眠れましたか？」

「はい。素敵なお部屋をご用意頂いたお陰で、とても心地良く眠れました」

どうやら彼は読書をしつつ私を待ってくれていたらしく、私が着席するや本を閉じ、さりげなく給仕に声をかけて朝食を運ばせた。

相変わらず自然で紳士的な動きに感心していると、テーブルに料理が並べられていく。

私は給仕にお礼を言ってから、それらに手をつけた。

ふっくらと焼きあがった白パンに、ポタージュスープ、野菜が添えられた子羊肉のゼリー寄せ。優しくも上品な味つけで、どれも美味《おい》しい。

カーライル様は、貴族のお手本のような美しい所作で料理を口に運んでいた。私も気品ある所作を心がけている方ではあるが、彼の方が洗練されて見える。

ついまじまじと見惚《みと》れてしまった。

（一体どうやったら、こういう隙のない人が出来上がるのかしら？　一つ一つの動作が絵になっていて、もし私がゲームの製作者なら、彼だけでスチルを何枚も用意しそう）

前世で楽しんでいたゲームでは、攻略対象との間に特別なイベントが起こると、スチルという美麗な一枚絵を見ることができた。スチルは一キャラにつき約十枚だったが、カーライル様なら、何気ない仕草まですべて絵にして飾りたくなってしまう。

なにしろ、私は基本的に乙女ゲームの中でも騎士系キャラに弱いのだが、彼は今まで見た騎士たちの中でも、ダントツで私の好みのツボをぐっとつくのだ。

金髪碧眼《きんぱつへきがん》の麗《うるわ》しくも凛々《りり》しい騎士かつ、紳士的な敬語キャラで、さらには耳に心地いい涼《すず》しげな声を持っている。ここまで好みの要素が詰まっている人は、なかなかいない。

(もし彼がゲームに登場していたら、絶対、私の推しキャラになっていたはずだわ)

そして、彼のルートを飽きずに何周もしていたことだろう。

しみじみと思っていると、彼がふとこちらを見た。

「どうかなさいましたか?」

「あ、いえ……カーライル様は絵になる方だなと思いまして」

「私が?」

「はい。とても綺麗な所作で、見惚《みと》れてしまいます」

頷いて答えたところ、彼は少し考えてから小さく首を横に振る。

「貴女に見惚《みと》れて頂けるのは嬉しいですが、絵になるのは少々困ります。——それでは、貴女に触れることもできない」

そうさらりと返した彼は、特に口説《くど》こうと意識して言っているわけではないようで——

何事もなかったみたいに食事を続ける彼に、私は一人心の中で悶絶《もんぜつ》する。

(カ、カーライル様って、やっぱり絶対、心臓に良くないわ……!)

それとも、私の恋愛経験値がほぼゼロなのがいけないのだろうか。

うう……それもありそう。

色々な意味で撃沈しながら朝食を続けていると、やがて食後の紅茶が運ばれてくる。

カップを置いたカーライル様が、ひと息ついて尋ねてきた。

「アリシア。よろしければ本日、行かれたい場所はありませんか？」

「行きたい場所、ですか？」

目を瞬《しばたた》いた私に、彼はふっと目元を和《やわ》らげて頷く。

「ええ。誓いの式が明日となり、今日はゆっくり過ごすことになりましたから。もし貴女に気になる場所やなさりたいことがあれば、是非ご一緒できたらと思ったのです。もちろん、安静を考え、この近辺でできることに限られますが」

「ああ……それで誘ってくださったのですね」

（そうね、どうしようかしら……）

申し出を嬉しく思いつつ、素直に希望を口にする。

「あの、では動物のいる場所に行きたいというか……動物たちと戯《たわむ》れたいです」

「動物と？」

「はい！　できれば、もふもふした毛並みの子たちと」

笑顔で答えた私に、カーライル様は不思議そうな表情をしたものの了承してくれたのだった。

その後、侍女に少し髪を編みこんでもらい、軽く身支度を整え直した私は、カーライル様と共に屋敷を出て、馬で森の中の泉近くへ来ていた。

昨日馬車を引いていたフレイアが暴走し、思わぬ流れで辿り着いた場所だ。

近くの木に馬を繋ぎ、二人でゆっくり歩いていくと、深い緑の香りと清々《すがすが》しい風が心地良く感じられた。あの時は驚いてそれどころではなかったが、改めて眺めると緑が美しく、泉の水面《みなも》も輝いていて、景色に心惹かれる。

ひときわ大きな木陰に私を案内したカーライル様は、草の上に上着を敷き、手を差し伸べてそこに座らせてくれた。

「ここなら、草むらを歩く野兎《のうさぎ》や、木の枝にいる栗鼠《りす》や野鳥などが見えるでしょう。触れることは難しいかもしれませんが」

「いえ、それで十分です。ありがとうございます、上着まで敷いてくださって」

小動物たちがちょこまか動いているところを見るだけでも、十分可愛くて癒《いや》される。

ほくほくとした表情で周囲を眺めていると、隣に座ったカーライル様が尋ねてきた。

「アリシアは、動物がお好きなのですか？」

「はい、特に犬が好きです。昨日も少しお話ししましたが、実家にいた時によく遊んでいた犬がいて……ブランという、大人しくて賢い犬なんです」

「そうですか。ブラン……」

「ブランは、撫でられたり抱き締められたりするのが大好きみたいで、ぎゅっと抱き締めると、勢い良く尻尾を振るんです。その様子がとても可愛くて……カーライル様？」

彼はなぜか目元を片手で押さえ、明後日《あさって》の方向へ顔を逸らしていた。

「いえ……すみません。自戒というか、色々と思うところがありまして」

「自戒？」

きょとんとした私に、彼はこほんと咳をして話を変える。

「どうかお気になさらないでください。――それで、今日も動物を見たいと思われたのですね」

「ええ、とても癒《いや》されるので」

と、そこでやや離れた先に動くなにかが見え、私は声を上げた。

「あっ、カーライル様！　見てください、あそこに茶色い動物が……」

草むらの間を、ぴょこぴょこと飛び跳ねて進むもふもふの姿に、私は目を輝かせる。

「可愛い……」

「ああ、本当ですね。野兎《のうさぎ》のようです」

「毛並みがふわふわしていて……。あっ、こっちに来ます……！」

「少し息を潜《ひそ》めていましょうか」

「はい……」

どきどきしながら、じっと動きを止めていると、野兎《のうさぎ》はこちらまでやってきた。

嬉しくてむずむずと落ち着かない気分でいる私に、カーライル様が、しっ、と人差し指を立てて口元に当てる。そして彼がすっと指を差し出したところ、傍に来た兎はくんくんと彼の指先を嗅《か》いだ。

鼻や髭《ひげ》がふくふくと動いて、ほのぼのと愛らしい。

ふっと微笑んだカーライル様が、指先で愛らしい頬や顎《あご》の下を撫でると、兎は目を細めてされるがままになっていた。

構われて満足したのか、それとも興味がなくなったのか、やがて兎はぷいっと向こうを向き、またぴょこぴょこと跳ねながら去っていく。

「残念……どうやら振られてしまったようです」

肩を竦《すく》めてややおどけて言った彼に、私はふふっと笑う。

「ここまで傍に来てくれたのですもの、十分気に入られていると思いますよ。普通なら、こんなに近くで触れ合うことは難しいですから」

動物にも、カーライル様が優しい人だとなんとなくわかるのだろうか。

その後も私たちは、木陰に座って様々な動物を眺めたり、のんびり語り合ったりした。

私が前に見た愛らしい猫の話をはしゃいですれば、彼は遠征先の川で見たという美しい魚の話を滔々《とうとう》と聞かせてくれた。

風格ある虹色の鱗《うろこ》の大魚を見かけ、もしや川の守り主かと厳《おごそ》かな思いで見送ったカーライル様だったが、宿屋の夕食でそれが普通に丸焼きとして出てきて、愕然《がくぜん》としたのだとか。

どうやらその土地のヌシではなく、名物料理用の魚だったらしい。

そんなとりとめもない話で笑い合ううち、私は穏やかで楽しい気持ちになっていた。

彼と過ごす時間が、なんだかとても心地良くて——

（そういえばテオ殿下とは、こんな風に過ごしたことは一度もなかったものね……）

森の向こうに広がる空を見上げていた私の耳に、ふと王子の声が蘇《よみがえ》ってくる。

『動物？　なんだお前、小汚い獣《けもの》が好きなのか。淑女《しゅくじょ》らしくない』

呆れたように言い、獣《けもの》に触った汚い手のまま近寄るなと、顔を顰《しか》めた彼。

『形だけとはいえ、お前は婚約者だろう。いいからさっさとついて来い。のろのろ歩くな！』

彼に蹴られ、足を引きずって歩く私を、面倒くさそうに見て去った彼。

私は悪役令嬢で、彼や他の男性たちに嫌われる女なのだから、それも仕方ないと思っていた。

でも――

ふと足元を見ると、昨日、カーライル様に幾重にも包帯を巻かれた足首が目に入る。

そして顔を上げた先には、動物について語る私を穏やかな眼差しで見つめる人がいた。

きっと、私ほど動物に興味はなかっただろうに、一緒に子供のように楽しんでくれたカーライル様。男性と過ごして、こんな風に声を上げて笑ったことなんてなかった。

――そんな人がいるなんて、知らなかった。

なぜか涙が滲《にじ》みそうになり、私は慌てて袖で目元を拭《ぬぐ》う。

そして、潤んだ目を誤魔化すように、明るい声を上げた。

「あっ、見てください、カーライル様！　今度は木の枝に鳥が……」

嬉しくなって手で示したが、こちらに向かって飛んできた鳥は思いのほか速かった。ぶつかられそうになり、慌てて避けた私は、そのままぐらりとバランスを崩す。

「きゃっ！」

「っ……アリシア！」

そして、カーライル様の声が聞こえたと思った次の瞬間、私はどさっと草の上に倒れこんでいた。

「いたた……って、え？」

（あれ、痛くない？　というか、草の上なのに、やけにあったかいような……）

おそるおそる下を見ると、そこには私を胸元に受け止めて倒れたカーライル様の姿。

仰向けで寝転んだ彼の上に、横向きの私が乗り上がっている状態だ。

私は驚いて声を上げ、身を起こそうとする。

「も、申し訳ありません……！」

「大丈夫です。それより、少しじっとなさってください」

「え……？」

「すぐそこに、先程の鳥が」

胸に抱き寄せられたまま囁《ささや》かれ、その方向におずおずと視線を向けたところ、確かにそこには先程の色鮮《あざ》やかな鳥がいた。目を奪われるほど赤い鳥が、嘴《くちばし》で羽づくろいしている。

よく見ると、赤い翼は末端の方が翠《みどり》色になっていて、自然の神秘を感じさせる色合いだ。

私たちが草の陰に隠れて見えなくなったからか、鳥は警戒した様子もなく、辺りに落ちた木の実を嘴《くちばし》で突く。滅多に見られない野鳥の動きに、私はただ見惚《みと》れていた。

どれくらいの間、そうしていただろう。木の実をあらかた啄《ついば》み、再び羽づくろいを終えると、鳥は翼を広げて飛び立っていく。

ばさばさと羽ばたく音が遠くへ消え、私はようやくはぁっと息を吐いた。

「とても綺麗な鳥でしたね……」

「ええ。この辺りでも珍しい種類でした」

すぐ間近からカーライル様の声が返ってきて、そこで、ずっと彼の胸に抱き寄せられていたことをはっと思い出す。

彼の温《ぬく》もりがやけに熱く感じられ、私はがばっと起き上がった。

「す、すみませんでした……！　結局、上に乗ったままになってしまって」

「いえ、私がじっとするようお願いしたせいですから」

同様に身を起こしながらそう言う彼だが、体重を気にする乙女としてはやはり色々と気になる。

その場に座り直した私は、恥ずかしさと照れくささで熱い頬を俯《うつむ》けて呟く。

「それでも、申し訳ないです。重かったでしょうに……」

「貴女を受け止めるくらい造作もないことです。それよりこちらこそ、考えてみれば女性に不躾《ぶしつけ》なお願いをして失礼しました」

真摯《しんし》に答えた彼に、私は驚いて顔を上げる。

「いえ、そんなことは……とても落ち着きましたから、カーライル様の腕の中」

実際、私は無意識のうちに肩の力を抜いて身を委《ゆだ》ねていた。

気恥ずかしいことをさて置けば、彼の腕の中は落ち着くし心地良かったのだ。

すると、彼は安心したのか、ふっと表情を和《やわ》らげて言う。

「ならば幸いでした。では、どうぞいつでもお使いください」

「え……？」

木陰の下、熱の籠《こ》もった眼差しが私を真っ直ぐに見つめていた。

海の色と同じ青い瞳が——

「貴女のものです。この腕もこの胸も。——今はもう、すべて貴女を守るためにあるものですから」

囁《ささや》いた彼は、私の左手を引き寄せると、指先にそっと口づける。

騎士の誓いのようであり、秘めた愛を囁《ささや》くような、真摯《しんし》な声だった。

——彼の触れた指先が、やけに熱い。いや、熱いのは気候のせいだろうか。だって、さっきから頬が熱くて、胸の音がどくどくと煩《うるさ》くて仕方ない。

頭上では、木々がざわ……と風に揺れている。

少し離れた枝では、鳥が軽《かろ》やかにチチチと鳴いていた。

それがまるでどこか遠くの世界の音に聞こえるほど、私は、目の前の美貌の人から視線を離せなくなっていた。

しばらく森でひとときを過ごした私たちは、夕暮れと共に屋敷に戻った。

夕食を取り、湯浴みを済ませた私は、どこかぼうっとした心地で廊下を歩いている。

なぜか今日の出来事が――カーライル様のことが、ずっと頭から離れない。

「……様、奥様？」

「あ、ごめんなさい。なんだったかしら？」

はっとして顔を上げると、部屋まで案内してくれた侍女長のポーラがこちらを覗きこんでいた。

彼女は、申し訳なさそうに口にする。

「本日もこちらのお部屋でご就寝頂きたく思いまして。また旦那様と別室になり、申し訳ございませんが」

「いいえ、誓いの式を挙げていないのだもの。私もこうすべきだと思うわ」

というか、私は昨日よりも、カーライル様と同衾《どうきん》することが怖くなっていた。

彼と一緒にいれば、きっとほっとすると思う。

けれど、それ以上にドキドキして、どうしたらいいかわからなくなる気がして――

慌てて返した私に、ポーラは目に見えて安堵の色を浮かべた。

「そう言って頂けましたら助かります。ご存じとは思いますが、旦那様が奥様のお傍におられますと、正気を保てなくなる恐れもございましたので。それで、もう少し耐性をつけてからの方がよろしいだろうと……」

「そうよね、きっと正気を保てなく……え？」

頷きかけて、ん？　と止まる。

なんだか今、不思議なことを言われた気が。

「ええと、ごめんなさい。もしかしてカーライル様は、女性が苦手とか、女性に近寄ると気絶する体質でいらっしゃるのかしら」

抱き締められたからそれはないだろうと思いつつ聞くと、きょとんとした顔で否定される。

「いいえ。旦那様は幼い頃からお身体頑健《がんけん》でいらっしゃいますし、女性を苦手でいらっしゃるわけでもございません。ただ……」

「ただ？」

「場合によっては、旦那様が人間らしい理性を保てなくなる危険がございますので」

「人間らしい理性を、保てない？」

冷静と落ち着きの塊《かたまり》のような、あの人が？

ぽかんとする私に、目を伏せて頬に片手を当てたポーラが、ほうっと息を吐く。

「奥様のお傍にいると、それだけ気持ちがあちらへ引っ張られてしまうと申しますか」

「あちらって……」

「それほど旦那様にとって幼き日の思い出が鮮烈で、奥様が大切でいらっしゃるのでしょう。なにしろ幼い頃にお会いして以来、強く望まれ続け、ようやくお迎えできた方なのですから」

「え……？」

幼い頃に会ったたって、誰と誰が？

まったく身に覚えのない話に、私は困惑して今度こそ固まる。

しかし、目を伏せていたポーラは気づかなかった様子で、顔を上げて微笑んだ。

「ですから、私もこうして奥様をお迎えできたことが誠に嬉しゅうございまして……あら、申し訳ございません。私ときたら余計なお話ばかり。……失礼致しました。それでは、どうぞごゆっくりおやすみくださいますよう」

「わ、わかったわ……色々とありがとう。おやすみなさい」

「もしなにかご用命がございましたら、呼び鈴でお呼びくださいませ」

「ええ、そうさせてもらうわね」

なんとか微笑んで彼女を見送ると、私は部屋に一人になった。

寝台の縁《ふち》にぽすんと腰かけた私は、両腕を組んで首を捻《ひね》る。

「今のって、一体どういうこと……？」

カーライル様が私といると正気を保てなくなるという不思議な説明もそうだし、なにより気になったのは、彼と私が幼い頃に出会っているという話。

――しかし、私にはそれらしい思い出がまったくないのだ。

私は、前世の記憶まで持って生まれてきたくらいだから、赤ん坊や幼児の時の記憶だって、他の人々に比べればだいぶはっきり残っている。

（いや、でも……ほら、単に私が忘れているだけで、実は前に彼と会っていたかもしれないじゃない）

そう思い直し、改めて幼い頃をじっくり思い出してみたが、やはりそんな記憶は出てこなかった。

私にとって幼馴染《おさななじみ》の男性はテオ王子のみだし、幼い頃に茶会などで顔を合わせた少年たちの中にも、カーライル様らしき人は確実にいなかった。

というか、もし幼少期だろうと、彼に一度でも会っていれば絶対に記憶に焼きついていただろう。

それくらい彼は、滅多にいない清雅《せいが》な美貌だから。

つまり、実は幼い頃に出会っていた可能性もほぼなし。ということは――

嫌な予感がした私は思わず立ち上がり、おそるおそる呟く。

「もしかして、考えたくはないけど私、誰かと勘違いされてる……？」

これは……あり得そう。

だってそう考えると、一連のことにしっくり説明がつくのだ。カーライル様が、遠い昔に出会った別の銀髪の少女と勘違いして、私に結婚を申しこんだのだとすれば。

いくら悪役令嬢を見張るためとはいえ、カーライル様ほどの人が、そんな女と結婚までする必要はないのだから。それに、彼からの突然の求婚の理由だけでなく、チャールズやポーラたちのやけに好意的な様子についても、そう考えれば納得がいく。

なにせ、私は貴族令嬢とはいえ、淑女《しゅくじょ》にあるまじき醜聞《しゅうぶん》に塗《まみ》れた身だ。

第二王子に睨まれている厄介《やっかい》な女を、普通なら侯爵夫人になど迎えたくはないだろう。

それなのに使用人たちがあれだけ歓迎してくれるのは、そんな醜聞《しゅうぶん》さえ気にならないくらい、主《あるじ》であるカーライル様が強く望んだ相手だからではないか。

だが、実際のカーライル様と私は、ある程度以上成長してから、王宮で出会ったのが初対面。

極めつけは、まったく記憶にない、彼との出会いの話。

――これはもう、別人説でほぼ確定な気が。

だらだらと汗が流れ、呻《うめ》きつつ額《ひたい》を押さえる。

「待って……なんだか頭が痛くなってきたわ」

カーライル様も使用人たちも皆いい人で、上手くやっていけそうだなと思っていた矢先に、彼らとの間に根本的な勘違いが生じているらしいだなんて。

せめて、幼い頃うんぬんの話は嫁《とつ》ぐ前に聞いておきたかった。それなら、あら、人違いではありませんか？　と、さらりと求婚を流せただろうに。

かといって、すでにこうして嫁《とつ》いでしまった今、もはや引くに引けない。

まだ誓いの式は挙げていないとはいえ、国王や王子から結婚の許しをもらい、カーライル様の屋敷まで来た以上、実質的に私は彼の妻になっているのだから。

もし結婚して数日で離縁すれば、我が国の貴族史上、最も情けない醜聞《しゅうぶん》になるに違いない。それこそ、ウォルター家とブライトン家の両方に多大な傷をつけるだけだ。

それにカーライル様も、王子に私の見張り役を申し出た現状では、いくら人違いだとしても、すぐに離縁はできないだろう。たとえ、別の女性を想っていたとしても――

ふらりとよろめいた私は、窓の縁《ふち》に手をかけて呟く。

「そんな、どうしたらいいの……？」

まさかこんな展開になるなんて、微塵《みじん》も予想していなかった。

というか、人違いって、私じゃなかったなんて。

ショックでくらりと眩暈《めまい》がし、開け放した窓に向かって、やけになって叫ぶ。

「ああ……もう！　いい加減、平穏な状況になりたい……！」

月の輝く夜空の下、私の叫びと、それにつられたらしき犬のあおーんという遠吠えが、いつまでもこだましたのだった。

第四章　貴方がた、なにか思い違いをしているのではなくて？

ちちち……と朝鳴き鳥の声が窓の外から聞こえ、私はぼんやりと目を覚ます。

寝起きの気分は、もう最悪だ。

柔らかく上質な寝台で迎えた、爽やかな朝陽が差しこむ朝だというのに、さっきから頭痛がやまない。たぶん、悪夢を見てだいぶ魘《うな》されていたせいだろう。

夢の中の私は、自分に似た銀髪女性の後ろ姿を「待って！」と慌てて追いかけ、途中で転んで足を捻《ひね》っていた。そこにやってきたカーライル様に「私が手当てします」と申し出られ、「いえ、人違いですから！」と断るも、そのまま真摯《しんし》に足首を手当てされてしまう。

さらには、その様子を陰から見ていたチャールズにむせび泣かれる、というよくわからない夢だ。

焦燥感《しょうそうかん》と罪悪感がまざり合い、なんとももやもやした気分だった。

「なんだか今、凄くブランに会って癒《いや》されたいわ……」

うう……もふもふの毛並みに顔を埋《うず》めて、問題から一瞬遠ざかりたい。

寝台の上で上半身を起こし、ぐったりと額《ひたい》を押さえていると、私を起こしに来た若い侍女に心配そうに声をかけられる。

「奥様、おはようございます。お加減が優れないご様子ですが……もしや、寝具に問題がございましたでしょうか？」

「いいえ、違うの。とてもいい寝心地だったわ。ただ、少し緊張して夢見が悪かったようで」

「一昨日《おととい》お着きになられてから、色々と大変なことがございましたものね。お怪我をされただけでなく、精神的にもお疲れでしたでしょうし、当然のことと思います」

納得した様子の彼女は、私の寝乱れた髪をさっと整えて尋ねてくる。

「只今、お召し替えをお持ち致します。なにか、ご希望のドレスはございますか？」

「そうね……。今日は清々《すがすが》しい空だから、それに合わせて水色のものを持ってきてもらえるかしら。髪飾りは、貴女にお任せするわ」

「畏《かしこ》まりました。少々お待ちくださいませ」

微笑んで一礼すると、侍女は部屋を去っていく。

私は広い室内に一人になり、額《ひたい》の汗を拭《ぬぐ》い、ふう……と息を吐いた。

「……さて、どうしたものかしら」

昨日ひと晩うんうんと考えたが、結局、結論が出る前に眠りに落ちてしまったのだ。

だが、もし私とカーライル様の間に大きな行き違いがあるなら、やはりはっきりさせておかないとまずいだろう。

「まずは、カーライル様にちゃんと確認すべきよね」

うん、それが一番大事。

もしかしたら私がすっかり忘れてしまっているだけで、幼い頃に彼と本当に出会っていた可能性だって、万に一つあるかもしれないのだ。

それに、遠くから私を見かけた彼が私を見初《みそ》めた、という可能性もある。

それなら、彼が幼少期から私を知っていながら、私が彼を知らなかったことにも説明がつく。

その場合、人違いではないので、万事問題なく結婚生活は続行となる。

だが、やはり人違いだと判明したら――

「彼とお話しして、いつ結婚を取りやめにするか決めないと駄目よね」

国王から結婚の許しをもらった上、カーライル様には私を見張る役目もあるため、すぐに離縁するのは無理だろう。

けれどその役目が終わったなら、彼が私と結婚を続ける意味はなにもなくなる。

むしろ、彼は結婚生活を解消したいと思うはずだ。もし本当に人違いなのであれば、彼が望んでいるのは私とは別の女性なのだから。

「……そうよ、それならそれで仕方ないわ。むしろ早い段階でわかって良かったのかも」

呟きながら、彼の隣に見知らぬ女性がいる光景が目に浮かび、かすかに胸が痛む。

そう感じるくらい、私は彼や屋敷の人々に、いつの間にか好感を抱いていたらしい。

だが、今はそんな風に黄昏《たそがれ》ている場合ではないだろう。

私はふるふると首を横に振り、自分を叱咤《しった》する。

「よし……そうと決まれば、早速確認に行きましょう！　カーライル様がお忙しくならないうちに、聞いてしまわないと」

まずは、カーライル様に詳細を確認。

そして、もし私が彼の想い人じゃなかった時は、誤解を解いて穏便な離縁を目指す！

（ええ、もうどんな状況になったって、乗りきってみせるんだから）

ぐっと拳を握って心を奮《ふる》い立たせると、私は侍女が持ってきた水色のドレスに着替え、彼のもとへ向かったのだった。


廊下を歩き、数部屋先にあるカーライル様の部屋の前へ辿り着いた私は、深呼吸して扉をノックする。すぐに「どうぞ」と声が返ってきた。

「失礼致します」

告げて中へ入ると、部屋の窓辺には、濃紺の騎士服姿のカーライル様が佇《たたず》んでいた。

光差す窓辺に金髪の麗《うるわ》しい青年が立ち、伏目がちに白手袋を嵌《は》めている様《さま》は凛々《りり》しさと清潔な色気を感じさせて、ひたすらに破壊力がある。

というか、相変わらず、何気ない所作が一々絵になるのが凄い。もし私が画家だったら、きっとこの場で筆を走らせていただろう。

（それにしても、どうして騎士の格好をなさっているのかしら？　結婚後一週間は仕事がお休みになると、先日仰《おっしゃ》っていたはずだけど……）

見惚《みと》れると同時に不思議に思いながら、挨拶《あいさつ》する。

「おはようございます、カーライル様」

「アリシア、おはようございます。昨晩はよくお眠りになれましたか？」

涼《すず》しげな目元を和《やわ》らげてこちらへ歩み寄る彼に、私は少しどきっとしつつ答える。

「は、はい。お陰様で。それで……今日は、折り入ってお話がございまして」

「話ですか？　なんでしょう」

「それが……あの、すみません。その前に、そのお姿はどうなさったのですか？」

やはり気になって尋ねると、自分の服を見下ろした彼が申し訳なさげに言った。

「ああ……これは、先程使いが来て、今から王宮へ向かうことになったものですから」

「えっ、今から王宮へ？　結婚の数日後に花婿《はなむこ》を呼び出すなんて……」

実際に式は執《と》り行っていないとはいえ、それほど大変なことでもあったのだろうか、と驚く。

しかし、彼にあまり焦った様子はないところを見ると——そこで、ピンとくる。

「もしかして、カーライル様を呼び出されたのはテオ殿下ですか？」

「ええ。早速、報告に上がるようにとのお召しでした」

「やっぱり……」

思わず、がっくりと肩を落とす。確かに王子は、カーライル様が私を見張るという名目で私たちの結婚を許したわけだが、さすがに状況を尋ねるには気が早すぎるというか、さして報告することなどないのではと感じる。

——むしろこれは、私への意趣返しの可能性が高いのかも。

あの夜会の晩も、王子は私に対する怒りが鎮《しず》まらない様子だったから。

カーライル様との結婚を許しつつも、それに水を差したいということか。そうでなければ、ここまで常識はずれなタイミングで使いを寄越したりしないはずだ。

しかし、そんな要求に応《こた》え、粛々《しゅくしゅく》と身支度を整えるカーライル様。きっと彼はあの晩同様、王子相手でも臆《おく》することなく事実を述べるのだろう。

そして彼に気圧《けお》されつつ、居丈高《いたけだか》に命令するテオ王子の姿が目に見えるようだ。

……なんだか頭痛がしてくる。

(カーライル様を見てからだと、テオ殿下がより残念に感じられるのはなぜかしら……？　あれでも、ゲームではそこそこ人気のあるキャラなのに)

ゲーム内のテオ王子は、初めこそ尊大な性格だが、シェリルと出会って以降、徐々に自分の傲慢《ごうまん》さや未熟さを自覚し、善《よ》き王族へ変化していく大器晩成型キャラだった。

つまり、シェリルがテオ王子ルートに入ることで、王子は彼女との触れ合いが増え、格段に良い男へ成長するキャラなのだ。

前世の私も、テオ王子ルートのエンディングを見たけれど——

『お前に出会うまで、俺は自分の無様さを少しも自覚していなかった。俺を変えてくれたのはお前だ。……愛している』

大人びた眼差しで真摯《しんし》に囁《ささや》く彼の姿に、『いつの間にこんなに立派になって……』と、しみじみ感慨深くなったものだ。しかし今の彼は、シェリルと出会っているが、特に精神的に成長していない。むしろ傲慢《ごうまん》さを助長させているように見える。

(ということは、シェリルはテオ王子ルートに入っていない……？　誰か、別の攻略対象のルートを進んでいるってことなのかしら)

首を傾げて考えていると、カーライル様が申し訳なさそうに言った。

「そういう事情のため、申し訳ありませんが少し留守にします。すぐに戻りたいと思っていますが、帰りがいつになるかははっきりお伝えできない状況で……」

「いえ、お気になさらないでください。むしろ、私のせいでお忙しくさせてしまったようなものですから」

実際、ほぼ私のせいだ。私がテオ王子に睨まれていなければ、こんなことも起きなかったのだから。そして、そんな忙しい彼を引き留め、人違いの件を話すのはさすがに憚《はばか》られた。これは、彼が帰ってからじっくり話し合うべきだろう。

それに私がしたいのは、彼を無駄に悩ませることでなく、彼の不安を少しでも減らすことだ。

なので、すっと見上げて言う。

「私のお話は、お戻りになってから聞いて頂ければと思います。今は、王宮へ向かわれるのが先決ですもの」

「そうして頂けると助かりますが……本当によろしいのですか？」

「ええ。どうかお気をつけていってらっしゃいませ。まだ慣れぬ身ではありますが、カーライル様がご不在の間、必ずや私がこの領をお守り致します」

はっきりと告げた私に、彼はほっとしたように目を細める。

「ありがとうございます。では、もしなにかあった際は、貴女の判断で対処くださるようお願いします。チャールズも良い相談相手になってくれるでしょう。――ただ、そんなことにはならないよう、できる限り貴女を一人にはしないつもりです」

「カーライル様……」

思わず見つめると、彼は真摯《しんし》な声で囁《ささや》いた。

「すぐに貴女のもとへ戻ります。――たとえ、風に姿を変えてでも」

きっと、私に心配をかけまいと、そう言ったのだろう。

真剣な表情でやや変わった言い回しをする彼に、私はついくすりと笑ってしまった。

「アリシア？」

「いえ……カーライル様のお気持ちが嬉しくて。はい、私もお帰りをお待ちしています。どうか、何事もなくお帰りくださいますよう」

私は頷き、王宮へ出発するカーライル様を玄関まで見送ったのだった。

――十分後。私が自室へ戻ろうとすると、廊下の向こうからチャールズがやってきた。私の前に立った彼は、とても残念そうに口にする。

「せっかく奥様が嫁《とつ》いでくださったばかりというのに、このように慌ただしいことになってしまい申し訳ございません」

「チャールズ……」

「誓いの式は本日を予定しておりましたが、とりあえずは保留とし、旦那様がお戻りになり次第、執《と》り行わせて頂きたく思っております」

恐らく彼は、カーライル様が召集されたのを知ってすぐ、変更の手配に動いてくれたのだろう。

「いいえ。元はと言えば、今回の殿下のお召しも私のせいだもの。それより、貴方にもごめんなさいね。色々と準備してくれていたのでしょうに」

「そんな……私どもは当然のことをしているまでですから、勿体《もったい》ないお言葉にございます。それに、いずれお二人の晴れ姿を拝見できると思えば、苦ではございません」

本心からそう思っているらしく、首を横に振った彼は曇《くも》りない眼差しをしている。

そんな彼に、私はふと、あのことを尋ねてみようかなと思い立つ。

——カーライル様が幼い頃、私を見初《みそ》めたという話を。

(だって、彼本人に直接確認しようにも、しばらくは無理だものね……)

なにもわからないままではやはりもやもやするし、それに幼い頃から彼に仕えているチャールズなら、もしかしたら当時の様子を知っているかもしれない。

「ねえ、チャールズ。話は変わるのだけど、一つ聞いてもいい？」

「ええ、なんなりと」

「私、昔の記憶が少しあやふやで。カーライル様は幼い頃、私を遠くから眺めて見初《みそ》めてくださったのだったかしら？」

するると、彼は驚いた様子で否定した。

「いいえ。お二人は、あるお屋敷で出会って意気投合され、それから何度もご一緒に遊ばれたとお聞きしています。それが旦那様は、幼心にとても楽しかったご様子で」

一緒に、遊んで――

その言葉が私に与えた衝撃は、予想以上に大きかった。

「そ、そう……。一緒に遊んで、意気投合していたの……」

上手く言葉が出ない私に、チャールズはなにか思い出したのか、嬉しげに微笑む。

「ええ。追いかけっこをしたり、草の上に寝そべったりなさったそうです。旦那様の髪についた草を、奥様が優しく払ってくださったこともあったらしく。それゆえ、奥様の手に触れられることが今も特別に嬉しいご様子で」

――してない。私はそんなこと、絶対にしてない。

そう思うと同時に、足元がぐらつくような心地になる。

「きっと人違いだ」と覚悟していたつもりだったが、「もしかしたら彼の想い人は、やっぱり自分かも」という、無意識の自惚《うぬぼ》れが胸の底にあったのかもしれない。あれほど冷静な人が、結婚相手を見誤るわけがないと、どこかで勝手に考えていた。

だが、カーライル様がチャールズにした思い出話は、私の記憶には確実にないものだ。

一瞬すれ違ったとかならまだしも、そこまで親密に何度も遊んでおきながら、欠片《かけら》も覚えていないはずがないのだから。

そもそもあの厳格な父が、私が年頃の少年と遊ぶことを許すなどあり得なかった。

（そう……。やっぱり私は、カーライル様の望む相手ではなかったのね……）

薄々覚悟していたというのに、なぜか気持ちが追いつかない。どの時点で人間違いが発生したかわからないが、私が彼の想い人でないことだけは確実だ。

沈んでいると、チャールズに気遣わしげに声をかけられた。

「奥様？　あの、お顔の色がどうも優れないご様子ですが」

「……ううん、なんでもないの。それよりチャールズ、後で屋敷の帳簿を見せてもらえる？　少し目を通しておきたいの」

「それはもちろん、喜んで承《うけたまわ》りますが……」

なおもこちらを気にかける彼に、私はただ「ありがとう」と小さく微笑む。

まさか「本当は人違いで、私は貴方たちが望む女性ではない」なんて、彼に言うことはできない。どれだけ心配してくれていても彼はあくまで第三者だし、なによりこれは、まずカーライル様に伝え、判断を仰ぐべきことだったから。

その後、食堂で遅い朝食を取った私は、自室に戻って机に向かい、チャールズが持ってきてくれた帳簿をじっくり確認していた。目の前の文机《ふづくえ》には帳簿が何冊も重ねられていて、そのうちの一冊を手に取って眺めているところだ。

（だって……カーライル様が戻られるまでは、私は領主代理。いくら気落ちしたからといって、仕事を放り投げて良いわけではないもの）

そう――たとえひとときの役目だとしても、カーライル様が帰るまでの間は、私はこのブライトン家の奥方なのだ。

使用人たちの仕事を監督し、屋敷内をきりもりしていく必要がある。そのためには、この家がどれだけ収入を得ているのかを把握し、それに見合った家計で屋敷を動かしていかなければならない。

手に持った最近の帳簿を捲《めく》りながら、じっくり眺めていく。

「収入は、土地の借地料や通行料、材木の売却料が主なのね。支出は月によって様々だけれど、そんなに波はないみたい……」

支出は、主に所領維持費や人件費、寄付金などで、ざっと見た限りは妥当な額のように思われた。しかし、もっとしっかり確認していく必要があるだろう。とりあえず、これは後でゆっくり見ることにして――

私は先に、帳簿の脇に置いてある一枚の紙に目を通す。

「あとは……これが今日の昼食と夕食の内容ね」

それは先程料理長が持ってきた、昼と晩のメニューが書かれた紙。

朝に彼が持ってくるこれを見て、料理内容に修正を入れたり、承認を与えたりするのも、領主夫人の大事な役目なのだ。

主人夫妻に提供される料理を基本として、そこからグレードを下げた形で、大勢いる使用人たちの料理が作られる。だから、もし屋敷の収入に見合わない豪華すぎる料理に承認を与えてしまうと、日々の家計が圧迫されていく恐れがあるのだ。

逆に、かなり質素なメニューに承認を与えた場合も問題が出てくる。なぜなら、主人夫妻の食事が質素だと、その下にいる使用人たちの食事はより貧相になり、あまりにひどいと、彼らが満足な栄養を取れなくなるためだ。

そこで収入面と栄養面のバランスを考慮し、日々承認を与えていく必要があった。

実家でも、この仕事は父の不在時は私がしていたので、手間取らずにできる。

料理長を呼んで問題ない旨《むね》を伝えると、彼は「はっ、畏《かしこ》まりました」と、ほっとした様子で厨《ちゅう》房《ぼう》へ戻っていった。彼を見送り、私はまた何冊もの帳簿へ向き直る。

「さすがにこちらの確認は、さっきみたいにすんなりとはいかないわね。実家でも、お父様に頼んで帳簿を見せてもらうことがあったから、大体の内容はわかるんだけど……」

だが、家が違えば帳簿の記入の仕方も変わるため、これまで見たことのない項目があったりして、時々ページを捲《めく》る手が止まってしまうのだ。

うーんと悩んだ私は、息を吐いてから、よし！　と気持ちを切り替える。

「わからないところは、素直に聞いた方が早いわ。チャールズに聞きながら確認していきましょう」

そして彼を呼び出した私は、次々と質問を投げていく。

意図がよくわからない金額や、意図はわかるが相場よりだいぶ多め、もしくは少なめに払っているように見える金額を見つける度《たび》、逐一確認しつつ。

チャールズは記憶力が良いのか、一つ一つに丁寧に回答してくれた。

「そちらにつきましては、三度目の結婚をされた大叔母様へ、嫁《とつ》ぎ先の領地で起きた災害の見舞金ということで、幾分多めにお送りしております」

「ああ……！　再婚したご親類の方だったのね。それなら納得だわ。かなり遠方にお住まいだし、私が把握している親族の中に一致するお名前がなかったから、ご縁の薄い方だと思ったのよ。寄付するにしてもやけに多めに感じたの」

金額の見積もり誤りや、帳簿の記載を間違えたわけではないなら問題なしだ。

納得して次のページに進むと、チャールズがおそるおそるといった様子で尋ねてくる。

「あの、もしや奥様は、ブライトン家の親類の方々すべてを把握していらっしゃるのですか？」

「すべてではないけれど、大体は頭に入れているわ。でも、もっときちんと覚えておかないと駄目ね。複数回結婚された方の嫁《とつ》ぎ先までは、まだわかっていないもの」

だから、今の部分もすぐに気づくことができなかったのだ。

結婚支度の合間、できる限りブライトン家に関する文献を読み耽《ふけ》っていたが、それでも家庭の事情に深く関わる部分は、やはり把握できていない。

「いえ。ここまで理解しておられれば十分と申しますか、感嘆の思いです」

感心した表情で言ったチャールズは、息を吐いて続ける。

「そもそも、嫁《とつ》がれたばかりの奥方様は、帳簿の読み解きなどおできにならないのが普通ですから。そうした管理は男に任せておけばいいと、娘を遠ざけてお育てになる貴族家庭は多いので」

「夫の仕事に口を出すと小賢《こざか》しいと思われる、という考えの家が多いということよね」

「はい……」

「確かに、旦那様にすべてを任せる女性を望まれる方は多いのでしょうけれど、私には無理みたいだわ。なにも知らずにただ委《ゆだ》ねているのは、性に合わないもの」

前世で経理をしていたこともあり、こうしてお金の流れを確認する作業は好きな方だ。

それに、実家のウォルター家が特殊だったせいもあるだろう。

母を早くに亡くしたため、私が代わりに侯爵夫人の仕事をしなければならない場面は何度もあったし、父は女性だからと私の教育をおろそかにする人ではなかった。むしろ、未来のお妃《きさき》として少しでも力をつけよと、勉強に熱を入れていたのだ。

そうでなくとも、私自身、生きる術《すべ》をちゃんと持った自分でいたかった。

いずれ自分がどんな末路を辿るかわからなかったため、ちょっとでもできることを増やしておきたかったのだ。それがいつ、どんな助けになるかもわからないから。

そんな事情を知らないチャールズは、驚嘆の眼差しで口にする。

「奥様にとって、こうしたお仕事をされるのは自然なことだったのですね……。そういうことであれば、少々お待ちくださいませ」

そう言って部屋を出た彼は、さらに別の帳簿を何冊か持ってきた。

先程見たものより分厚く、細かい字で書かれた帳簿だ。もしかしたら、私がどの程度理解できるかわからなかったため、最初は比較的簡単なものだけ持ってきていたのかもしれない。

だとすれば、ほんの少しでも、仕事を任せてもいいと思ってもらえたということだろうか。

(それなら嬉しいわ。たとえひとときの役目とはいえ、この屋敷の人たちの役に立てるんだもの)

かすかな喜びを覚えながら、私は帳簿確認に没頭していったのだった。

それから三時間後。

食堂で昼食を取り、再び二階の自室に戻って仕事に集中していると、そこへミアがやってきた。

今の彼女は、この屋敷の侍女たちと同じ黒い侍女服姿だ。実家のものより丈が長く洗練されたデザインで、ミアのすらりとした長身をいっそう綺麗に見せていた。

「お嬢様……！　いえ、失礼致しました。もう奥様でございましたね。二日振りでございます」

ほっと笑みを浮かべて歩み寄ってきた彼女に、私も席を立ってぱっと顔を輝かせる。

「ミア……！　研修は終わったの？」

「ええ。奥様のお傍に早く戻りたくて必死にこなしたお陰か、一日早く終えることができました。仕事ぶりも問題ないので、私はこちらでも奥様付きの侍女として働いて大丈夫とのことでした」

「良かった……また貴女が傍にいてくれるのね。凄く嬉しいわ」

ミアなら問題ないだろうとは思っていたが、お墨付きをもらえたのであれば、より安堵した。

目尻を下げた私に、ミアもしみじみとした様子で言う。

「私も嬉しゅうございます。それに、この屋敷は穏やかな方が多く、その面でもほっとしたと申しますか。普通なら、よそから移ってきた使用人はどうしても馴染《なじ》みにくい部分があると聞いていたのですが、ここではそのようなことがほぼございませんでしたので」

「そう。私も過ごしやすく感じていたけれど、ミアも同じだったのね。それなら本当に良かったわ」

「ええ」と微笑んだミアが、あっと気づいた様子で私の手元に視線を向ける。

「そういえば……今はお仕事中でいらっしゃいましたか？　気づかず不躾《ぶしつけ》にお声がけをし、申し訳ございませんでした」

「いいえ、気にしないで。ずっと帳簿を見続けて目が疲れてきたところだったの。これから少し屋敷内を見て回ろうと思っていて。そうだわ。貴女についてきてもらってもいい？」

「ええ。もちろんでございます」

ミアが嬉しげに頷く。そうして再会した私たちは、他の侍女に伝え、休憩をかねて屋敷内を見て回ることにしたのだった。

部屋を出ると、二階の長い廊下にいくつも扉が並んでいるのが見える。白い外装に合わせ壁や天井も白色で、扉はどれも淡い水色で塗装されている。爽やかで上品な色彩だ。

足の痛みはだいぶ引いたが、まだ完治したわけではないため、私はゆっくりと歩を進めていく。先を歩くミアが一つ一つ部屋を案内し、鍵がかかっていない扉は開けて説明してくれた。

「こちらは、遊戯室になります」

「わ……！　他の部屋とまた違って、素敵な内装ね」

遊戯室は、屋敷で夜会を催《もよお》した際、招待客に遊戯を楽しんでもらうための部屋だ。

絨毯《じゅうたん》の上には撞球台《ビリヤード》が置かれ、広いテーブルの上にはチェスに似た遊戯盤や、トランプやタロットを思わせる紙札がいくつも並べられている。洒落《しゃれ》た雰囲気の室内は内装も凝《こ》っていて、珍しいデザインの燭台《しょくだい》や花瓶が壁際に飾られていた。

「旦那様のご祖父様がお作りになった部屋だそうです。異国の文化をこよなく愛した方で、遊戯盤はもちろん、燭台《しょくだい》や壁紙もそちらで買いつけたもので揃えられたとのことでした」

「ああ……だから、見たことがない意匠の品が多いのかしら」

この世界には中世西洋風の物品が多いが、遊戯室に置かれた家具や雑貨は、前世でいうアラブ風や東洋風のデザインに近い。それゆえ多国籍な雰囲気なのだが、一つ一つが上品なためか、絶妙な塩梅《あんばい》で全体が調和していた。

「それにしてもミア、まだ三日目なのに、各部屋の詳細についてもう覚えたのね」

「もちろんでございます。もし私が仕事に手間取るようでは、他の者にお嬢様のお傍を奪われかねませんもの」

胸をとんと叩いて誇らしげに言うミアに、私はふふっと微笑む。

変わらない、気を許せる存在がこうして傍にいてくれるのが、本当に心強い。

そうして順に案内してもらううち、二階の廊下をずっと歩いた奥にある、一つだけ深緑色の扉が目に入った。扉のプレートにも、なんの部屋かは明示されていないようだ。

じっと見つめていると、ミアが思い出しながら教えてくれる。

「ああ……！　こちらは確か、普段は旦那様だけがお入りになる部屋と伺いました。なんでも、触れると危険な品がいくつもあるため、常時鍵がかけられているそうで」

「へぇ……剣や槍みたいな武具でも置かれているのかしら？」

カーライル様は騎士だから、あり得そうな話だ。実際、騎士の命である愛用の剣などは、あまり人に触れてほしくないものだろう。

「もしかしたら、そのような品の保管室なのかもしれません。数ヶ月に一度、ご兄弟様がいらした時だけ鍵を開けていると、侍女長も仰《おっしゃ》っていましたから」

「カーライル様のご兄弟が……」

そう聞いて、彼らと対面することを思い、わずかに緊張してしまう。いずれ親族に挨拶《あいさつ》へ伺うつもりではいたが、ひとときの妻として、どんな顔で挨拶《あいさつ》していいか悩む部分もあった。

（離縁される可能性が高いとわかった今は、これから末永くよろしくお願いします、なんて下手に言えないものね……）

そんな風に考えつつ屋敷内を見て回り、やがて一階に下りた私たちは、画廊や厨房《ちゅうぼう》を経《へ》て、最後に屋敷裏にある庭園へ繋がる廊下に出た。

硝子《ガラス》張りの扉を開けると、穏やかにそよぐ風に頬を撫でられる。

白や桃色など様々な花が咲く花壇があり、その周囲には美しく整えられた茂《しげ》みや木々があった。人工美と同時に、自然美をより強く感じさせる風景になっている。

「わぁ、素敵……！　とても綺麗なお庭ね」

「左様《さよう》ですね。風景も綺麗なら風も清々《すがすが》しくて、心が洗われるようでございます」

私が目を細めて声を上げると、ミアも隣で惚れ惚れとした調子で言う。どうやら彼女もここにはまだ来たことがなかったらしい。

そして二人で広い庭をゆっくり散策した。豊かな緑の中、どこを歩いても丁寧に育てられた花が咲き誇っていて、愛情をこめて世話されている様子が伝わってくる。

それが微笑ましく、好ましく感じられた。私はいずれここから離れなくてはならない身で、この風景も見られなくなるのだけれど——

ほのかに寂しく思った私は、気づけば、ぽつりと本音をこぼしていた。

「あのね、ミア。もしかしたらなんだけど……私、ここにずっとはいられないかもしれないの」

「あの、それは恐れながら、旦那様とのご関係が上手くいかれていないということですか……？」

緊張した面持《おもも》ちで尋ねた彼女に、私は慎重に答える。

「いいえ。カーライル様はとても親切にしてくださっているわ。……ただ、彼の目的は私の見張りでしょう？　元々好いてくださっていたわけでなく、その役目のために結婚したようなものだから……」

そう説明したのは、まだ彼に人違いの件を確認していない以上、それについて明言できなかったせいだ。ただ、私が彼の想い人でないことは確実で、やがてミアは私と一緒にここを去ることになる。なので、その可能性があることを伝えておきたかった。

だが、ミアは私がマリッジブルーになっただけと思ったのだろう。

「まあ……それなら心配ございませんわ。奥様は素晴らしい方ですもの」

ほっとした顔で、彼女は続ける。

「たとえ初めの目的が見張りだったとしても、すぐに旦那様も奥様を心から愛《いと》おしく思われるはずです。お出迎えの時も、あれだけ大切になさっているご様子だったのですから」

誇らしげな彼女に「あれは彼が想い人と勘違いしていたからだ」とは言えず、私はただ頷く。

「そうね……。そう思って頂けたら良いのだけど」

「きっと大丈夫ですわ。奥様がお優しく聡明でいらっしゃることは、ミアが胸を張って保証致します。それに、そのことは、旦那様もきっとおわかりだと思いますよ」

「ええ……ありがとう、ミア」

彼女の気持ちが嬉しく、そして申し訳なくて、私はやんわりと微笑んだのだった。

翌日からも、私は徐々に領主夫人としての仕事を増やし、それをこなしていった。

帳簿を見て、気になる部分があれば他の書類と照らし合わせて確認し、また毎年、今の時期に多めに注文している品があると知れば、チャールズに確認して早めに注文したりもした。

料理人や庭師たちとも会話することが増えていき、もし彼らの職務の領域が重なりそうになった時は、そっと私が出ていって調整した。

実家でも、使用人たちは自《みずか》らの仕事に誇りを持ち、その領域に別の使用人が踏みこみそうになると、諍《いさか》いの種になることがあった。お陰で、その取りまとめ方が多少は様《さま》になっていたのか、チャールズやポーラたちはさらに真摯《しんし》に仕えてくれるようになっている。

そうして少しずつ彼らと距離を縮めながら過ごし、数日が経ったが、まだカーライル様は王宮から戻ってきていなかった。

このセンテ領から王宮までは馬で片道二時間ほどで、そう遠いわけではない。もし何事もなければすでに帰ってきていてもおかしくないのに、と段々心配になってくる。

「今も、テオ殿下に足止めされているのかしら。それとも、他に大変な任務を言い渡されて、そちらに就《つ》いていらっしゃるとか……？」

さすがに王子も、新婚の夫を戦《いくさ》や賊退治に向かわせるような暴挙には出ないと思うが、カーライル様が優れた騎士である以上、その可能性も捨てきれない。「お前でないとこなせない任務だ」などと言われれば、彼も拝命するしかないはず。

そして彼が戻ってこないことを不安に思いつつ、かすかに安堵する自分もいた。

たぶん私は、彼の人柄やこの屋敷に流れる穏やかな空気を、好ましく感じているのだろう。

だから、私が彼の想い人でないことを伝えずに済む間は、まだここにいられる——そう、ほっとしてしまっていたのだ。

そんな気掛かりがありながらも、平和に過ごしていた矢先のことだった。

ある問題が起こったのは——

「領内の町に、柄の悪い男たちが住み着いている？」

午前の淡い陽射しが差しこむ、自室の居間。机に向かった状態で目を丸くした私に、書類を手に持ったチャールズが困った表情で頷く。

「左様《さよう》でございます。報告が上がったのは本日ですが、聞けば、二週間ほど前から町の隅の廃墟に住み着いているとのことで。治安が不安なため、領主様の方で追いやって頂けないかと、町人たち複数名より訴えがございました」

「ちなみにその男たちは、何人くらいなの？」

「十人ほどと聞いております。全員が、二十代の青年だそうで」

「十人……結構な数ね」

今のところ領民たちに危害は加えられていないようだが、問題があるからこそ、領主まで報告が上がったのだろう。目を伏せた私は、とりあえず気になった点を尋ねていく。

「こういうことは、これまでもよくあったの？」

「頻繁ではございませんが、稀《まれ》に暴漢がやってきて、町人たちに因縁《いんねん》をつけることはございました。ただその際は一人二人の話でしたし、屋敷の護衛騎士や旦那様が出ることで、すぐに男たちは恐れをなして逃げ出し、何事もなく収まりました」

「そう。ここまで大勢が一度に住み着いたのは初めてなのね……」

唸《うな》った私に、チャールズが思案顔で頷く。

「栄え、安定している土地には、どうしてもその蜜を啜《すす》ろうとする者たちが流れて参りますから。そうでなくとも、旦那様は英雄として国内外に名を馳せておられる身。物見遊山《ものみゆさん》にやってくる者も多いのでしょう。それに……」

「それに？」

問い返した私に、チャールズは言いにくそうに続ける。

「旦那様と奥様がご結婚してすぐということも、理由の一つかもしれません。ご領主様が結婚されると、式の後は領民たちへ料理や酒が振る舞われ、時には盛大な祭りに近い状況になるため、それを目当てにやってくる者もおりますから」

「ああ、なるほど……！　私との結婚が決まったせいでもあるのね」

それでこのタイミングだったわけか、と溜息をもらす。

急に柄の悪い男たちが現れたと聞いて驚いたが、近隣の町村で「あそこのご領主様が近日結婚なさる」と噂《うさわ》になれば、その祝いのおこぼれに与《あずか》ろうと、ここまでやってくる者も出てくるのだろう。

それくらい、本来なら領主――それも侯爵の結婚は、一大イベントなのだ。

けれど、来てみたら盛大な結婚式はしておらず、いくら待ってもひっそりしているため、男たちは苛立《いらだ》たしくなって周囲に当たっているのかもしれない。

彼らだって、まさか領主夫婦が質素な式しか挙げない予定の上、それが延期になっていて、さらには花婿《はなむこ》が王宮に呼ばれて戻らない状況などとは、夢にも思わないはず。皮算用が狂ったというところか。

（まだなにも起きてないとはいえ、放ってはおけないわ。実害が出る前に対処しないと）

恐らくカーライル様なら、上手く事を収めることができるのだろう。だが今は彼がいない以上、私がどうにかするしかない。心を決めた私はチャールズに尋ねる。

「チャールズ。念の為に聞くけれど、これまでこうした問題があった際、カーライル様は代理の人に命じて収めさせたことはあった？」

「いいえ、人任せにしては己の耳目に問題が届かなくなるからと、でき得る限りご自分で対処に当たっておられました。常駐する土地管理人はおりません」

「わかったわ。では彼がいない今、私が問題なく代理として立てるということね」

他に彼の代理を命じられている者がいないのであれば、私が遠慮なく前へ出ていける。カーライル様からも事前に、私に任せると言葉を頂いていたし。

だが、チャールズは焦った様子で止めに入った。

「確かにそうですが、さすがに女性である奥様に、荒くれ者の対処のような危険なお役目は……」

「大丈夫よ。昔、遠い地の女侯爵が、お腹の大きい姿で領民たちの諍《いさか》いを仲裁した話を聞いたことがあるの。そんな大変な状態の彼女でさえ問題を収めようと奮闘したのに、身軽な私が無理だと逃げては、自分が恥ずかしくなるわ」

「ですが……」

なおも心配そうに言い募ろうとする彼に、私は目を合わせて語る。

「チャールズ。私はこのセンテ領の領主夫人になったの。カーライル様がいない間、領地を守るのは私の役目なのよ。だから、行かせて頂戴」

「奥様……」

やがてチャールズは、意を決したように頷いた。

「畏《かしこ》まりました。お気持ち、ありがたく頂戴致します。――ただ、私と護衛を複数名お連れくださいますようお願い申し上げます。貴女様になにかあっては、旦那様に面目が立ちませんので」

そう言った彼は、丁重に一礼すると護衛を呼びに廊下へ向かったのだった。

――三十分後。

チャールズと護衛騎士二名と共に屋敷を出て、馬車に乗りこんだ私が向かったのは、屋敷からしばらく馬を走らせた先にある、小さな町だった。

恐らく、私が実家からこのセンテ領に向かった道中、車窓から眺めた町だろう。中心地には店や酒場、広場などがあり、そこから離れた周囲に民家がぽつぽつと建っている。遠くにはメイランの橙色《だいだいいろ》の花が咲き、のどかな田園風景が広がっていた。

店先で和《なご》やかに会話する町民や、畑仕事に精を出す農夫の姿があり、一見、平和な光景だ。だが、町の奥に向かうほどに少しずつ様子が変わってくる。

田園風景の中に、うっそうと茂《しげ》る木々に囲まれた道があり、その奥へ進んでいくと、大きな古ぼけた廃墟が見えた。

一応家の形は保っているが、ところどころ壁が傷《いた》んでいるし、ひびが入った窓の向こうには椅子が倒れた薄暗い空間が見え、昼間なのにどこか暗い雰囲気を醸《かも》し出している。

「……ここなの？」

「左様《さよう》でございます。数年前に元の住民が失踪《しっそう》した家でして。その場合、持ち主不在の家はご領主様が管理することになるのですが、もしや戻ってくるかもしれないと、できる限りそのままの状態にしておりました。この辺りに、男たちが住み着いていると報告が……」

チャールズがそう言った時。建物の陰になった部分から、大声が響いてくる。

初めに聞こえたのは、気が強そうな青年の声だった。

「うるせぇな！　俺たちのことに口出しするんじゃねえよ」

「文句を言うに決まっているだろう、ここはお前たちの土地じゃないんだ。勝手に住み着いておいて、なんだその言い草は！」

顔を見合わせた私たちは、馬車を降りてそっとその方向へ歩いていく。

すると角を曲がった先——恐らく前は厩《うまや》だった小屋の前で、ごろつきらしき十人の青年たちと、農夫姿の中年男性たち八人が睨み合いをしていた。

青年たちのリーダーだろう、赤髪の凛々《りり》しい顔立ちの青年が、はっと強気に吐き捨てる。

「使ってないボロボロの建物を寝床に借りて、なにが悪いってんだよ。第一、ここはあんたらのもんじゃねえだろうが」

「なにを馬鹿なことを。問題があるに決まっているだろう！　ここは我らがご領主様お抱えの家で、お前たちが夜ごと騒ぐのに使っていい場所じゃないんだ」

「そうだ！　なにを狙ってここに来たか知らないが、今に神の罰が下るぞ！　さっさと出ていけ！」

激昂《げっこう》した中年農夫が言うと、赤髪の青年は皮肉げに肩を竦《すく》めた。

「はっ、神！　そういう存在がいるなら是非見てみたいもんだ。そんな奴がいたら、俺たちだって住み慣れた地から、こんなとこまでやってきやしなかったろうよ」

「なにを……精霊神様を侮辱《ぶじょく》するか、お前!!」

信心深い様子の彼には、許せない言葉だったのだろう。かっとなった農夫が農具をぐっと握って掲げ、赤髪の青年がにっと笑って応戦の構えを取る。

「おっ、やるのか？　良いぜ、こっちは素手で相手してやるよ」

そう言い、二人がじりじりと近づいた時――

このままではまずいと感じた私は、とっさに声を張り上げた。

「――待ちなさい、貴方たち！　喧嘩《けんか》はそこまでにして頂戴」

傍に誰かがいると思っていなかったのだろう、ばっとこちらを振り向いた彼らは、戸惑ったように私たちを見つめる。

「なんだ？　この女……」

「しかも、騎士みたいな奴らもいるぞ……？」

赤髪の青年や後ろにいる青年たちが困惑する前で、農夫たちは目を見開いた。

「見たことのない人だが、このお姿に馬車の家紋は……」

「まさか、あれは……？」

私の正体が薄々わかったのか、はっとしてざわめく彼らに、私は頷いて言葉をかける。

「ええ、私はこの領地を治めるカーライル・ブライトン様が妻、アリシア。今の貴方がたの会話を拝聴したのだけれど、その件について、少しお話を聞かせてもらってもいいかしら？」

「お、奥方様……!!」

「あの、先日嫁《とつ》いでこられたという……!?」

途端、平身低頭した農夫たちは、恐縮しながらも、青年たちへの憤《いきどお》りが収まらないらしく口々に話し出す。

「奥方様、お聞きください！　ここにいる若者たちは二週間ほど前にこの地に来て以来、目の前の家に住み着き、我が物顔に振る舞っているのです」

「夜にはおかしなことでもしているのか、かつかつと不気味な音を立てる始末。こんな不審な男たちが近くに住んでいては、そのうち畑を荒らされるのではと、心配で夜も眠れません！」

「どうか奥様からも、彼らに早々にここを出ていくよう、ご命令ください……！」

青年たちを睨みつけて言う彼らに、赤髪の青年はしらっとした顔で、右手で耳を掻いている。

悪いことをしていると思っていないのか、まったく応《こた》えていない様子だ。

彼の仲間らしき九人の青年たちは、彼ほど度胸が据わっていないようで、護衛を連れた私の登場に顔を見合わせて戸惑っている。

たむろする仲間たちなのに、不思議なことに彼らの印象はバラバラだった。

赤髪の青年が勇ましい雰囲気なら、その隣の茶髪の青年は大人しげな雰囲気。少し離れたところに武士を思わせる朴訥《ぼくとつ》として逞《たくま》しい黒髪の青年もいれば、奥にいる亜麻色《あまいろ》の髪の青年はふっくらとした体格に穏やかな雰囲気と、なんともちぐはぐだ。

ただ明らかなのは、彼らがいかにもごろつきといった風情《ふぜい》ではないことと、主導権を握っているのが赤髪の青年らしいこと。

（これは、彼を説得できるかが鍵のようね）

そう判断した私は、農夫たちに礼を言って後ろに下がらせ、赤髪の青年へ視線を移す。

「事情を説明してくださってありがとう。けれど、貴方たちだけでなく双方のお話を聞いておくべきでしょう。――そこの赤髪の方、お名前はなんというのかしら？」

「……グレファス」

ふてくされた様子で返事をした彼に、私はさらに尋ねた。

「ではグレファス。二週間前から、貴方たちがここに住み着いているというのは本当？」

「本当だよ。……色々渡り歩いてたら、ここに辿り着いたんだ」

「辿り着いた？」

「……ああ。元々、俺の家はケネル村の川の側にあったんだが、戦《いくさ》に巻きこまれ、焼けて住めなくなった。それで彷徨《さまよ》い歩いているうち、ここの領主が結婚するって話を聞いてやってきたんだ」

彼はぽつりと先を続ける。

「その領主は英雄の騎士様だっていうし、それに慶事がある今なら、もしかしたら俺らみたいのも住ませてもらえるんじゃないかと思ってよ」

「そうだったの……」

どうやら彼らは、単に金目当てでやってきたごろつきではなく、訳あって故郷を後にした避難民だったようだ。しかし、グレファスら数人の荒々しい雰囲気もあり、荒くれ者と思われていたのだろう。私は、他の青年たちに視線を向ける。

「後ろにいる貴方たちも、同じケネル村から来られたのかしら？」

戸惑ったみたいに顔を見合わせた彼らは、やがてぽつりぽつりと話し出す。

「いえ……僕はダゴールの村にいました。けど、山のふもとの村だったもんだから、土砂《どしゃ》崩れで近隣の家ともども流されてしまって」

「おれはベルガの町です。水害で家が水浸《みずびた》しになって住むところがなくなり……困って道を歩いてた時にグレファスが声をかけてくれて、それで一緒に」

「自分は、山の向こうのサジャの村です。日照りが続いて作物の不作で税が納められなくなって、領主様から追い出されちまって……」

「なるほど……それで、旅の途中で意気投合して、ここまで流れ着いたのね」

だから彼らはどことなくバラバラな印象なのか、と納得する。

恐らく彼らのいた村や町の領主は、戦《いくさ》や災害時の補償をしたくなかったか、できなかったのだろう。領民たちが災害などで困っても、一時的に税を下げたり免除したりすることもなく、通常と同じだけ払えと迫り、さらには復旧作業をすることもなかったのだ。

悲しいが、それは多くの土地で聞く話だった。

誰もが私の父のように、上手く領地経営ができるわけではない。私腹を肥やすことに夢中な領主だっているし、たとえ誠実な領主でも、カツカツの税で運営している場合、先のことを考えて無暗に税を下げたり、少ない収入を復旧費用に充《あ》てたりすることは難しいのだ。

そうした理由で彼らが故郷を追われたのは哀れだが、だからといって辿り着いたここで好き勝手に振る舞っていいわけではない。

ここで空《あ》き家に住むことを許せば、皆好き勝手に移り住んでくる。なので、この家からはどうしたって出ていってもらわねばならない。

（でも――かといって、農夫たちに言われるまま彼らを領外へ追い出して、それで良いのかしら？）

だって、もし近隣の町に戦《いくさ》や天災の被害があったなら、グレファスたちを追い出したとしても、また第二、第三の彼らがここへやってくる可能性がある。英雄であるカーライル様が治める安定したこの地は、避難民たちに魅力的に映るだろうから。

そんな彼らを問答無用で追い出せば、次に同様の避難民が現れた時も、領民たちは私に同じ対処を望むだろう。前回みたいに早く奴らを追い出してください、と。

それを続けることが、果たして本当に正しい対処なのだろうか？　と迷う気持ちがあった。

なにより、ここを追い出されたグレファスたちが移動した先で無事に生きていけるかといえば、それは難しいように思えた。余所者《よそもの》はどこに行っても排斥《はいせき》されやすいものなのだから。

だとすれば、私のすべきことは――

そう考えた私は、すっと息を吸って口にする。

「わかったわ。それではグレファスたち、五日後、私と勝負をしましょう」

「――は？」

なにを言われたかわからないという様子の彼に、私は微笑んで返す。

「私は領主代理として、貴方たちにここから出ていくよう命じることができるわ。でも、それで大人しく出ていく貴方たちではないでしょう?」

「そりゃそうだが……」

「だから、勝負しようと思ったの。もし私が勝ったら、貴方たちは素直にここから出ていくこと。逆に貴方たちが勝ったら、ここに住み続けようともう私からはなにも言わないわ。この空《あ》き家は我がブライトン家が管理しているものだもの」

「おい、いいのかよ、お嬢さん。そんな約束しちまって」

グレファスが煽《あお》るように言うと、横からチャールズが焦った顔で尋ねてくる。

「奥様、よろしいのですか?」

「大丈夫よ、チャールズ。ちょっとした考えがあるの」

安心させるためにそう囁《ささや》き、私はグレファスたちに視線を戻す。

「場所は、この町の中心にある広場。全員と勝負するのはさすがに難しいから、貴方たちの中の三人を代表として選んでもらえるかしら。それで、私と三回勝負するの。二回勝った方が勝ちというルールよ」

「三人か……わかった。おい、お前らもそれでいいな?」

「あ、ああ。俺たちも問題ないが……」

「よし」

振り返って仲間たちに確認を取ったグレファスが、こちらに向き直って同意する。

「こっちもそれで構わないぜ」

「それなら良かったわ。勝負の内容は……そうね。私が勝手に決めては公平性に欠けるでしょうから、なにか貴方たちの得意なものを、一つずつ選んでもらう形にしましょう」

「いいのか？　言っとくけど、俺らは本当に自分の得意なもんを選ぶぜ」

懐疑的に眉を顰《ひそ》めて尋ねてきた彼に、私は頷く。

「ええ。ただし、私は今足を怪我している上、そうでなくとも見るからに非力なのはわかるでしょうし、剣や拳での戦いなどを選んだ場合、私ではなく護衛騎士に代理で勝負してもらうことにするわ。そうでないと、こちらも公平ではないでしょうから」

「ちっ……まあ仕方ねえか。貴族のお嬢さんに怪我させて、牢に入れられたかねえからな」

渋々納得したグレファスに、私は続ける。

「了承してくれてありがとう。ただ、そういう力任せの類《たぐい》でなければ、ちゃんと私自身が相手をするわ。さあ、どうする？　勝負に乗る？」

じっと見つめると、グレファスがにやりと笑った。

「そりゃあ、乗るに決まってるぜ。負ける気なんざさらさらねえからな。もし負けたところで、別の町に移ればいいだけの話で、上手くすればここに住み着けるんだ」

「そ、そうだ……！　勝てばいいんだ」

他の仲間たちも乗り気になったのか、うんうんと頷き合う。彼らの姿を見て、私は言った。

「なら、これで決まりね。明日の正午にまたここへ来るから、それまでに誰が代表の三人になるのかと、どんな内容で勝負するのかを考えておいて頂戴」

「わかったよ。明日の正午だな。楽しみに待ってるぜ」

そう不敵に笑ったグレファスと、まだ状況が信じられない様子でざわめく彼の仲間たちは、やがてぞろぞろと廃墟の中へ戻っていったのだった。

そして厩《うまや》の前に残ったのは、私とチャールズと護衛騎士二人、それに八人の農夫たち。

チャールズが心配そうにそっと声をかけてきた。

「奥様……本当に、あのような約束をしてしまってよろしかったのですか？」

「大丈夫よ。勝機があるとははっきり言えないけれど、この問題を収めるための考えはあるの」

「考え、ですか……」

「ええ。昔、私が浮浪児たちにしたことを思い出して、少しやってみたくなったことがあって」

まだ心配そうな彼に微笑んで返したところ、少し離れた場所から不満げな声が上がった。

――農夫たちだ。

「奥様。間に入ってくださったのはありがたいのですが、荒くれ者たちに温情をかけるなど、いくらなんでもお優しすぎます……！」

「そうです、あんなどこの馬の骨ともわからない輩《やから》に！　あんな奴ら、さっさとここを出ていって、その辺の道端でくたばればいいんだ」

どうやら、私が問答無用で青年たちを追い出さなかったことが、彼らには不服だったようだ。

それに、奥方になってばかりの小娘がなにをしゃしゃり出て、という思いもあっただろう。

だから私は、はっきりとこう言った。

「貴方がた、なにか思い違いをしているのではなくて？」

「お、思い違い……？」

「そう。確かにこの空《あ》き家はあの青年たちのものではないから、彼らが好き勝手に使うのはおかしいわ。でも、ここは貴方たちのものでもない」

私は彼らを真っ直ぐに見つめ、言葉を紡《つむ》いでいく。

「持ち主不在となった家は私たち領主夫妻が管理するものと定められているし、戦火や天災から逃《のが》れて流れ着いた者たちが、その地の領主の許可を得ればそこに住みつけるという権利も、法の下《もと》に保証されているの。その権利は、たとえ貴方たちであっても奪うことはできないわ」

「そ、それは……」

俯《うつむ》き、悔しげに唇を引き結んだ農夫たちに、私は声を和《やわ》らげて続ける。

「けれど、貴方たちが心配する気持ちもよくわかるの。特に若い娘さんがいる家なら、不審な男たちが傍にいる状況は不安で堪《たま》らないでしょう。そうでなくとも、畑や店を荒らされたりはしないかと、気が気でないでしょうし」

「奥様……」

視線を揺るがせた彼らに、私は静かに語りかける。

「だから、白黒つけるためにも勝負した方がいいと思ったの。そして、勝負の様子は貴方たちにもちゃんと見てもらうつもりよ。そうすると、きっと色々とわかってくるでしょうから」

「色々と、わかってくる……？」

「ええ。彼らが、一体どんな人間なのか」

不思議そうな彼らにそう答え、私はチャールズたちとその場を後にしたのだった。

屋敷に戻ると、私は書斎に行き、先程聞いた青年たちの故郷について調べることにした。

本棚から気になった本を数冊選び、机の上に広げていく。

「グレファスのいたケネルは、隣国との国境近くの村なのね。それで戦火の影響を受けたんだわ……」

危《あや》うい地域にある村ゆえか、武術や体術が盛《さか》んで、村人たちも日頃から身体を鍛えていたようだ。いつ戦《いくさ》になってもいいよう、人的な備えをしていたのだろう。

けれど戦《いくさ》の影響は予想外に大きく、大半の村人は村を後にしたらしい。

「他には、ダゴールやベルガ、それに西方から来た青年もいたわね。ダゴールは森林地帯にある、木製品が特産の村。ベルガは様々な農作物が取れ、独特な料理が有名な村だったみたいね」

読みこむほどに、その土地の風景が目に浮かんでくる。

私が思っていた以上にこの国は広く、様々な人たちが生活していた。

そして、平穏な生活を送っていても、いつどんなことをきっかけに平和が崩れるかもわからない……それをひしひしと感じてくる。

私が王子に塔や牢に入れられ、奴隷《どれい》の身分に落とされていたかもしれないのと同様に。

「命からがら逃《のが》れ、流れ着いた先で追い出されたら、きっと絶望するわよね……」

どこへ行っても余所者《よそもの》扱いされるのは、ひどく辛いことだろう。

だからと言って、グレファスたち寄りの立場だけでものを考えては、大事な領民たちの生活を守れない。安易に受け入れることだけが正解ではないのだ。

大事なのは、青年たちがどういう人間か見極め、もし信頼に足る人柄であるなら、領民たちに受け入れられるようその足場を固めること。

「さあ……今日は眠っていられないわね。できるだけ勉強しておきましょう」

腕まくりした私は侍女に命じて燭台《しょくだい》の蝋燭の替えを持ってこさせ、さらに調べ物に熱中していく。

長い夜はそうして更《ふ》けていったのだった。


翌日の正午。

私は寝不足の頭を濃い紅茶で目覚めさせて気合を入れると、藍色《あいいろ》のドレスに着替え、昨日と同じように馬車で町外れの廃墟へ向かった。

さすがに執事長のチャールズを連日連れ回すことはできないので、今日のお供は護衛騎士二人だけ。廃墟前には、すでに十人の青年たちが並んで待っていた。

相変わらずふてぶてしいグレファス以外は、どことなく緊張した表情だ。

「お待たせしてごめんなさい。その顔を見ると、誰が代表になって勝負の内容をなににするか、ちゃんと決まっている様子ね？」

「おうよ」

答えたグレファスは、自分の胸を親指で指して不敵に笑う。

「まず一人目は俺で、体術で勝負する。拳には自信があるんでな」

「あら……力勝負の場合は、私ではなく護衛騎士が代理で勝負すると言ったはずだけれど、それで本当にいいの？」

「ああ。構わねえよ」

そしてグレファスが顎《あご》で促《うなが》すと、隣にいる茶髪のひょろっとした青年がおずおずと続ける。

「二人目は僕です。僕は……木の彫刻で勝負します。得意なことと言っても、それしか思いつかなかったから」

「わかったわ。貴方は彫刻勝負ね。ただ、勝敗のつけ方が少し難しいけれど……そうね。彫刻に詳しい誰かに審査をお願いして、その人に彫りの技術や見た目の美しさなど、総合的に見てどちらが優れているか判断してもらう形でいいかしら」

「は、はい……それで構いません」

青年が頷くと、今度はその隣にいる、亜麻色の髪のふくよかな青年が口を開いた。

「三人目はおれです。おれは、料理勝負にしてもらえると嬉しいです。村でよく料理してたから、それならきっとできると思います」

「料理勝負ね、承知したわ。こちらは、観衆のうち複数名に食べて審査してもらいましょう。審査基準は、どちらの料理がより美味《おい》しいか、見た目が良いかでいいわね？」

「はい、いいです。けどおれ、食材が準備できるか心配で……」

おっとりと眉を下げて言った青年に、私は首を横に振る。

「それは問題ないわ。当日使う食材も調理器具も、すべて私の方で準備します。同じ食材の中から各自選べば、公正な勝負になるでしょうし」

「あ……それだと助かります」

ほっとした様子の彼を見て、私はグレファスに視線を戻す。

「これで内容は決まりね。昨日言った通り、勝負は四日後。お互いに精進《しょうじん》しましょう。もし彫刻や料理の練習をしておきたいなら、ちゃんと今から道具を貸し出すわ。体術に関しても、練習相手が必要なら、騎士を一人こちらへ派遣するから言って頂戴」

「そりゃありがたいが……あんた、いちいち真面目にお膳立てしてくれるのな」

感心半分、呆れ半分な様子で言ったグレファスに、私は静かに返す。

「だって、私はいくらでも練習できる状況で、貴方たちはなにもできない状況では、それこそ公平ではないでしょう？　第一、そんな勝負をしたところで観客たちも納得しないはずだもの」

「ふん……後腐れがないようにしたいってわけか。まあ、そういうことならこっちは助かる。俺はともかく、こいつらは道具や材料がなきゃ話にならないだろうからな」

グレファスに視線を向けられ、安堵の表情で頷く青年たちに、私は頷き返す。

「では、後で従者に道具を持ってこさせるわ。それでいいわね？」

「は、はい」

「助かります……」

グレファスとは違い、彼らは最初より素直になってきた様子だ。もしかしたら、貴族がここまでするとは思っておらず、毒気を抜かれたのかもしれない。

「最後に勝負の順番だけれど、グレファスの体術勝負は準備運動をする必要もあるでしょうから、最後に回していいかしら？」

「別にどうでも構わねえぜ」

「それなら、第一戦目は彫刻勝負、第二戦目は料理勝負、第三戦目は体術勝負で決まりね。――それでは皆さん。また四日後にお会いしましょう」

「おう。せいぜい首を洗って、勝負の日を待ってるがいいぜ」

無事に勝負の詳細も決まり、ほっと微笑んで別れの挨拶《あいさつ》をした私に、グレファスはにっと不敵に笑い返したのだった。


馬車に揺られて屋敷に帰ってきた時には、午後二時頃になっていた。

食堂で簡単な昼食を取った私は、自室に戻ると、長椅子に座ってふぅっと息を吐く。

寝不足だったし、気疲れもあったのだろう。青年たちに舐められないようにしようと、ずっと背筋を伸ばし続けていたから。

「でも……これで一歩前進だわ。あとは、従者に言って道具を届けさせて……ああ、審査をお願いする彫刻師も探しておかないといけないわね」

やることはまだまだあるし、私自身、今から特訓する必要がある。

なにしろ私は彫刻をほとんどしたこともなければ、料理だってそこまで得意な方ではないのだ。

一応、前世では一人暮らしをしていたため、ある程度はできるけれど。

とはいえ、侯爵令嬢として生まれてからは、厨房《ちゅうぼう》に入って料理することは一度もなかった。

もしそんな真似《まね》をすれば、「お嬢様にそのようなことはさせられません！」と、料理長が慌てて飛んできただろう。しかし、今はそうも言っていられない。猛特訓しないと、勝負に負けるどころか、いらない恥をかいてしまう。

「もう少ししたら厨房《ちゅうぼう》に行って、と。……でも、その前にちょっと休憩しておきたいわね」

昨日からずっと動き続けていたので、心身を休める時間が欲しい。

そう思った私は、部屋を出て屋敷の庭園へ向かうことにしたのだった。

――数分後。庭へ辿り着いた私は、芝生《しばふ》と石畳の道を踏みしめる。

青空の下、白や桃色の花々を咲かせた緑深いそこは、清々《すがすが》しい空気に溢れていた。今は庭師も近くにいない。本当に自分一人だとわかり、ほっと息が漏《も》れた。

「考えてみれば、貴族の令嬢や奥方って、一人でいられる時間がほぼないものね……。常に傍に誰かの気配があって、安心ではあるけれど気が抜けないというか」

屋敷内では必ず侍女が傍にいて、屋敷を出ればそこに御者《ぎょしゃ》や護衛が加わる。

どんなに気心知れた相手だったとしても、それが続けば次第に気疲れしてくる。

十八年間貴族をしていても、根が気ままに一人暮らししていた日本人だからか、やはりなかなか慣れない部分があった。

「でも……今は凄くほっとする。こうして一人でのんびり休むの、毎日の習慣にしようかしら」

うーんと伸びをした私は、手巾《ハンカチ》を広げて草の上に敷き、そこに腰を下ろす。

そうしてぼんやり庭の景色を眺めていると、ふいに向こうの草むらから、がさっと音が聞こえた。

(あら、庭師がいたのかしら?)

そう思い首を傾げたが、どうも様子がおかしい。

がさがさという音はこちらに近づいてくるのに、歩いてくる人影は全然見えないのだ。

(え……一体なに?)

私が顔を強張らせ、身構えた時。草むらを飛び出てきた影があった。

それはなんと――

「まさか……ブラン!?」

驚く私に駆け寄ってきたのは、見紛《みまご》うことなきブラン――実家でよく遊んだ蜂蜜色《はちみついろ》の犬だ。

見た目はシベリアンハスキーに似ているが、それとは顔立ちの系統がやや違い、穏やかさと凛々《りり》しさを併せ持った風貌をしている。大きさも日本で見た大型犬より大きく、体長が百二十センチはありそうなので、この世界独特の犬種なのかもしれない。

尻尾を振り、嬉しげにはっはと息をしながら私の手に鼻を摺《す》り寄せる彼を撫で、私は喜びと困惑を隠せぬ声で問いかける。

「でも、どうしてここに……? あっ、ブランったら、草や埃《ほこり》がいっぱいついているわ。もしかして、私の後を追ってあの長い距離を走ってきたの?」

かなりの距離を駆けてきたのか、ふさふさした彼の毛並みは埃《ほこり》で汚れ、沢山の草がついてぼろぼろになっていた。頭についた草を取っていくと、お礼でも言っているのか、彼は首を傾げ、くぅんと鳴く。あ……可愛い。

賢い犬は主人の匂いを覚え、どこまでも追いかけてくると聞いたことはあるけれど、もし彼が私の匂いを覚えて追ってきてくれたなら吃驚《びっくり》だし、それ以上に嬉しく感じる。

もうブランとは、会えないものと思っていたから。

「よくここまで来てくれたわね。貴方にまた会えて嬉しいわ。ねえ、もっと撫でてもいい？」

問いかけると、彼は大人しく座り、きゅう、と喉を鳴らした。

良い、ということなのだろう。

安心して豊かな毛並みに覆われた背中や頭を撫でたところ、ふさふさと柔らかな感触が掌いっぱいに広がってくる。柔らかく、あたたかな体温が心地良くて、しみじみ幸せを感じてしまう。

そしてブランが動かないのをいいことに、今度は「えいっ」とぎゅっと抱きしめると、ふわふわな感触と共に、おひさまのような匂いが鼻いっぱいに広がった。じーんと幸福感が溢れてくる。

（ああ、幸せ……。やっぱり私、もふもふした動物が大好きだわ……）

そして、私に抱き締められているブランの可愛いこと。

しきりに尻尾を振っている様子を見ると、どうやら彼も喜んでくれているらしい。摺《す》り寄せた私の頬を、時々そっと舐めてくる。

ざりざりしたその感触がまた心地良くて、私はふふっと目を細めた。

そんな風に彼の手触りを堪能《たんのう》していたら、遠くから誰かが駆けてくる気配があった。

「奥様！　先程驚かれたようなお声が聞こえましたが、もしや不審者でもおりましたか……!?」

振り向くと、血相を変えたポーラがこちらに向かってくるところだった。

もしかしたら、屋敷に暴漢が侵入したとでも思ったのかもしれない。

私は安心させようと彼女に微笑みかける。

「違うの、ポーラ。ブランが会いに来てくれて、嬉しくて思わず声を上げてしまっただけなの」

「ブラン……？」

吃驚《びっくり》した様子で目を見開く彼女に、私はふふっと笑って頷く。

「そう。幼い頃からよく屋敷に遊びにきてくれた犬で、とても賢いのよ」

「い、犬……!?」

なぜかぎょっとした顔のポーラは、私とブランを交互に見て戸惑ったみたいに言う。

「あの、でも、そちらは恐らく犬ではなく……」

まさか屋敷内に犬が入ってきたとは予想もしなかったのだろう。

視線をうろうろとさせる彼女に、私はブランを抱き締めたまま声を弾ませた。

「そうなの、普通の犬とは思えないほどお利巧さんで……あらブラン、どうしたの？　そっぽを向くなんて」

ブランはどことなく気まずそうで、頑《かたく》なにポーラと視線を合わせようとしない。

珍しい彼の姿に、人見知りでもしたのかしら？　と首を傾げる。

今までそういうことはなかったが、慣れ親しんだウォルター家の屋敷ではないこともあり、初めて会う人間に警戒しているのかもしれない。

そして、ポーラもかなり気まずそうに、明後日《あさって》の方向を向いて頷いていた。

「さ、左様《さよう》でございましたか。奥様とよく遊ばれていた犬で……」

「だから、ポーラも心配しないでもらえると助かるわ。この子が私を引っかいたり、噛みついたりする恐れは絶対にないから」

「それはもちろんでございます。これだけ賢いお顔立ちのお……いいえ、犬でいらっしゃいますから。奥様にも、それは紳士的な対応をされるものと……」

「ポーラ、どうして犬に敬語なの？」

「いえその、つい口をついて出たと申しますか……」

もしかして、ポーラも人見知りというか、犬見知りしているのだろうか。

どうしたら彼らの緊張をほぐせるか、と考えた私は「そうだ！」と思い立つ。

「ねえ、ポーラもブランを撫でてみない？　ふわふわしてとても気持ちいいの」

「え!?　い、いいえ、結構でございます！　どうか奥様だけご堪能《たんのう》くださいませ。あの、それでは私は急用を思い出しましたので、これにて失礼致します……！」

さらにぎょっとした様子で言ったポーラは、ぺこりとお辞儀すると、慌てて元の場所へ戻っていってしまった。

……どうしたんだろう。なんだかやけにブランの方をちらちら見ていたようだったけれど。

（あっ！　まさか、犬が苦手だったとか？）

だとすれば、変に撫でることを勧めて悪いことをしたなと思う。彼女の立場では断りづらかっただろうに。しかし、ポーラが終始ぎこちなかった理由がこれで納得できた。

改めて、さあもう少しブランと戯《たわむ》れようかな……と、彼に向き直ると、いつの間にか私の腕をすり抜けていた彼は、庭をとことこと出ていこうとしていた。

「えっ、ブラン……！　もしかして、もう帰ってしまうの？」

驚いて問いかけたところ、ブランは言葉がわかっているみたいに、ぴたりと歩みを止める。そして逡巡《しゅんじゅん》している様子で、くぅんと鳴いた。

「私、もう少し貴方と一緒にいたいわ……」

しゅんとしながら見つめて言うと、彼は私の方へふらふらと歩いてくる。けれど、途中ではっと足を止め、ぐるると唸《うな》りつつ、その場で円状に歩き出した。

なんだろう……名残《なご》り惜しいけれど、その気持ちを振りきろうとしているかのようだ。

やがて彼は、たたっとこちらへ駆けてきて私の手をぺろりと舐めると、ばっと身を翻《ひるがえ》し、素早い身のこなしで繁みの向こうへ駆け去ってしまった。

「あら……行っちゃった」

まるで一陣の風が吹き抜けたかのような、短い再会だった。

ただ、少ししか触れ合えなかったのは残念だけれど、久し振りに彼を撫でることができて、私の元気はだいぶ補充されていた。やっぱり、もふもふの癒《いや》しパワーはすごい。

そして、また彼が会いに来てくれるかもと思えば、さらにやる気が出てきた。

それに、ここまで私についてきたところを見ると、どうやらブランは誰かに飼われているわけではないみたいだから、もしかしたら、いつかブランを飼うことができるかもしれない。そうなったら、どんなに毎日が楽しくなるだろう。

目を輝かせた私は、うーんと伸びをする。

「さ、部屋に戻りましょう。四日後の勝負のために、今から特訓しておかないと」

そう気合を入れ、私は自室へ戻ったのだった。

◇◇◇

その晩、私はぼんやりとした眠りの中で、懐かしい涼《すず》しげな声を聞いていた。

「アリシア……申し訳ありません。すぐに屋敷へ戻ることができなくて」

あ、カーライル様だ……と、靄《もや》のかかった意識の中で嬉しく思う。

でも、きっとこれは夢だ。だって彼は今も王宮にいて、ここにいるはずはないのだから。

それでも、彼の声はまるで本物のような実感を伴って、私の耳朶《じだ》を震わせる。

「嫁《とつ》いでくださってほんの数日だった貴女を一人にしてしまいました。ただでさえ、まだ屋敷に慣れない状況だったというのに……」

(そんなこと、お気になさらないでください。それに、チャールズやポーラやミア、色んな人たち

が親切にしてくれましたから）

そう思いながらも、眠りの波を漂《ただよ》う私は思いを言葉にできず、ただ彼の声を聞くことしかできない。夜の帳《とばり》の中、彼の静かな囁《ささや》きはなおも紡《つむ》がれていく。

「今、貴女が領地のことを考え、動いてくださっていると聞きました。領民たちと避難民たちの双方に納得してもらうため、勝負をなさるのだと」

あ、聞いてくださったんだ……。自然と私の顔に笑みが浮かぶ。

すると、衣擦《きぬず》れの音が聞こえ、髪をそっと撫でられる感触があった。

まるで大切なものを扱うように、優しく、私の髪に触れる手。

……今まで母の他には誰にも撫でられることがなかった私を、当たり前みたいに撫でてくれる手。

あたたかいそれは、私の心をじんわりと満たしてくれた。

（もし夢でなく、本当にカーライル様がお帰りになったら、こんな風に撫でてくださるかしら。そうだといいな……）

ぼんやりと願う私に、涼《すず》しげで落ち着いた声はなおも続ける。

「ご苦労をおかけして申し訳ありません。そしてありがとうございます。……すべきことを終えたら、私はきちんとここへ戻ります。その時こそ、貴女にちゃんと……」

彼はまだなにか言っていたが、さらに深い眠りに誘われた私の意識は、次第にぼやけて混濁していく。

もっと彼の声を聞いていたいのに。それに、もっと撫でてもらいたいのに。

そんな子供めいたことを思いながら、私は深い眠りに落ちていく。

どこか懐かしい、おひさまのような匂いが、かすかに鼻に届いた気がした。

第五章　いざ、尋常に勝負致しましょう

それからの四日間は、あっという間に過ぎていった。

領主夫人として日々の仕事をこなし、それを済ませた後は勝負の特訓に明け暮れ、私はぐったりとしている。ただ、彫刻や料理など、足にあまり負担をかけずにできる特訓だったので、捻《ひね》った足首は問題なく快復に向かっていて、それにはほっとした。

そんな私は今、できる限りのことはやりきったという清々《すがすが》しい気持ちで服を着替えている。

「よし、こんな感じの服装でいいかしら」

鏡に映る私は、普段のようなドレス姿ではなく、白い筒袖《シャツ》にサスペンダーで吊った濃紺の下袴《ズボン》姿。筒袖《シャツ》は腕まくりし、下袴《ズボン》は身体の線に沿った動きやすい形で、足元は紐で編んだ革靴を履いている。真っ直ぐで長い銀髪も、今は一本の三つ編みにして背中に流していた。これでハンチング帽でも被ったら、少年探偵みたいに見えそうなボーイッシュな格好だ。

着替えを手伝ってくれたミアや他の侍女たちが、私に心配げな眼差しを向けている。ほぼ男装であり、貴族女性として規格外な格好のため困惑してしまうのだろう。

「奥様、本当にこの格好でお出かけになるのですか？」

「とてもお似合いでございますが、いささか男性的すぎるのでは……」

「ええ。少年みたいで動きやすそうでしょう？　淑女《しゅくじょ》らしい姿でないことは承知だけれど、勝負に勝つには格好つけていては始まらないもの。大丈夫よ、全力でやりつつも、できる限り品位を損なわないように振る舞うから」

安心させようと微笑んだ私に、ミアがそっと尋ねてくる。

「それにしても、今回の勝負に勝算はおありなのですか？」

「うーん……それは難しいところね。彼らの得意な内容で勝負する上、彼らがどれほどの腕前かは、実際見ないことにはわからないから。もしかしたら、私では全然歯が立たない可能性もあるし」

「つまり、大負けする可能性もあると？」

ぎょっとした様子のミアに、私はあっさりと返した。

「もちろん、その可能性もあるでしょうね」

「奥様。そんなのんびりと仰《おっしゃ》っている場合では……！」

「ミア、大丈夫よ。勝負はやってみないとわからないわ。それに勝ち負け以上に、望む結果が得られるかもしれないのよ」

「勝ち負け以上に、望む結果……？」

きょとんとした彼女に、私は微笑んで頷く。

「そう。あの日、貴女がウォルター家の屋敷に来てくれた日のように。そのために、多くの人たちに勝負の行方《ゆくえ》を見てもらう必要があるの」


それから三十分後。支度を整えた私は、馬車に乗って村の広場へ辿り着いていた。

今日は護衛騎士のほか、チャールズやミアも一緒だ。チャールズは進行役として来たが、ミアは私のことがどうしても心配で、ついていくといって聞かなかったのだ。

広場は今、有能なチャールズの手配もあり、ちゃんと勝負舞台の様相に整えられていた。広場の中心には、木材や食材が並べられた机と煉瓦《れんが》造りのかまどがあり、その向こうには、体術勝負の場として使うのだろう、チョークで大きな円が描かれた地面が見える。

それらをぐるりと取り囲み、大勢の領民たちが集まっていた。

大体が農夫の様子だが、職人や商人、料理人らしき姿をした人々もちらほらと見える。それだけ皆、勝負の行方《ゆくえ》に関心があり、仕事を中断して見物にきたのだろう。

私が広場に近づいていくと、仲間たちと一緒に側の建物に背を預けていたグレファスが、不敵に笑って身を起こした。

「おう、時間通りに来たな。お嬢さん」

「お、奥様にお嬢さんなどと、なんと無礼な……！」

途端、隣でミアが眉を吊り上げたが、私はそれをそっと制す。

「いいのよ、勝負する間は、私はただのお嬢さんだから。……さて、グレファス以外の皆も、準備は万端のようね」

グレファスの周りにいる青年たちも、先日の着古した服装ではなく、新しい動きやすい格好になっている。これも先日、こちらで準備して渡しておいたものだ。特にグレファスの場合、身体を使った決闘となるため、先日の格好のままでは彼が不利になるだろうから。

「ああ、準備は整ってる。さあ、さっさと勝負を始めようぜ。腕がなまって仕方ねぇ」

血気盛《さか》んなグレファスは気が逸《はや》っているらしく、掌で拳をぱしんと受け止めながら言う。

だが私は、そんな彼に静かに首を横に振った。

「その前に、少しだけ観衆の皆さんに説明させて頂戴。中には、なにが行われるかわからずに来た人もいるでしょうから」

「ちっ、面倒くせえな。さっさと済ませてくれよ」

がりがりと髪を掻いたグレファスが下がると、私は集まった民衆たちの前へ一歩進み出た。

「皆さん、本日はお集まりくださってありがとう。事情があり今日は少年のような格好をしていますが、私はこの領を治めるカーライル・ブライトン様が妻、アリシアです。以後お見知り置きを。——今日は、そちらにいる十人の青年たちと勝負するため、ここへやってきました」

「お、奥方様……!?」

「勝負……？　あいつらと奥様が、なにか勝負するのか？」

やはり事情を知らずに集まっていたのか、顔を見合わせている者も多い。

彼らに向けて、私は丁寧に説明する。

「ええ。彼らがこの地に住むことを認めるか、認めないかを決める勝負です。彼らの代表である三人と私が一回ずつ勝負を行い、もし私が二勝すれば、彼らはここを出ていく。そして、もし彼らが二勝すれば、ここに住むことを認めるという勝負です」

「そんな、あいつらが勝ったら、ここに住み着くだと……？」

「そんなことになったら……」

不安げな声でざわめき出した民衆たちに、私ははっきりと通る声で告げた。

「――お静かに。これは私がそうすべきと考え、決めたことです」

「ですが……」

「カーライル様不在の間は私に領内の問題が一任されており、また、避難民が逃《のが》れた地に住みつくこと自体は国の法の下《もと》、認められていることでもあります。領主が許可を与えれば、その地の民《たみ》になっても良いのだと」

そして私は、ゆっくりと民衆を見回しながら続ける。

「それに……私は、貴方たちにも考えてほしいの。もしこのセンテが戦《いくさ》で焼かれたり、天災によって住めなくなったりした時のことを」

「住めなくなった時を……？」

「ええ。もしそうした事態になった時、貴方がたもこの地を捨て、逃げることになるでしょう。その時、辿り着いたその地を問答無用で追い出されたとしたら、どう感じますか？　他に逃げる場所もなく助けを求めていった先で、さっさと出ていけと凄まれたら」

「それは……」

口を噤《つぐ》む人々の姿を見つめてから、私はグレファスら青年たちへ視線を移す。

「そして、グレファスを始めとする、十人の青年たち。貴方がたは、目の前の領民たちがどうして貴方たちを恐れているか、わかりますか？」

「……さあな」

「彼らには、貴方がたが粗暴でなにをするかわからない人間に見えているからです。もしかすれば、畑を荒らし、盗みを働くのではないか。大事な娘や子供たちに危害を加えるのではないかと」

するとグレファスが激昂《げっこう》した。

「んなことするかよ……！　そりゃ寝床を借りはしたが、そこまで落ちぶれちゃいねえ！　俺たちはただ、屋根のある場所で眠りたかっただけで……」

「そうね。野宿すれば、獣《けもの》や賊に襲われたり、どんな危険があるかもわからないもの。雨風をしのげる場所が欲しかったことでしょう。けれど、それなら近隣の家の扉を叩けば良かったのでは？」

「……したよ、途中の町や村で何度も助けてくれって頼んだ。けど、その度《たび》に追い返されてりゃ、そんな無様な真似《まね》はもうしたくなくなる。……俺らにだって、矜持《きょうじ》ってもんがあるんだ」

悔しげに俯《うつむ》いたグレファスの様子は、まるで迷子の子供だった。

彼らの根本はやはり、あの日のミアやサーラと同じだ。なにかを諦め、ただ迷うような眼差しで日々を過ごす子供たちと。

そう感じた私は、すっと息を吸ってその場の全員に告げた。

「そうした双方の思いを汲《く》み取った結果、勝負をつけて決めることにしたの。そして早速、これから勝負を始めたいと思うわ。三回勝負で、内容はそれぞれ彼らが得意とするものよ」

「あいつらの得意なものって……いいのか？　それじゃ、あいつらに有利なんじゃゃ……」


　そんなざわめきも聞こえたが、私はさらりと続ける。

「これは、私たち双方で納得して決めたことです。また、青年たちがもし力で勝敗が決まるものを選んだ場合、私の代わりに護衛騎士が相手をすることも、彼らに了承してもらっています。だから、どちらが有利ということはないわ。その辺りを踏まえた上で、観衆の皆さんには勝負の行方《ゆくえ》を見届けて頂きたいの」


　民衆たちはまだざわざわと囁き合いながらも、先程の私の問いかけが効いたのか、もうはっきりと非難の声を上げる者は現れなかった。

「そういうことなら……」とか「あの男たちの気持ちもまあ、少しはわかるし……」といった呟きの合間に、ぽつりぽつりと承諾の声が聞こえてくる。自分の身に置き換え、彼らと勝負すること自体は仕方ないと納得してくれたのだろう。


　それを見て取った私は、頷いて宣言する。

「では、第一回目の勝負から始めましょう。進行と判定に関しては、私の隣にいるチャールズという者が行います。——チャールズ、よろしくお願いね」

「畏《かしこ》まりましてございます」


　はっと胸に手を当てて拝命したチャールズは、よく通る渋い声で宣言した。

「それでは、第一戦目。彫刻勝負となります。——双方よりお一人ずつ、前へ」

「ええ」

「はい……！」

こちら側からは私が、向こう側からは茶髪のひょろっとした青年が進み出る。

彼は文学青年風というか、グレファスとは違う大人しげな雰囲気だ。

「机の上に何種類か彫刻道具が置いてございます。まずはそちらから好きなものをお手に取り、私の合図と共に木材を選んで彫刻を開始してください。制限時間は二刻。よろしいでしょうか」

チャールズの呼びかけに、私と青年は頷いて刃物を手に取る。

「ええ、大丈夫」

「ぼ、僕も……持ちました」

「それではお二方、準備が整いましたね。――では第一戦目、勝負開始!!」

その大声を合図に、私たちは、ばっと作業に入った。

まずは、並べられたいくつもの掌大の正方形の木材から好みのものを選び取ると、チョークで大まかに印をつけ、大雑把に削っていく。

ちなみに私が選んだのは、置いてある中で最も柔らかい材質の木材。

練習するうちにわかったのだが、腕力の弱い私では、固めの木材を選ぶと腕が疲れ、時間がかかって満足に彫り進めることができなかった。だから木材は最も柔らかく、刃物は一番力を入れずに彫れる形状のもの。

青年と違って彫り慣れていない私は、そういった工夫で自分の能力を補うしかなかった。

逆に青年は、柔らかい木材だと強く彫りすぎてしまうからか、固めのものを選んでいた。

そうして互いに自分に合った道具を手に、あとは完成図を思い浮かべてひたすらに彫っていく。

民衆たちからは私たちの手元はよく見えないので、皆、ざわざわと雑談しつつ「あれはなんだ？」「なにができるんだろうなぁ……」などと思い思いに話しているようだ。

見ると隅の方では、飲み物や食べ物を販売し、上手く商売している者たちもいる。

制限時間は一時間。木彫りの彫刻を作るには短すぎるが、一つの勝負としてはそこそこ長い時間だろう。

とにかく、早く丁寧にと無心に彫り続けていると、やがてチャールズが声を張り上げた。

「そこまで!!　双方とも手を止めてください。そして、互いに仕上がった品を掲げて見せてくださるようお願い致します」

その声に、刃物を置き、ふう……と額《ひたい》の汗を拭《ぬぐ》った私は、汗が滲《にじ》む手で彫刻を掲げる。

「まずは奥様、そちらはなんでございましょうか？」

「これは、犬の置物です。柔らかい木材を使い、犬の柔らかな毛並みを表現しました」

私が見せたのは、ブランをイメージして彫った置物。

この制限時間内で技巧を凝《こ》らしたものを彫れる気はしなかったので、見慣れた形で作りやすそうなものを選んだのだ。技術的に優れているかはともかく、ブランの愛らしさは表現できたと思う。

だからか、「ほう……これは拙《つたな》いが、なかなか味がある」や「あら、可愛い」などといった声が聞こえてくる。チャールズが頷いて、青年の方へ目を向けた。

「愛らしい彫刻をありがとうございました。対して……そちらは？」

「これは……幻《まぼろし》の鳥といわれるシャーミアの彫刻です」

彼が作品を掲げた途端、おおっと周囲から歓声が上がる。

それは一見してわかるほど、見事な木彫りの作品だった。孔雀《くじゃく》に似た尾が長い鳥で、鶏冠《とさか》といい羽といい、大胆なラインで彫りこんである。

もちろん時間が限られているため、細かい部分は粗っぽく処理されていたが、その粗ささえも飛翔する鳥の動きに合っていて、私の家庭的な置物と違い、もはや売り物にもなりそうな出来だ。

目を奪われた私は、思わず感嘆の声を漏《も》らす。

「すごいわ……綺麗な鳥」

茶髪の青年が、恥ずかしそうに頭を掻いて言った。

「僕、村ではずっとこういうものを作ってたんです。……親父が木こりで、余った木材をくれて、それでなにが作れるだろうっていつも想像していました。ここに来てからもそればかりで」

そこで、なにかにはっと気づいた様子で、農夫の一人が声を上げる。

彼は先日グレファスたちと言い合いし、激昂《げっこう》していた中年男性だ。

「おい、あんた……もしかして、夜中にかつかつ叩くような音がしていたが、木でなにか作ってたのか？」

「あ、はい。どこかで売れれば食い扶持《ぶち》の足しにできるかなと思って、その辺から拾ってきた木で彫刻を作ってました。あの……煩《うるさ》くして、すみませんでした」

恐らく、先日の彼の怒りようを思い出したのだろう。縮こまって頭を下げた青年に、農夫が納得したような、どこか複雑そうな様子で息を吐く。

「そうか、あれはおかしなことをしてたんじゃなく、木を彫っている音だったのか……」

彼が言うと、隣の農夫も決まり悪そうに視線を見合わせる。

そんな彼らの周囲では、民衆たちが二つの彫刻に向けて口々に感想を言っていた。

最後には、事前に審査役をお願いしていた彫刻師のもとへ彫刻が手渡される。

彼は両方を持って見比べ、唸《うな》るみたいに言った。

「奥様の木彫りの犬も可愛らしいが、この鳥の美しさには敵《かな》わねえ。しかも、あの短い時間でここまで彫れるとは、大したもんだ。俺はこっちの鳥を評価させてもらいますよ」

その言葉に、やはり……といった顔で頷く民衆たち。これは、もはや答えは見えているだろう。

チャールズが慎重に私に確認してくる。

「奥様、民衆の様子に加え、審査役である彼の言葉をもって勝負の結果としてよろしいですか？」

「ええ。あれを見てしまったら、私だって彼の鳥を選ぶわ。だって、本当に素晴らしい出来だもの」

「畏《かしこ》まりました。それでは……第一戦目は、青年側の勝ち！」

チャールズの高らかな宣言に、おおおっと民衆たちから声が上げる。

（これは当然の結果でしょうね。ただこうなると、次はなんとしても勝ちたいところだけれど……）

私は緊張しながらも、心を落ち着けようと水を飲んで喉を潤《うるお》す。向こう側を見ると、茶髪の青年と入れ替わりで、亜麻色の髪のふくよかな青年が進み出たところだ。

やがて私たち双方の様子を確かめ、チャールズがまた進行していく。彫刻で使った机の隣にある、広い机を示しつつ彼は言う。

「では、準備も整いましたご様子ですので、これより第二戦目を行います。次は、料理勝負となります。制限時間は今回も二刻。双方よりお一人ずつ、食材の置かれた机の前へお進みください」

「ええ、よろしくお願いします」

「お、おれが相手です！　よろしくお願いします」

穏やかそうな顔立ちの彼は、今は緊張で顔をやや強張らせている。

彼や私の前にある机の横には、煉瓦《れんが》造りのかまどが二つあり、すぐに使えるよう、すでに中の火は起こされていた。

チャールズが私たち二人に白い前かけを渡し、周囲を見回して説明した。

「今回の勝負は、料理が完成しましたら、観衆の中から無作為に三名選び、その方々にご賞味頂き、審判をお願いしたいと思います」

よく通る声で、彼はさらに続ける。

「判定基準は、どちらがより美味《おい》しいか、また、どちらが目に美しい盛りつけか、味と見た目の総合で判断して頂ければ幸いです。皆様、よろしいでしょうか」

そしてチャールズは、私たちや観衆が頷いたのを見て取ると、声を張り上げた。

「それでは——只今より、第二戦目、始め!!」

合図と同時に、向かい合った私たちは素早く作業に入る。

私はまず机にずらりと並んだ食材の中から、ゴーナという野菜を選び取った。

紫色の皮に包まれていて身は黄色い、にんにくに似た風味を持つ野菜だ。

その皮を剥《む》き、まな板の上でみじん切りにしていく。彫刻よりもこちらの作業の方が私の性に合っているようで、だいぶスムーズに行うことができた。

リズミカルに切りながら、連日の特訓の中で頭に叩きこんだレシピを思い浮かべる。

ちなみに、私が作ろうとしているのは、魚介と野菜のアヒージョ。せっかくだから短い時間でできるものの中でも、前世で好きだった料理に似たものを作ろうと思ったのだ。

たっぷりの野菜と、この土地の特産であるバルルという白身魚を使い、にんにくに似たゴーナを入れた油で煮こんで作る料理。

野菜や魚介の旨味が油に染みこみ、パンを添えて食べても美味《おい》しいはずだ。

顔を上げて相手側を見ると、どうやら青年の方は果物を何種類も使った料理を作っているようだ。

バナナに似た房状の赤い果物や、林檎《りんご》そっくりな形の紫の果実などを、皮を剥《む》いて一口大に切り、迷いなく鍋に入れている。もしかしたら、果実の甘煮でも作るのかもしれない。

（気になるけれど、今は自分の料理に集中しないとね）

私は手元のまな板に視線を戻し、料理を続けていく。刻んだゴーナと他の野菜、白身魚の処理が済んだところで、油を入れた鍋の中にそれらを流し入れてかまどの火で煮こんでいく。

煮こむ間に、デザートの準備だ。アヒージョは油をたっぷり使うので、最後に口の中がさっぱりするよう、ちょっとした甘いものを作っておきたい。

そう思い、私は二つ目のかまどに小鍋を置き、砂糖を火にかけて蜜状にし、赤い果実のしぼり汁を入れて色づけしていく。

そして、とろとろになった赤い蜜をへらですくうと、皿の上で素早く手を動かし、線状になった蜜で雲のような形を作っていく。そう——私が作ろうとしているのは、飴細工だ。

よくフランス料理などでデザートの上に載せられている、細い線状の飴を積み上げて作った繊細な飴細工。これなら短時間でできるし、見た目にも美しく映えるだろうから。

何度も厨房《ちゅうぼう》で練習した成果で、なんとかそれらしい形に仕上げられるようになったのだ。

そうして作った飴細工の周囲に香草を散らし、煮こんだ鍋の様子を見て味を調《ととの》えていくうち、料理は二つとも無事に仕上がった。

「よし……できました！」

私が顔を上げたところで、向こうからも声が聞こえてくる。

「うん……おれも、良い感じだ。できた！」

制限時間前に上がった私たちを見て、チャールズが頷いて声を張り上げた。

「両者とも時間内にできたようですな。では、順に確認して参ります。まずは、奥様からお願い致します。こちらは、なんという料理でしょうか？」

「私が作ったのは、アヒージョという料理です」

「アヒージョ？」

不思議そうに聞き返したチャールズに、私は頷いて説明する。

「刻んだゴーナをたっぷり入れた油に、野菜や魚を入れて煮こんだものです。香ばしい風味で、この油をパンにつけて食べても、きっと美味《おい》しいと思います」

説明している間に、香ばしい香りが風に乗って届いたのだろう、ごくり、と誰かの喉が鳴る音が聞こえてくる。

「それから隣の皿に乗っているのは、飴細工です。熱した糖蜜で雲のような菓子を作りました」

「これは、なんとも香ばしいお料理に、目に楽しい甘味でございますな。――ありがとうございます。では次に、青年側に伺ってみましょう」

目を細めたチャールズは、青年に歩み寄り、鍋の中を覗きこむ。

「こちらは、何というお料理ですか？」

「これは、おれの故郷でよく食べられている、バリスという果物の煮こみです」

「ほう……奥様の料理と同じく初めて目にしますが、これはまた色鮮《あざ》やかな料理ですな。一つ、二つ、三つ、四つ……五種類の果物に、混ぜてあるのは調味料でしょうか」

「そうです。相性のいい果物を組み合わせて、薬草や調味料で味を調《ととの》えてあります」

チャールズが確認したそれは、独特な見た目の料理だった。

一口大に切られた赤や紫、黄色など色鮮《あざ》やかな果物がたっぷり鍋に詰めこまれ、一見するとトロピカルなフルーツポンチのよう。その上に、緑の葉っぱや細かな粒々が散らされている。

チャールズが頷いて言った。

「なるほど、ありがとうございます。では、先程も申し上げたように、観衆の皆様の中から三名選び、その方々に審査をお願いできればと思います」

そして彼は顎《あご》に片手を当て、民衆たちを見回しつつ無作為に三人選んでいく。

「そうですね……では、手前にいるそこの商人の格好をした方。あとは、酒場前にいらっしゃる農夫姿の……そうそう、貴方です。あとは、壁際にいらっしゃる料理人らしき白い服を着た方。今お呼びしたお三方に審査をお願いしてもよろしいでしょうか」

呼ばれた三人は自身を指差し、きょろきょろしながら緊張した様子で進み出てきた。

「お、俺なんかで本当にいいんですかい？」

「いやはや、光栄ではありますが、なんとも緊張しますな……」

「うむ。私で良ければ、是非ご賞味させて頂きましょう」

口々に言って、並べられた二つの鍋の前に来た彼らは、私たちの料理を順に見ると、青年の作った鍋の方に揃って視線を留めた。

目を奪うほど鮮《あざ》やかな色彩のため、やはりそちらの方が気になってしまうのだろう。

「こりゃあ面白い。なんとも花畑みたいな色合いですなぁ」

「本当に。うちの子供たちに見せたら、はしゃいで喜びそうだ」

感心したように口にした彼らは、木匙を手に取り、思い思いに鍋の中へ手を伸ばしていく。

「どれどれ、肝心のお味の方は……」

「こ、これは……」

すくって一口頬張ったところで、彼らはぴしっと動きを止める。やがて、ぶるぶると身を震わせ始めた。

(どうしたの？　まさか……それほど美味《おい》しかったってこと？)

どくどくと鼓動が速まる私の前で、彼ら三人は叫ぶように言った。

「か、辛い!!」

「水、水をくれ！　早く！」

直後、彼らは側にあった木杯に入った水を大慌てで飲み始める。

私はぽかんとしてその光景を見つめた。

「辛い……？」

(えっ、あれってデザートじゃなかったの？　そうとしか見えないのに)

しかし、実際、甘さよりも辛さが際立っていたらしい。三人はなおも真っ赤な顔で、奪い合うみたいにして水を飲み続けている。

戸惑う私の傍で、対戦相手のふっくらした青年が不思議そうに首を傾げた。

「ありゃ、辛いのが美味《おい》しいんだけどなぁ」

「あの、ごめんなさい。あれって甘味ではなかったの？」

尋ねると、青年は頭を掻きながらおっとりと言った。

「いえ、違います。あれはおれの故郷でよく食べられている薬膳料理なんです。食べると汗が出やすくなる果物をたっぷり使って、仕上げにもっと汗が出るよう香辛料を何種類も使って、身体の悪いものを外に出すための料理で。具合が悪い時なんかによく食べてました」

「なるほど、そういう料理だったの……」

薬膳料理であり、デトックス料理の類《たぐい》だったらしい。

納得する私に、彼は困ったように眉を下げて言う。

「おれの村、医者がいなかったから、身体を壊した人が出たって聞く度《たび》、そうやって料理を作って持っていってたんです」

「病人に料理を……？」

「はい、熱が出て咳が止まらなくなった人がいたら、とろっとして喉を通りやすい、滋養のある料理を作ったり。でも……そっか、あれ、ここらの人にとってはだいぶ辛いんだなぁ」

彼はこの料理を作ることが何度もあり、村では馴染《なじ》みの味だったのだろう。それは同時に、彼が料理人であり医者代わりとして、村人たちから頼りにされていたことが窺《うかが》い知れる言葉でもある。

周囲を見ると、先日グレファスたちを睨みつけていた農夫の一人が、どこか申し訳なさそうに目を伏せていた。事情を知らず、彼らをただのごろつき扱いして罵倒《ばとう》した自分を恥じているのかもしれない。

それぞれが様々に思う中、混迷した場を仕切り直すように、チャールズがこほんと咳をした。

「さて、青年側の料理を先に味わって頂きました。審査役に選ばれたお三方、続きまして奥様の料理をご賞味願います」

ようやく喉の熱さが収まったのか、三人は汗を掻きながらも水を飲むのをやめている。

そして彼らは、どこかおそるおそるといった様子で私の料理へ向き直った。

「は、はい……」

「次は、どんな料理が出てくるんだ……？」

また恐ろしいものを食べさせられるのでは、と危ぶんでいる感じだ。

そんな彼らに、私は改めて食べ方を説明していく。

「これはみじん切りにしたゴーナをたっぷり入れた油で野菜や魚を煮こんだ料理で、副菜のようなものです。まずは油に浸った野菜を木匙にすくって食べてみてください」

「わ、わかりました」

「どれどれ……」

恐々と口に運んだ彼らは——次の瞬間、ぱっと目を輝かせた。

「こ、これは……」

「美味《うま》い!!　なんだ、こいつは……？」

そう言うや彼らは、凄い勢いで料理をかきこみ始める。側に置いたパンもちぎり、油をつけては舌鼓《したつづみ》を打つ。どうやらアヒージョの風味は、この世界の人々にも好まれるものらしい。

ほっと息を吐く私の前で、鍋を空《から》にした彼らは隣の飴細工にも注目した。

繊細な雲型の赤い飴を匙でそっと崩してすくい、口で運んでいく。

「ははぁ……こりゃ変わった形の菓子だ。しかし、ぱりぱりして、すっと口の中で溶けていって、これも美味《うま》いもんですな」

「ああ、最後に甘いもんを食うとなんだか落ち着いてくる」

恐らく、先程の辛みで痺《しび》れていた舌には、より心地良く感じられたのだろう。

笑顔で味わう彼らに、チャールズが慎重に確認する。

「さて、双方の料理をご賞味頂いたわけですが、お一人ずつ評価をお聞きしてよろしいでしょうか」

すると、彼らは目線で譲り合い、順に感想を口にしていった。

「俺は断然、奥様の料理ですな。二つとも文句なしに美味《うま》かったですから」

「儂《わし》は……うーん、こっちの辛い料理も捨てがたい。味はちょいとあれだが、いっぱい汗を掻いて身体に良さそうなとこが気に入った」

「私は、奥方様の料理が美味《おい》しいと思いました。純粋にもっと食べたくなるのは、こちらの味です。見た目にも美しく、食欲をそそりますんでな」

三人の感想を聞き、チャールズが頷いてから宣言する。

「お三方中、二名が奥様の料理を選んだということですな。畏《かしこ》まりました。……では、第二戦目、アリシア様の勝利!!」

おおおおお！　とまた民衆たちから歓声が上がった。

ほっとした私は緊張しながら口にする。

「良かった……。これで、一勝一敗ね」

「おうよ。——でもって、次の俺との勝負でどっちが勝ちか決まるってわけだ」

そう言いつつ不敵に笑って進み出てきたのは、グレファスだ。

今の彼は動きやすい臙脂色《えんじいろ》の服装に着替えている。

チャールズが、念の為と観衆たちに説明した。

「次は、第三戦目の体術勝負となります。先程奥様よりご説明がありましたが、力を使った勝負の場合、最初から奥様に不利であることが明白なため、代理として護衛騎士が出ることになっております。ゆえに、次の勝負は青年側の代表と、護衛騎士が行う形です」

「ああ、誰が相手だろうが問題ないぜ。俺が勝ちゃあいい話だからな」

グレファスに緊張した気配はなく、すぐにでも戦いたくてうずうずしている様子だ。

そして私の背後からは、これまでずっと勝負を静観していた護衛騎士がすっと進み出た。

三十代後半の、渋く落ち着いた容貌の黒髪の騎士だ。

「では奥様、僭越《せんえつ》ながらこの勝負、私めが代わりを務めさせて頂きます」

「ええ。お願いね」

はっ、と恭《うやうや》しく礼をした彼は、すっと一歩進み出る。

彼が身に着けていた防具を脱いで剣と共に足元に置くと、チャールズが説明した。

「このように、武器や防具はすべて外し、拳のみで戦う真剣勝負となります。――では、双方共に一歩前へ」

地面に描かれた円の中で向き直った二人をじっと見て、チャールズは大声を張り上げる。

「それではこれより……第三戦目、始め！」

声が上がると同時に、構えを取っていた彼らは、風のような速さで掴みかかっていく。

私の護衛騎士は、もちろん剣で戦うのが本分だが、体術だって修《おさ》めている。

そんな本職相手に、驚くべきことにグレファスは対等に渡り合っていた。

だいぶ身のこなしが俊敏で、動きの基礎もしっかりとできている様子だ。

「っ……おっさん、やっぱ騎士だけあって力つえーなぁ」

ぐっと拳を受け止めながら言ったグレファスは、だが、はっと笑う。

「けど、速さは俺のが……っ……勝ってそうだな！」

言うや、騎士の拳を横に受け流した彼は、ばっと後ろに飛びのき、そこから上半身を低くして走り、騎士の後ろへ回ろうとする。――確かに速い。

しかし、騎士もすぐに反応した。背後を取ろうとしたグレファスの両手を両手で受け止め、二人はしばし拮抗する。

騎士が顔を歪《ゆが》めているのを見るに、それだけグレファスの力も強いのだろう。

「くっ……！」

「ちっ……」

グレファスも騎士の力に押されているのか、歯を噛み締め顔を歪《ゆが》める。

しばらく、ぐぐっと力比べを続けていた彼らだったが、これ以上押し合ってもきりがないと悟ったのか、二人とも一瞬で背後に一歩飛ぶ。

そして彼らは、目にも留まらぬ速さで走り寄ると、殴り合い、蹴り合い始めた。

拳を繰り出す動作と、それを受け止める動きを、目で追うのがやっとだ。

「すごい……なんて隙のない攻防なの」

私が目を奪われつつ言うと、傍にいるミアとチャールズも感心したように息を吐く。

「本当に。あの柄の悪い男が騎士に敵《かな》うはずないと思っておりましたが、なんとも見事な身のこなしですわね……」

「よほど鍛錬を積んでおったのでしょう。傭兵として雇われていても不思議はない動きです」

唸《うな》るチャールズの後ろでは、もう一人の護衛騎士がなにか考えているらしき眼差しで勝負をじっと見つめていた。

そんな私たちの視線の先にいるグレファスは、持久力もだいぶあるみたいだ。

幾度技を流されても、その度《たび》諦めずに騎士に掴みかかり、隙を見ては技をかけようとする。

しかし、戦いに身を置く騎士相手ではやはり分《ぶ》が悪かったのか、それとも攻防の連続でさすがに疲れが溜まってきたのか。グレファスの身体がわずかに傾いた。

「……っ……そこだ‼」

それを見逃《のが》す騎士ではなく、声を上げるや一気に攻勢をかけた。グレファスの足元を右足で素早く蹴って倒れさせると、すぐに足固めで動きを封じる。

「くそっ……！」

なんとか抜け出そうとするグレファスだが、騎士が全力を出して押さえているせいで、彼の腕の中からなかなか逃げられない。

しばらく二人の間で激しい攻防が続く。チャールズが「一つ、二つ、三つ……」とカウントしていき――やがて十になったところで、彼は声を張り上げた。

「……それまで！　勝者、奥様側の騎士!!」

そこでようやく、騎士は腕の力を抜き、息を吐く。

同時に、グレファスの身体も弛緩《しかん》する。

「よし……！」

「くっ……」

騎士がぐっと拳を握り勝利の喝采《かっさい》を上げると、グレファスは悔しげに呻《うめ》いた。

白熱した試合に、民衆たちから今までにない、うおおおお!!　という熱い歓声が生じている。

（ドキドキしたけれど、なんとかなったわね……）

これで無事、青年たちに勝てた。私は内心でほっとする。

だが、それ以上にグレファスのことが気にかかり、私はまだ地面に大の字になって息を整えている彼のもとへ歩み寄った。

「今回の勝負、私の勝ちに決まったようね」

「ああ、そうだな……」

空を見上げたまま、ぼんやりと答える彼に、私は静かに問いかけた。

「ねえ、グレファス。なぜ貴方は体術を選んだの？」

「なぜだって……？」

視線を向けた彼に、私は質問を重ねる。

「ええ。だって、力比べを選んだ場合、私でなく騎士が相手になると前もって伝えていたのに。不利になるのは、最初からわかっていたはずでしょう？」

だから、たとえば腕力を使わない、跳躍力を比べる競技などを選んでいれば、対戦相手は私となり、グレファスが勝てる可能性も高まっていた。

なのに、なぜあえて不利な道をと、どうしても不思議だったのだ。

むくりと上半身を起こした彼は、当たり前のように口にする。

琥珀色《こはくいろ》の目は負けを受け入れていたが、奥にくすぶる闘志は未だ消えていなかった。

「そりゃ決まってるだろ、これが紛れもなく、俺の一番得意なもんだからだ。相手が騎士だろうが関係ねえ。むしろ、鍛えてる奴が相手なら上等だ。それで負けるなら、それが俺の実力ってことだ」

「グレファス……」

潔《いさぎよ》く言いきった彼に私は目を見開く。彼はさらに続けた。

「第一……俺は、ずっと村で身体を鍛え続けてきたんだ。それを……その拳を、女子供相手に使えるわけねえだろ。俺はたとえ村から離れたって、ずっと戦士なんだ。……そうして皆を守ってきたんだ」

その呟きは彼の偽《いつわ》らざる本音に聞こえる。そして、それを耳にした農夫――以前グレファスと激しく言い合いをしていた中年男性が、どこか戸惑った表情で彼を見ていた。

恐らく彼はグレファスを、もっと粗暴で女子供にも平気で手を上げる人間と認識していたのだろう。しかし、思っていた以上に正々堂々とした青年だったため、彼に対しての感情を持て余している様子に見える。

そんな彼らをじっと見据えてから、私は大勢の観衆たちに目を向けた。そしてできるだけ淡々と、冷静に聞こえるように告げる。

「そういうことで、皆さん。グレファスたち十人の青年には、ここを出ていってもらうことになりました。これで皆さんも安心したことでしょう。なにしろ、粗暴でなにをするかもわからない青年たちがいなくなるのですから。あとは……」

そこで、民衆たちの一人から躊躇《ためら》いがちな声が上がった。

「あ、あの！　奥様……」

「どうしました？」

見ると、グレファスと一番激しく言い合いをしていたあの中年農夫だ。彼が「さっさと出ていけ！」とグレファスを睨んでいた光景を思い出す。

今の彼にあの怒りの表情はなく、戸惑うみたいに視線を彷徨《さまよ》わせていた。

彼は少し迷ってから、意を決した様子で私に言う。

「その……あいつらを追い出すのは、まだ早いと申しますか。その、ちょっとばかり機会をやってもいいんでないかと」

「機会というと？」

「その、想像してたより悪い奴らじゃないようだし、行くとこがねえって言うんなら、うちで雇ってもと思って……」

そう彼が言うと、隣にいる男――彫刻の審判をした彫刻師の男も深く頷く。

「俺も賛成でさぁ。あれだけの彫刻の腕があるのに、遊ばせているのは惜しいと思いましてね。ちょうど弟子が欲しかったところなんで、彼さえ良ければ引き取らせてもらいますよ」

その言葉に背を押されたのだろう。

離れた場所にいた料理人もまた、うん、と心を決めたみたいに頷く。

「儂《わし》も、さっきの青年に薬膳料理を教えてもらえりゃ、店で出すメニューの幅が広がる。一人ぐらいなら、料理人が増えても問題ないでしょうしな」

それを聞いていたグレファスは、信じられないとばかりに目を見開いている。

「あんたら……」

「皆、貴方たちのことを少しは見直したみたいね。まあ……とはいっても、雇ってもらえるのは勝負をした三人だけのようだけど」

私のその言葉にはっとしたのか、グレファスはがばっと立ち上がると、民衆たちに向けて言った。

「俺たち三人だけじゃねえ……他の七人の奴らも、他にはない特技を持ってるんだ。俺みたいな力馬鹿じゃなくて、ちゃんと能力がある奴らで……だから……だから！」

ぐっと拳を握った彼は身体を震わせ、深く頭を下げた。

そして、はっきりした声で民衆たちに告げる。

「……こいつらを、どうかあんたたちの店や家に置いてやってくれ！　俺たちには、もう帰る場所がないんだ。……ここで、生きていきたいんだ。——頼む。俺たちをここの一員にしてくれ！」

「グレファス……」

それはもしかしたら、彼がこの領に来てから、一番言いたかった言葉だったのかもしれない。けれど、途中の町で追い出され続けてきた経緯から頑《かたく》なになり、なかなか口に出せなかった言葉。

それが今、領民たちからあたたかな思いを向けられ、ようやく言えるようになったのだろう。

グレファスの後ろで、他の青年たちもがばっと頭を下げていた。

私はそんな彼らの姿を見て、内心で安堵の息を吐きながら、表面上はさらりと言う。

「そういうことみたいだけれど……誰か、残りの七人を雇いたい店はあるかしら？　もし希望する方がいるなら、これから彼らと勝負してもらってもいいわよ」

「奥様……」

先程声を上げた中年農夫の目が見開かれていく。

「今度は私が審判をするわ。そうすれば、きっと、また彼らの素顔が見えてくるでしょうから」

微笑んで宣言した私に、農夫とその後ろにいる民衆たちがわっと歓声を上げる。

そして残りの七人も交え、わいわいと色んなことで勝負するうち、彼らの雇われ先も自然と決まっていったのだった。

第六章　ずっと貴方にお会いしたかったです

グレファスたちと勝負した翌朝。私はいつになく清々《すがすが》しい気分で目覚め、馬車で町へ出かけていた。今は買い物を終え、これから屋敷へ帰るところだ。

無事問題も解決し、彼らが領民たちに受け入れられた姿を思い出しては嬉しくなり、ついふふっと微笑んでしまう。

領民たちは昨日までの険悪さが嘘みたいに、グレファスたちに「おい、兄ちゃんたち」と気軽に話しかけ、グレファスらもまた「なんだよ、おっさん」などと肩の力を抜いて返していた。

十人の青年たちは、それぞれの適性を生かせる場所で、住みこみで働くそうだ。

私も、今回の件で青年たちやチャールズら使用人、護衛騎士たちと距離が縮み、よりここで過ごす時間が心地良くなっていた。

今朝、屋敷を出る際も、彼らに親しげに微笑んで送り出され、私自身も受け入れてもらえたような、あたたかい気持ちになったものだ。

（いずれここを去るとはいえ、大事に思える人が増えていくのは、やっぱり嬉しいものね……）

私の次に奥方になる女性も、きっと上手くやっていけるだろう。

この領地には、心根の優しい人たちが多いから。

(――だから、寂しくはないわ。私にはミアが傍にいるし、こうして楽しい思い出だってできたんだもの)

馬車に揺られながら考えていると、向かいの席から野性味のある声がかけられた。

「おーい、お嬢さん。さっきからぼうっとしてどうしたんだよ。寝不足か?」

「グレファス! お嬢さんではなく、奥様でしょう。それにぼうっとしているだなんて、奥様はいつもながら思慮深いお顔でいらっしゃるというのに」

向かいに座るグレファスがあっけらかんと言うと、私の隣に座るミアがすかさず窘《たしな》める。

二人の真逆な様子に、私はつい苦笑してしまう。

そう――グレファスはあの後、なんとブライトン家の護衛として雇うことが決まった。

というのも、彼を是非うちの店の用心棒に、と酒場の主人たちが手を挙げたのだが、それ以上に熱く申し出る人物がいたからだ。それは、グレファスと対戦した黒髪の護衛騎士。

彼の目から見ても、グレファスの体術は見事だったらしく、基礎的なことは自分が教えて面倒を見るから、護衛として雇って頂けないかと頼まれたのだ。

私としても、もしグレファスの雇い先が見つからなかった時は、ブライトン家か実家のどちらかで雇うことを視野に入れていたので、すぐに頷いた。

多少粗野な面はあるが、仲間思いで潔《いさぎよ》いところは信頼できるし、なにより腕前も確かなため、屋敷に置いて問題ない人間と判断したのだ。

そうした経緯があり、彼は今、護衛の研修も兼ねて、私のお出かけに同行してくれていた。

ちなみに、護衛が彼一人ではもちろんまだ不安があるので、馬車の前後には別の護衛騎士が二人付いている。そんな彼らの動きを、馬車に乗ったグレファスが見て覚えるのだ。

だから彼は、私に時折軽口を叩きながらも、視線は真剣に窓の方へ向けている。早く仕事を覚え、護衛としての動きを身につけようとしているのだろう。

しかし、そんな彼の口調がミアには許せないようで、さっきから眉を吊り上げている。

「大体なんですか、貴方のその粗暴な口の利き方は。仮にも護衛見習いとなった身で……貴方はもう、町のごろつきなどではないのですよ？」

「はいはい、努力しますよ。つうか敬語を使えばいいんだろ、敬語を使えば。ドーモスミマセンデシタ」

「グレファス！」

やれやれといった様子でグレファスが言うと、ミアが怒りで顔を赤く染める。

二人のやりとりについふふっと笑ってしまったところ、ミアにじろりと睨まれた。

「奥様……」

「ご、ごめんなさい、ミア。貴女が活き活きしているものだから、なんだか微笑ましくなって」

「活き活きなどしておりません！　この男の戯《ふざ》けた態度が、私はどうにも我慢ならないのです」

「ええ、それもわかっているわ」

笑いを収めた私は、真面目な表情になってグレファスに向き直る。

「グレファス。気さくな面が貴方の長所でもあるけれど、ミアが言うように貴方はもうこの屋敷の護衛。人前に出る時はきちんとした口調を使って頂戴ね。もしこれで、奥方に無礼を働く者が傍にいるなんて周囲に思われたら、私も貴方を解雇しなくてはいけなくなるもの」

するると、彼はわずかに鼻白《はなじろ》んだ様子で言う。

「あんたも、はっきり言う人だよな」

「だって、本当のことだもの。私は貴方の腕を買って雇いたいと思ったけれど、腕前以外の部分でそれを打ち消す問題があるなら、そこに目を瞑《つぶ》ってまで雇う義理はないわ」

「能力だけじゃなく、あんたが望む振る舞いができない奴は、用なしってことか？」

「そういうこと。適材適所という言葉があるでしょう。貴方があくまでその口調を改める意思がないなら、この屋敷以外で、粗野な口調のまま働ける場所を紹介するわ。そこが貴方を雇うかどうかは向こうの判断になるけれど、それが貴方にとっても私にとっても最善でしょう」

「あー……わかったよ。……いや、わかりましたよ、奥様。無礼な口の利き方をして申し訳ありませんでした」

私の言葉が本気だとわかったのだろう。息を吐いたグレファスは居住まいを正し、すっと胸に手を当てて一礼する。

「俺や仲間たちに機会をくださったこと、ありがたく思っております。貴女の護衛という身に余る立場、このグレファス、光栄に感じても捨てる気は微塵《みじん》もありません。どうか今後もお傍に置いてくださいますようお願い申し上げます」

彼は元々の顔立ちが凛々《りり》しく整っているため、背筋を伸ばし丁寧な口調で話すと、かなり様《さま》になった。黒地に臙脂《えんじ》の模様が入った護衛の服装もよく似合っていて、知らない人にはいっぱしの騎士に見えることだろう。

私は満足げに、うん、と微笑んだ。

「いい感じね。その調子で勤めてくれると嬉しいわ」

「まあ、言いにくいこともずばずば言うけど、そこがあんたのいいところなのかもな。嘘はつかねえみたいだし」

感心したように口にするグレファスを、ミアがまたじとりと睨む。

「グレファス。貴方、言ったそばから……」

「大丈夫、他の奴らの前ではちゃんとするって。要は、護衛の役目を果たしつつ体面を保てばいいんだろ？　つうかあんた、ほんと奥様のことになると口喧《くちやかま》しいのな」

彼が返すと、ミアは澄まして反論する。

「それは当然でしょう。私は奥様が最も大切なのですから。そんな奥様に野蛮な口を利く不届き者がいれば、全身全霊をかけて注意するに決まっています」

「野蛮な不届き者って……おい、はっきり言いすぎだろ」

グレファスがげんなりとした表情を浮かべた。

しかし、グレファスもミアも、互いに歯に衣着せず言い合える相手ができて、どことなく楽しげに見える。この分だといい喧嘩《けんか》友達になりそうな予感がした。

まだ言い合う二人を眺めながら、私はくすりと笑う。

そうこうするうち、馬車は屋敷へ着いた。馬車を降り、広い玄関ホールを抜け廊下を進むと、向こうからチャールズが早足でやってくるのが見える。

「奥様、お帰りなさいませ」

「あら、チャールズ。どうしたの？　そんなに急いで」

顔に喜色が表れた彼は、息を切らせて口にした。

「実は、先程旦那様が、王宮よりお戻りになりまして……！」

「えっ、カーライル様が？」

私は驚いて目を見開く。彼が王宮に行ってから、一週間以上が経っていた。

その間、彼に撫でられる夢を見たりはしたけれど、ずっと会えていなくて……

(カーライル様、とうとう帰ってこられたんだ……！)

次第に、胸がどきどきと高鳴っていく。

しばらく会っていなかったため、早く彼の顔が見たい。それに話したいことがいっぱいあって、そわそわと胸が落ち着かなくなってしまう。

そんな私の様子が伝わったのか、チャールズが目を細めた。

「今は自室にいらっしゃいます。どうかお傍に行って差し上げてくださいませ」

「ええ、そうするわ」

私は取るものもとりあえず、彼の部屋へ急ぎ足で進む。

後ろからはグレファスの不思議そうな声と、ミアのしみじみした声が聞こえてくる。

「旦那に会うってだけで、なんであんな嬉しそうなんだ？」

「なかなかお会いできなかったのです。それは嬉しいに決まっておられますわ」

「その会話を背に聞きながら、私はドレスの裾を翻《ひるがえ》して彼のもとへ向かったのだった。

部屋の前に着くと、もどかしく感じつつ扉を叩く。

そして、涼《すず》しげな声が「どうぞ」と答えたのを聞いた私は、逸《はや》る思いで扉を開けた。

「失礼致します。カーライル様、お帰りなさいませ……！」

扉の向こうの窓際には、久し振りに見る金髪の麗《うるわ》しい青年が佇《たたず》んでいた。

（本当に、今度は夢じゃない。本物のカーライル様だわ……）

じわじわと、喜びと共に実感が湧いてくる。

後ろで一つに結われた彼の長い金髪が、窓から差しこむ陽光に照らされ、より輝いて見えた。

本当に戻ってすぐだったのか、濃紺の騎士服姿の彼は、目をふっと細め、私のもとへ歩み寄ってくる。

「アリシア、只今戻りました。しばらく留守にして申し訳ありませんでした」

「いいえ、そんな……」

どうしよう、嬉しくて思いが上手く言葉にならない。カーライル様は、この一週間どちらに行かれていたのですか、と聞きたかったのに。

それに、グレファスたちと勝負した末、彼らや領民たちと少し親しくなれたことや……ああ、そうだ、ブランが遊びに来てくれたことも伝えたい。

けれど、沢山ありすぎて、どれから話していいか迷ってしまう。

頬を染めたまま子供のようにぼうっと立ち尽くす私に、カーライル様は穏やかな声で言う。

「私が不在の間、領内で起こった問題を解決してくださったと聞きました。大変だったでしょうに……ありがとうございます、無事収めてくださって」

「いえ、あの。私はただ、できることをしただけで……」

「それが、私や領民たちの助けになりましたから。ですから、お礼を言わせてください。私がいない間、この領を思って行動してくださって本当に感謝しています」

「カーライル様……」

彼は感謝を伝えながら、労《いたわ》るみたいに、私の髪をそっと撫でた。

優しく触れる手のひらの感触に、私は、ああ……ずっと彼にこうしてほしかったんだな、と自分の気持ちを悟る。夢の中でしてもらったように、彼に髪を撫でてもらい、よく頑張りましたね、と言ってほしかったのだ、きっと。

父にも抱き上げられたことがない私を、初めて心配して抱き締めてくれた人だったから。

それに……彼はいつだって、私を思いやってくれていたから。

じんわりと嬉しいような泣きたいような気分で撫でられていると、そっと名を呼ばれる。

「アリシア？」

私がさっきから意味をなさない言葉しか言わず、今もされるがままになっていることを不思議に感じたのかもしれない。

今だけは、彼に甘えても許されるだろうか。ご迷惑かもしれないけれど……ううん、でも、自分の胸や腕を好きに使っていいと、前に言ってもらえたし……

そう思った私は、熱くなる頬を自覚しながら、掠《かす》れる声で口にした。

「あの、カーライル様。少しだけ、ぎゅっとして頂いてもよろしいですか……？」

ほんの少しだけ、抱き締めてほしかった。幼い頃、父にそうしてほしかったように。

それに、温《ぬく》もりを感じることで、彼が帰ってきたことをちゃんと実感したかったのだ。

すると、彼はぴしりと固まる。

「ぎゅっと、とは……」

「あの、貴方の腕の中にいたいというか、甘えたいというか……その、触れてほしくて」

自分の気持ちを上手く説明できず、私は熱い頬のまま、おずおずと彼を見上げる。

「お嫌、ですか……？」

「――まさか、嫌なはずがありません。ただその、色々と理性が……」

そう言ったカーライル様は、ひどく困った様子でしばし逡巡《しゅんじゅん》していたが、やがて息を吐くと、私を壊れものを扱うみたいにそっと抱き締めた。

嬉しくなって目を細めると、彼のなにかを堪《こら》えているような切なげな眼差しと視線が合った。

そして彼は、私の耳元に吐息めいた声で囁《ささや》く。

「貴女は、なぜいつもそうして私の心を……」

「カーライル様……？」

「いえ、なんでもありません。貴女がお望みならば、いくらでも致しましょう」

「はい……！」

嬉しくなって笑みを浮かべると、カーライル様はまたなんとも言えない、喜びと辛さがまじったような顔になって、私を改めてそっと抱き締めたのだった。

その後、彼と昼食を取ることになり、久し振りに食事をしながら色々話す間も、私はずっと胸がふわふわした、幸せな心地になっていた。

カーライル様は、王宮でテオ王子に報告を終えた後、すぐに別の仕事が入ったらしい。

それに奔走《ほんそう》するうち、屋敷に戻るのが難しくなってしまったのだとか。

けれど、その件も無事終わったそうで、彼は肩の力を緩めて私の目の前にいる。

カーライル様がすぐ傍にいて、穏やかに目を細めて私の話を聞いてくれる——ただそれだけのことが、凄く嬉しかった。

しかし、さらに数時間後。

日々の仕事を終え、夕食の席についた時、ようやく大事なことを思い出す。

——そうだ。カーライル様に、私が彼の想い人でないことを話さなければならなかったのだ。

（お会いできた嬉しさのあまり、すっぽり頭から抜けていたわ……）

あり得ない自分の浮かれ具合に、しばし呆然としてしまう。

あれだけ、彼が戻ったら聞こうと心に決めていたのに。

だらだらと汗を流す私の目の前、テーブルを挟んで向かいに座る彼が、誓いの式についての話を進めようとしていた。

「それで、アリシア。延期となっていた誓いの式ですが、よろしければ数日中にでも……」

その言葉に、私はとっさに口を挟む。

「あ、あの……！　ご提案くださったのに申し訳ございません、カーライル様」

「どうかしましたか？」

不思議そうに尋ねてきた彼に、私は意を決して言う。

「その……もしできれば、式はもう少し先にして頂ければと思いまして」

「先に？」

驚いた様子の彼に、私はそっと目を伏せて頷く。

「はい……色々あったものですから、まだ心が落ち着かないというか。あと少しだけ、気持ちを整えるお時間を頂きたくて。なにより、私は……」

言え、言うんだ、私は貴方の望む女性ではないからと。

そう自分を叱咤《しった》するが、なかなか言葉は出てこなかった。口にした途端、彼が今私に向けてくれている優しい視線が、消えてなくなってしまいそうで。

そして、彼が別の女性へ、あの慈《いつく》しみの目を向けるかと思うと――

瞳を揺らし、そのまま黙りこんだ私に、彼は息を吐いた。

「そう……ですか。……わかりました。ただでさえ、大変な時に貴女を一人にしてしまった身。私自身、反省すべき点は多々あります。貴女が色々と考えるのも自然なことでしょう」

「あの、これは私の我儘《わがまま》で、決してカーライル様のせいでは……！」

実際、私の問題であって、彼はなにも悪くない。

弾かれたように顔を上げて言ったが、彼は静かに首を横に振った。

「いいえ。嫁《とつ》いですぐの貴女に重荷を背負わせてしまったのは、間違いなく私の落ち度です。ですから、お気持ちが落ち着くまでいつまでも待っています。……どうか焦らずお考えを整理してください」

「はい……。申し訳、ございません……」

彼は、私が本当は彼の想い人でないことを知らない。

だから、ただ純粋に私を労《いたわ》り、気持ちに整理がつく日を待ってくれるつもりなのだろう。

その思いやりが嬉しくて、けれどそれ以上に切なくなってくる。

(本当に、優しい方……。私には、勿体《もったい》なさすぎるくらい)

心の中で呟いた私は、ぎゅっと痛む胸を手でそっと押さえたのだった。


その後、物思いに耽《ふけ》りながら湯浴みを済ませ――寝室に入ると、いつの間にか窓の外は藍色《あいいろ》に染まっていた。灯りを落とした薄暗い室内を、月光が淡く照らしている。

私は寝台に上がって仰向けになり、ぼんやりと天井を見上げた。

「どうして人違いの件を言えないのかしら……。私、いつからこんなに臆病になったんだろう？」

いつだって、思ったことははっきり口にしてきたつもりだった。

自分のしたいこと、すべきことに迷いを感じた覚えなんてほぼなかったし、臆《おく》せず意見を言うよう育てられてきたのだ。

前世だって、そういう性格で……だから、それこそが自分だと思っていた。

テオ王子が横暴な行動をすれば諫《いさ》め、煩《うるさ》がられても顔色を変えない、可愛げのない令嬢。

そして、今朝グレファスに言われたように、言いにくいこともきっぱり伝える女。

けれど、今の私は上手く思いを言葉にできなくて、怖気《おじけ》づいた貝のようだ。じっと口を噤《つぐ》んで、激しい波が収まるのを待っているだけの――それでは、きっと駄目なのに。

そんな自分を振りきるみたいに、むくりと起き上がる。

「……やっぱり眠れないわ。少しだけ外の空気を吸ってきましょう」

眠るのを諦めた私は、一人で屋敷内の庭園へ向かうことにした。しばらくの間、静かな緑の中で過ごせば、多少なりとも考えが進むかと思ったのだ。

数分後、辿り着いた夜の庭園。

月明かりにうっすら照らされた庭は人気《ひとけ》もなく静かで、日中とは違う静謐《せいひつ》な空気が漂《ただよ》っていた。

まるで、秘密の花園に足を踏み入れたような心地になる。

「澄んだ空気……。本当にここは落ち着くわね」

呟いて芝生《しばふ》の上に手巾《ハンカチ》を敷き、その上に横座りになって周囲を眺めた。そうしてしばらくぼんやり過ごしていると、いつぞやと同様に、離れた先にある草むらががさりと揺れる。

もしかして……と思って見ていたところ、草の間からひょこっと現れたのは、蜂蜜色《はちみついろ》の犬。

私は驚いて、わっと声を上げた。

「ブラン……！　また来てくれたの？」

くぅんと鳴いた彼は、とことことこちらに歩み寄るや、座った私の膝近くに首をすりつけてくる。

挨拶《あいさつ》しているらしき動きに、自然と肩の力が抜け、笑みが浮かんだ。

「ふふっ、くすぐったいわ。貴方って不思議ね……。私が落ちこんだ時、いつも傍に来てくれるのだもの」

野生の勘でも働くのだろうか。不思議だが、今は彼の存在がただありがたかった。

本心を言いたいのに誰にも言えない――幼い頃、夕焼けに染まる庭で彼に泣きついた日と同じ気分だったから。

私はしばらく彼を存分に撫で、ふわふわな毛並みを堪能《たんのう》すると、あの日打ち明けたように、ぽつりと本音を漏《も》らす。

「ブラン……私ね、近々、このお屋敷をお暇《いとま》しようかと思っているの」

すると、ブランは目に見えてびくりと身を跳ねさせた。ひどく驚いたとばかりの反応だ。

「あら、どうしたの？」

彼の反応を不思議に感じつつ、私はそっと静かに続ける。

「だって、どう考えてもカーライル様は私には勿体《もったい》ない方だし、私は……本当なら、ここにいていい人間ではないから」

直後、ぐるると唸《うな》ったブランが、私を必死に捕まえようとするみたいに、前足で乗りかかってきた。その重みで、私は芝生《しばふ》の上にごろんと仰向けになってしまう。

「あっ、ちょっ、どうしたの⁉　ブラン。急にびっくりするわ」

なんだか彼は非常に焦っている様子だ。彼に乗られても痛くも重くもなかったが、宥《なだ》めようと彼の頬をそっと撫でる。

「大丈夫よ、今すぐにではないから。カーライル様が私を見張る役目がある間は、ちゃんとここにいるわ。だから、貴方とももう少しこのお庭で遊べるのよ」

撫でながら言うと、ようやくほっとした風にブランは動きを止めた。

そして彼は、私のお腹の上でぽてんと力を抜く。

そんな時、私の声が聞こえたのか、ポーラが向こうからやってきた。

「奥様？　お声がしましたが、まさかこちらに……」

そう言った彼女は、ブランに乗りかかられている私を見て、ぎょっとした表情で固まる。

「だ……‼」

だ？

それだけ発して絶句した彼女は、凄い勢いで駆け寄ってくると、血相を変えてブランを抱き上げた。物凄く大きなブランなのに、一体どこからそんな力が出たのだろう。

「だ、駄目でございます！　そんな、こんなお姿でそのような……。奥様が愛《いと》しいお気持ちはわかりますが、せめて、せめて相応のお姿で……！」

「あの、ポーラ？」

「それに、お外は……お外は駄目でございます!!　せめて、せめて初めては室内で……!!」

そう叫ぶや、彼女はブランを抱えたまま走り去ってしまった。

その間、ブランはなぜか、チベットスナギツネにそっくりな無の顔をしていた。

嵐のように一人と一頭が去り、気づけば、夜の庭園にはぽつんと私一人。

「……今の、なんだったの？」

私は呆気に取られて口にする。とりあえず、ブランを抱き上げられる程度には、ポーラは犬が苦手でないらしいとわかったけれど——

(もしかしたら、犬と戯《たわむ》れるには、夜の庭は危険だと言いたかったのかしら？)

確かに考えてみれば、手元がよく見えない暗い庭では、ブランが誤って私を傷つけてしまう可能性もある。さらに言えば、さっきのブランは私に乗り上げていたのだ。

彼女が驚き、慌ててブランを引き離したのも納得できた。

「今度はあまり心配をかけないよう、明るいうちに遊んだ方がいいかもしれないわね……」

月が輝く空を見上げ、私はうん、と頷いたのだった。


翌朝。朝食の席には、なんとも微妙な空気が漂《ただよ》っていた。

元より、誓いの式の延期を申し出たこともあって、カーライル様と顔を合わせるのは気まずいと思っていたけれど、それよりも気になる眼前の様子に、私は一人戸惑う。

というのも、テーブルを挟んだ向こう側にカーライル様が座っているのだが、彼の背後に立ったポーラが、なぜか目をくわっと見開いて彼の動向を見つめているのだ。

地獄の門番が背後に立っている感じというか……いつもなら穏やかに微笑んでいるポーラなのに、なんだろう、この不思議な構図は。

「あ、あの、カーライル様」

「どうかしましたか？　アリシア」

ごく自然に返した彼に、どうしたもこうしたも……と思いつつ、おそるおそる尋ねる。

「その、ポーラとなにかございました？」

「いえ、特には……」

彼が言うと、彼の後ろにいるポーラもすぐに答えた。

「ええ、なにもございませんとも、奥様。ポーラはただ、旦那様を主《あるじ》として敬愛していると同時に、恐れながら、息子を思う母のように案じているだけでございます」

「母のように？」

戸惑って聞く私に、憤懣《ふんまん》やるかたないといった様子でポーラが言葉を紡《つむ》ぐ。

「ええ。大事な方に一番重要なことをお話ししていないのみならず、まさかあんな振る舞いに及ぶなんて。旦那様が理性を失い、いつなにをしでかすかと思うと、気が気でございませんので」

どうもポーラは、カーライル様のことが心配で目を離せないらしい。

一体どうしたんだろう、昨日までは普通だったのに。

とりあえず私は、ポーラを宥《なだ》めようとフォローを入れる。

「ええと……よくわからないけれど、カーライル様なら大丈夫よ。きちんとした方だもの」

「そう見えて殿方というのは、いつ牙を剝《む》くかわからないのです！　借りてきた子犬の顔をして、いつ何時、野蛮な獣《けもの》に変わるやら……！」

嘆くみたいに言ったポーラに、カーライル様が静かに返す。

「――ポーラ。大丈夫だ」

「そう仰《おっしゃ》って、旦那様はまた……」

「本当に心配ない。いくら焦っていたとはいえ、確かにあの体勢は傍《はた》から見れば危《あや》うかった。お前が心配する気持ちも理解できる。もうあんな行動はしないと誓うし、それに彼女にもいずれきちんと話すつもりだ」

真顔で諭《さと》す彼に、ポーラは渋々ながらも、ほっとしたように息を吐く。

「それでしたらよろしいのですが……」

うーん……彼らの会話がよくわからない。

（それにしても、チャールズだけでなくポーラも、カーライル様に忠実に仕えつつ、結構はっきり意見を言うのね……。やっぱり、信頼関係が築けているんだわ）

主《あるじ》を大切に思っているからこそ、時に諫言《かんげん》も口にしている感じというか。カーライル様が使用人の言葉に耳を傾ける人だからこそ、ポーラもこうして言葉にできているのだろう。

それに、こうしていると確かに母子みたいかも、と微笑ましくなり、私はついくすりと笑った。

すると、カーライル様に不思議そうに呼ばれる。

「アリシア？」

「あ……すみません。二人の様子を見ていたら、なんだか微笑ましくなって。私の実家では、父と使用人たちの間にもっと距離があり、ぴりっとした空気が漂《ただよ》っていたものですから」

そう言った私に、彼は納得した様子で頷く。

「ウォルター侯爵は、厳しくも公正な方と伺っています。私も結婚の話を進める際、何度かお会いしましたが、向かい合っているだけで背筋が伸びるような思いを抱く方でした。使用人たちも誇りに思い、彼に仕えているのでしょう」

父の厳しさをごく自然にフォローしてくれる彼に、私は嬉しくなって続ける。

「そうであれば良いのですが……ただ、だからか私も、このお屋敷の穏やかな空気をとても心地良く感じるのです。肩の力が抜けて、ほっとするというか……」

「いくらでも気を緩めてくださって結構です。ここはもう、貴女の家なのですから」

「カーライル様……はい、ありがとうございます」

本当なら私が受け取っていい言葉ではないけれど、私が安らげるよう言ってくれる彼の気持ちは、純粋に嬉しかった。

彼を見上げてはにかむと、こちらを見つめ、カーライル様が私の方に右手を伸ばした。まるで、私の頬に触れようとするかのように――

「あの、カーライル様？」

声をかけると、彼ははっとした様子で手を止める。

彼の後ろでは、ポーラがくわっと目を見開いていた。彼女のいやに低い声が聞こえてくる。

「……旦那様」

「ポーラ……言っておくが、私はまだアリシアに触れていない」

「ええ、直前で思い留まってくださって幸いでした。私とて、お二人が触れ合うのを拝見するのはとても嬉しゅうございますが、何分昨日のことがございますので」

「わかっている。……しばらくは自制する」

どこか残念そうながらも、反省した様子で返すカーライル様。

彼らの会話は相変わらず謎だったけれど、それ以上に、そうか、今日はもう触れてくださらないんだ……と、ほんのり寂しく思う私なのだった。

その後、朝食を取った部屋を出て自室に向かう途中、廊下でポーラにそっと呼び止められた。

彼女はずいっと私に迫り、やけに真剣な顔で口にする。

「奥様……。先程も申しましたが、やはり旦那様が奥様を見つめているお姿を拝見していると、少々懸念《けねん》がございましたので。一つお伝えさせてくださいませ」

「伝えたいこと？　なにかしら」

「ええ。身の危険を感じられた際は、『獣《けもの》の時はいや』……どうか、この言葉を屋敷中に聞こえるように大声で発してくださいませ」

「け、獣《けもの》の時はいや？」

よくわからないまま反復した私に、彼女はほっとした様子で頷く。

「左様《さよう》です。なにかございました時は、旦那様にこの言葉をお伝えくだされば、きっと覿面《てきめん》に効果がございますから。恐らく、一週間ほどは落ちこまれるかと思います」

「そ、そう。わかったわ……」

（一体なんの暗号かしら、これ……？）

さらに謎は深まったが、ポーラが真剣に心配してくれているのはひしひしと伝わってきたので、私はただこくこくと頷いたのだった。


そんな風に、時折不思議に感じることがありつつも、私はブライトン家の屋敷で穏やかに日々を過ごしていた。いずれここを出ていかねばならないという思いと、それでもまだここにいたいという気持ちの間で葛藤《かっとう》しながら。

カーライル様はそんな私を急《せ》かさず、先日の言葉通り静かに待ってくれていた。

自分たちの結婚はすでに国王からも認められ、対外的に成立している。だから誓いの式は本当に形式上するものであり、自分たちの気持ちが固まった時にこそすべきだからと。

その気遣いが嬉しくて、同時に苦しくもあった。

彼が向けてくれる真摯《しんし》な想いは、本来、別の女性が受け取るべきものなのに——

揺れ動く心境のまま、今日も彼と食堂で朝食を取っていると、チャールズが手紙を一通持ってきた。受け取ったカーライル様が、中の便箋《びんせん》を見て目を見開く。

「これは……」

「どうかなさいましたか？」

気になりフォークを置いて尋ねた私に、彼は思案気に口にする。

「どうやら、私の弟が貴女に挨拶《あいさつ》に来るようです」

「えっ、カーライル様のご兄弟が？」

「ええ。日付を見ると、一昨日《おととい》この手紙を送った様子ですが、二日後へこちらに着くように向かうと書いてありまして」

「二日後……それって、もしかして今日では？」

驚いて顔を上げると、彼は溜息を吐いて頷いた。

「そのようです。いつも直前に連絡してくる弟ではありましたが……恐らく、昨晩近隣でひどく雨が降ったため、使いが届けるのが一日遅れたのでしょう」

「あの、では、すぐにお迎えする支度を整えて……」

慌てて席を立とうとした私を、彼は静かに制す。

「いえ、そう気を張らなくとも大丈夫です。いつも気軽にやってきては、嵐のように去っていく男なので。今回も正式な挨拶《あいさつ》というより、本当に貴女の顔を見にきただけでしょうから」

「そうなのですね……」

だとすれば少しほっとしたが、それでも緊張はする。なにせ、初めて会うカーライル様の家族だ。いずれ対面するとわかっていたけれど、やはりその日が来るとドキドキしてくる。

心構えをしようと、以前文献で見たブライトン家の詳細について思い浮かべてみた。

（確か、カーライル様の弟は……ハロルド・ブライトン様だったわよね？）

そこで、あれ、ハロルド？　と引っかかる。なんだか聞き覚えがあるような……

首を捻《ひね》るが、どこでその名前を聞いたかすぐに思い出せなかった。

そんなこんなで朝食を終えた私は、カーライル様に気にしなくて良いと言われつつも、せめて少しはお客様を迎える仕様にしようと、侍女たちと居間に花瓶を置いたり、お茶の準備をしたりした。

――二時間近く経った頃。

玄関の方から賑やかな会話が聞こえたかと思うと、ポーラが私たちのもとへやってくる。

「旦那様、奥様。ハロルド様がご到着なされました」

そして数分後。チャールズに案内されて居間に現れたのは、さらさらした短い金髪に青い瞳の、愛嬌《あいきょう》に溢れた笑みを湛《たた》えた美青年だった。

「兄さん、久し振り！　そして初めまして、義姉さん。ご結婚おめでとう！」

十代後半くらいで、少年と青年の中間《なか》の清々《すがすが》しさがある。

身長は百七十センチ半ばで、すらりとした体型。白い筒袖《シャツ》にベストを重ね、その上にローブを羽《は》織《お》った学者にも魔術師にも見える装《よそお》いで、それが飄々《ひょうひょう》とした彼の雰囲気に合っていた。

カーライル様に似た涼《すず》しげな美貌だが、受ける印象はだいぶ違う。

なにより驚いたのは、彼の姿にはっきり見覚えがあったこと。

私は思わず目を見開いて尋ねた。

「貴方はもしかして……王宮で魔術学者として勤めていらっしゃる、ハロルド様ですか？」

「あっ、僕のことを知ってるんだ。嬉しいな。そう、僕はハロルド。どうぞよろしく」

「え、ええ。アリシアと申します。初めまして、どうぞよろしくお願い致します」

機嫌のいい猫のように目を細めた彼に答え、私は慌ててお辞儀する。

驚いてしまった。なぜなら彼は、前世のゲームで攻略対象の一人だったから。

（まさかカーライル様の弟が、あのハロルド様だったなんて……）

ゲーム内でシェリルが出会う美青年の一人、ハロルド。

飄々《ひょうひょう》としつつも愛嬌《あいきょう》のある性格で、愛すべき弟キャラという印象の彼は、親しくなると影のある表情も見せ、そのギャップでお姉様ファンたちの心をぐっと掴んでいた。

ちなみにシェリルが王宮の廊下で、魔術書を山ほど抱えた彼とぶつかるという登場の仕方だ。

魔術に造詣《ぞうけい》が深かったものの、生まれ持った魔力は中程度だった彼は、魔術師の道を諦め、魔術学者として学問を究《きわ》めることで魔術研究所の精鋭となっていた。

そのため、シェリルの魔力と知力を両方ある程度の値まで成長させないと、出会うこともできない難易度がやや高めのキャラだ。

私も王宮に通っていた身ではあるが、テオ王子のいる領域にしかおらず、王宮の西奥にある魔術研究所に勤める彼とはまったく接点がなかったから、これまで会う機会はなかった。

そして、なぜカーライル様の弟の名がハロルドと知りつつ、目の前の彼と繋がらなかったかと言えば、ゲーム内で魔術学者ハロルドの苗字は一切出なかったからだ。

私は、はっと思い出す。

（そうよ……思い出したわ！　彼は貴族でなく、平民のハロルドとして登場していたのよね）

ハロルドルートを進めるとやがてわかるのだが、彼は兄に多大なコンプレックスを抱き、それをこじらせた結果、実家を飛び出したのだ。

そのため、ゲーム内の彼は自分をただの平民と称し、親しくなると「僕がどんなに努力しても、兄さんには敵《かな》わない。だから家を出たんだ……」と、目を伏せて本音を言う。その際も兄の名は口にしないため、まさかカーライル様がその兄とは思わなかったのだ。

（しかも不思議なことに、ゲームではハロルド様が実家を出ていたのに、この世界ではカーライル様の方が家を出ているのね……）

それが関係しているのか、この世界の二人の仲は、ゲームと違いだいぶ良好らしい。

以前ミアから聞いた話からして、ハロルド様は度々《たびたび》この屋敷を訪れているみたいだし、二人とも、お互いに兄弟として親しみを感じているように見える。

私は混乱してきた。

（一体どういうこと？　今までも私の行動が影響を与えたせいか、ゲームと微妙に違う流れになったことはあったけど、これってかなり大きな違いよね）

なにしろ、偉大な兄にコンプレックスを抱き、それゆえ心に闇を抱えていたキャラが、ひたすらからっと明るい雰囲気になって、普通に兄へ会いに来ているのだ。

（うーん……どの辺りから、流れが変わっていったのかしら？）

考えながら見つめていると、視線の先のハロルド様が照れくさげに頭を掻いた。

「あは、そんなに見つめられると照れちゃうなぁ。というか、兄さんの視線が怖いから、ちょっと視線をずらしてくれると嬉しいかなー、なんて」

「あ……申し訳ございません。失礼を」

「いや、失礼とかじゃなくて、本当に兄さんが怖……うわ、やめてなに、その刺すような視線」

「別にそんな目で見ていない。ただ、アリシアに近づきすぎだと思っただけだ」

淡々と冷たい声で答えたカーライル様に、ハロルド様が反射的に言う。

「見てるし、思ってるじゃない！　兄さんに氷みたいな目で見られると本当に怖いから！　……というか、あの兄さんでも結婚するとこうなるんだ。はー、僕、びっくりー……」

呆れつつも、どこか感嘆している雰囲気の声音だ。

本当に彼らは、軽口を言い合えるくらい仲がいいらしい。

それにしても麗《うるわ》しい容姿はよく似ているのに、まるで月と太陽のように印象の違う兄弟だ。

新鮮な思いで二人を見ていると、やがてハロルド様が表情を改めて言った。

「まあ、冗談はそれくらいにして。――今日はさ、義姉さんに挨拶《あいさつ》したかったのとは別に、兄さんにお願いがあって来たんだ」

そう言った彼に、カーライル様は淡々と返す。

「――悪いが、断る」

「早っ！　せめて最後まで聞いてから言ってよ」

「お前の願いと聞けば、大体は察せられる。前と同様の誘いだろう」

「うーん、悔しいけどご名答！　だって兄さんが作る魔道具を見る度《たび》、やっぱり惜しいなって思うんだもん」

「カーライル様が、魔道具を作る……？」

私はきょとんとする。なぜなら、騎士であるカーライル様とは、まったく縁のないものに思えたからだ。剣や馬具ならまだわかるけれど。

そんな私に、ハロルド様が身を乗り出して教えようとする。

「そうなんだよ。兄さんは今でこそ騎士をしているけど、本当は……」

しかし続く言葉は、カーライル様の低い声に遮《さえぎ》られた。

「――ハロルド」

「あー、はいはい、わかりました！　余計なことは言いませんって」

そして、しばしうーんと悩んだ様子を見せた後、ハロルド様はくるっと私に向き直る。

「ごめん、義姉さん。兄さんはあまりこの辺の話は聞かれたくないみたいだし、少しだけ兄さんと二人にさせてもらっていいかな？　すぐに終わるから」

「あ……はい。承知しました」

申し訳なさそうに片手を上げて謝られ、私は頷いて席を立つ。

確かに久し振りに会った兄弟同士、水入らずでしたい話もあるだろう。

それに、気になったことは後で尋ねればいい。そう思い、私は離席したのだった。

カーライル様たちが居間で話しているため、私はそれが終わるまで数部屋離れた書斎で仕事をして待っていることにした。

そして窓際の椅子に座りながら仕事を始め、数十分経った頃。二人の会話が風に乗ってかすかに聞こえてきた。丁度風向きがこちらに変わったせいだろうか。

「あら？　これって……」

耳を澄ますと、さっきのおどけた調子とは違う、どこか真剣なハロルド様の声が届いてくる。

「……じゃないか……だから、僕は……」

聞いてはいけないと思いながらも、やはり気になってもう少し窓辺へ寄る。すると、彼らの声がより明瞭《めいりょう》に聞こえてきた。

「兄さんの才能をこのまま眠らせておくのは惜しい。騎士も誉《ほま》れある仕事だけど、兄さんにはそれより適した場がある。僕は今もそう思うんだ」

「ハロルド……」

「それに、僕もある程度は魔術が使えるけれど、それ以上高みに上《のぼ》れないことは自覚している。だからこそ、兄さんの凄さがわかるんだ……」

真剣な声だ。私は話の内容に驚き、首を傾げる。

（カーライル様に、騎士よりも適した仕事がある……？）

筆頭騎士――つまりはこの国の騎士の頂点に立つ彼に、それより適した仕事があるだなんて、だいぶ大きく出た誘い文句だ。本当に、そんなものがあるのだろうか。

興味を惹《ひ》かれさらに窓へ身を寄せた私の耳に、また会話が聞こえてくる。

「ハロルド。以前も言ったが、私にそのつもりはない」

「でも、兄さん……！」

「お前の気持ちは嬉しく思っている。私が両親の望む道を離れ、騎士の道を志《こころざ》したことで、彼らと私が疎遠になったことを気にかけてくれているのもわかる」

「それは……」

「だが私は、騎士として生きると幼い頃に決めたんだ。あの日、彼女に出会った時から……」

(彼女と出会った時から……？)

彼の想い人のことだろうか。

胸がずきっと痛むが、今は彼らの会話を咀嚼《そしゃく》するのが先だ。どうやらカーライル様が実家を出たのは、彼が両親の望む道を逸れ、騎士の道を志《こころざ》したことが原因らしい。

もしかしたら、そうして彼が家を出たことで、ハロルド様との仲がぎくしゃくせず、逆に互いを気にかけ合う仲になったのかもしれない。そして、こうした会話はこれまでも何度かあったようだ。

やがてハロルド様が諦めたみたいに息を吐いた。

「……そっか、やっぱり気は変わらないか。今度こそはって思ったんだけどなぁ」

「人には己の能力に適した場所で働く方が良い場合もあれば、意志に沿った場所で働く方が良い場合もある。私は後者なんだ、きっと」

「うん……それはなんとなくわかるよ。兄さん、本気で騎士を目指してるんだなって小さい頃から伝わってきたから。十二歳くらいの頃だったかな……急に剣の練習を始めたもんね。それまで杖を振ることはあっても、剣なんて握ったこともなかったのに」

ハロルド様がぽつりと続ける。

「父さんたちに、何度やめろって怒鳴られてもやめず、何年も続けているうち、やがて騎士団の入団試験に受かって……」

「その日に、もう家から出ていけと言われたんだったな。別の領の屋敷に住んで顔を見せるなと……まあ、その方があちらにとっても私にとっても良かったんだろう。私が傍にいても、ただ困惑させ、苛立《いらだ》たせてしまうだけだろうから」

怒りや悲しみはないのか落ち着いた声で言った彼に、ハロルド様が静かに息を吐く。

「兄さんはさ……なんていうか強いよね。能力以上に、心の持ちようが。周囲に反対されても、自分の信じる道を迷わず歩いていって。だって僕が兄さんの立場なら、きっと今も、父さんたちが望むように魔術を……」

そこまで聞いた時、ふいに後ろから声をかけられる。

「あの……奥様？」

「えっ？　あ、なにかしら」

びくっとして振り向くと、若い侍女が窓辺で身を乗り出している私を不思議そうに見ていた。

私はこほんと咳をし、そっと窓際から身を離す。

「あら、ごめんなさい。ちょっと風が心地良かったものだから」

「まあ、左様《さよう》でございましたか。今日は陽射しが強く、暖かいですものね。よろしければ、冷たいお飲み物をお持ちしましょうか？」

「それは嬉しいわ。お願いしていいかしら」

「畏《かしこ》まりました」

微笑んでお願いしたところ、にこっと笑って請け負った侍女は一礼して部屋を出ていく。

再び一人になった私は、またカーライル様たちの会話に耳を澄ませたが、もう先程の話は終わったのか、和《なご》やかな日常会話しか聞こえてこなかった。

少し残念だけれど、そもそも聞き耳を立てること自体が不躾《ぶしつけ》なのだからと、諦めて息を吐く。

「それにしても、カーライル様にそんなご事情があったのね……」

両親との仲が上手くいっていなかっただなんて。

きっとそのこともあり、彼は私に今の話を聞かせたくなかったのだろう。ただでさえ私は彼に不安げな様子を見せている。そうでなくとも、彼は私を思いやってくれる人だから。

やがて侍女が持ってきた冷たい檸檬水《れもんすい》を飲み、また仕事の続きをしていると、ハロルド様がやってきた。どうやら兄との会話はもう終わったらしい。

「やあ、義姉さん。さっきはごめんね」

明るく謝罪した彼に、先程の会話を聞いてやや気まずい私は、慌てて首を横に振る。

「あ……いえ、どうぞお気になさらず。どうかなさいましたか？」

「今ね、兄さんが自室で書類を記入してくれてるんだ。今度僕が魔術学者の代表として隣国に行くことになったんだけど、近親者の署名した書類が必要だったものだから、それをお願いしてて」

「ああ、それで……」

「うん。そこで、待っている間に義姉さんに一つお願い！」

ぱしんと軽快に手を合わせて頼んだ彼に、私は目を瞬《しばたた》く。

「お願い？」

「そう。兄さんに依頼していた品があって、それが保管してある部屋まで一緒に来てほしいんだ。さすがに、僕一人で勝手に屋敷内を歩き回るのもなんだから」

「私は構いませんけれど……」

「良かった。じゃあ早速、ついてきてもらっていいかな」

不思議そうに了承した私に、彼は愛嬌《あいきょう》たっぷりににこっと笑ったのだった。

数分後。チャールズから部屋の鍵を受け取った私たちは、その部屋へと向かった。

すたすたと先を進むハロルド様についていくと、すぐに扉の前へ辿り着く。そこは、以前にミアと見た深緑色の扉の部屋だった。

確か、カーライル様の大事なものが置かれており、ハロルド様が来た時だけ鍵を開けると聞いていた部屋。私は焦って尋ねる。

「ハロルド様。恐らく私は、この部屋に入ってはいけないのではないでしょうか？」

しかし、彼に気した様子はない。

「んー？　大丈夫でしょ、他でもない義姉さんなんだし」

「ですが……」

まだ躊躇《ちゅうちょ》する私を、彼は青い瞳を煌《きら》めかせて楽しげに見る。

「それに義姉さん、僕たちの会話が聞こえてたでしょ？　それできっと気になってるだろうから、少しさっきの話に関係するものを見せておいた方がいいかなと思って」

「そ、それは……」

どうやら私に彼らの会話が聞こえていたように、私と侍女がかわした会話も彼らに聞こえていたようだ。ぎこちなく視線を逸らす私に、彼はのんびりと手を振る。

「あー、平気平気。僕は窓際にいたからかすかに聞こえたけど、兄さんには聞こえてなかったみたいだから」

「そうなのですね……」

ほっとした私に、鍵をドアに差しこんでかちゃかちゃと回しながら彼は言う。

「それにさ、兄さんは隠したいんだろうけど、僕は義姉さんにも知っておいてもらった方がいいと思うんだ。兄さんが、実は騎士として以外でも凄い人だってこと」

「騎士として以外でも……？」

「そう。って、話すより見てもらった方が早いかな？　――ほら！」

彼が扉を開いた先には、驚くべき光景が広がっていた。

「わ……！」

思わず目を奪われる。なぜならそこが、まるで不思議な雑貨屋のような部屋だったからだ。日中だというのに薄暗い室内には、見たこともない神秘的な品がいくつも置かれている。棚に並べられた黒い燭台《しょくだい》は、青い燐光《りんこう》めいた炎をゆらゆらと灯している。壁に立てかけられた白い杖は、オパールで作られたみたいに青白い不思議な輝きを宿していた。奥には、独りでに動き出す回転木馬の形をしたオルゴールらしきものもある。

すぐ側の棚には、真っ赤な鳥の剥製《はくせい》が飾られていて、それがふと目を引いた。

「あら？　これって……」

翼が赤から翠《みどり》へと美しい濃淡で変わっていて、前に森のほとりで見た鳥を思い出させる。

カーライル様と一緒に見た、綺麗な羽色の鳥。

まじまじと眺めていると、ふいに鳥がきょろっとこちらを見てぱちりと瞬《まばた》きした。

えっと思っている合間に、鳥はばさばさと宙を羽ばたき出す。そして部屋の天井付近を飛んだかと思うと、ぽんっと音と煙を立てて、ぽとりと地面に落ちた。

「えっ、どういうこと？」

驚いて拾い上げると、それは鳥を模して作られた掌大の人形になっている。

「人形……？　そんな、さっきまで生きていて、部屋の中を飛んでいたはずなのに……」

呆然として言葉の出ない私に、ハロルド様があははと笑った。

「それ、つい最近作られたものみたいだけど、ちょっと吃驚《びっくり》するよね。急に羽ばたいたかと思うと、すぐに人形に変わって。大丈夫、それは魔力を注ぐことによってまるで本物の鳥みたいに動くけど、本当に生きているわけじゃないから」

「そう。この鳥だけでなく、ここにあるのは、どれも兄さんが作った魔道具なんだ」

「カーライル様が作った、魔道具……」

人形を持ったまま目を丸くする私に、ハロルド様が説明してくれる。

「元々はどれも、普通の雑貨や道具だったものなんだ。でも、魔力の強い人間が、それにどんな力を与えたいか考えて魔力を込めると、あんな風に不思議な力を持つ魔道具に変わるんだよ」

彼は、傍にある白い杖を持って眺めながら言う。

「だから今の鳥も魔道具の一種なら、あの黒い燭台《しょくだい》もそう。青い炎が灯っているように見えるけど、実際に燃えているのは魔力なんだ。それに、魔力が強い人間が作ったものには、時には魂《たましい》や、その人の心に近いものが宿ることもあって――なんとも神秘的だよね」

「そうだったのですか。これらをカーライル様が……」

まじまじと周囲を見つめる私の前で、ハロルド様が感嘆したみたいに息を吐く。

「うん……実際、凄いもんだよ。だから僕は、兄さんに魔道具の作製を依頼してるんだ。僕は、兄さんが作ったそれらを解析し、どんな魔力で構成されているのか研究してる。たとえば、闇と水の魔力でできたのがあの黒い燭台《しょくだい》で、炎と風の魔力で作られたのがあの鳥って具合にね」

「炎と風で……そんな風にいつも解析を？」

「そう。兄さん自身、感覚で作っていて言葉にできない部分も多いみたいだから。天才はなんでもこなせるけど、簡単にこなせるからこそ、自分のやり方が説明できないって、よく聞く話でしょ？　そこで、秀才の僕の出番ってわけ」

おどけて片目を瞑《つぶ》って言うが、彼だってカーライル様に負けないくらい凄いのではないだろうか。

だって、目の前にあるいくつもの不思議な品を解析するには、魔術全般に対して造詣《ぞうけい》が深くなければできないはずだから。それにしても――

「カーライル様は、それほどまでに魔力がお強い方だったのですね……」

「普段は隠してるけどね。人間にわからないよう上手く保護膜……っていうか、薄い魔法の膜みたいなので覆ってる。でも、魔力に敏感な動物にはわかっちゃうんだ」

「え？　それって……たとえば、馬などですか？」

はっと気になって尋ねると、こくりと頷かれた。

「ああ、馬は敏感だよね。特に魔力が高くて血統がいい馬だと、目が良くて誤魔化せない。あまりに力の差がありすぎて、兄さんを前にしたら逃げるしかできなくなるんじゃないかな」

「そうだったのですね。それであの時、フレイアは……」

自然と思い浮かんだのは、屋敷に嫁《とつ》いだ日のこと。

馬車を引っ張っていた馬、フレイアが暴走した原因は、カーライル様を遠目に見たからだったのかと納得する。

普段なら、魔力の気配を察すると鳴き声などで教えてくれるフレイアだが、きっと、今まで見たこともない強大な魔力を持つ存在がいることに怯え、逃げ出してしまったのだろう。

その後、カーライル様自身が宥《なだ》めて怖い人ではないと理解したというところか。

それに今思えば、カーライル様はフレイアの暴走についてなにか言いかけていた気もする。

しみじみ息を吐く私の隣で、ハロルド様が言う。

「そんな風に強い魔力を持つ兄さんだけど、十二歳頃から魔術の道を離れ、騎士の道を歩き出したんだ。幼い頃から神童と呼ばれて、このまま行けば魔術の世界でどんな高みにだって上《のぼ》れただろうに、自分にはそれよりも望むものがあるからって」

「それは……」

彼は、一体なにを望んだんだろう。順風満帆《じゅんぷうまんぱん》に行くはずだった魔術の道を逸れ、両親に半《なか》ば勘《かん》当《どう》される形になっても、ただ剣を握って。

ハロルド様が小さく息を吐いた。

「……まあ、それはさすがに僕が話すことじゃないか。でも、兄さんがそういう人だってことを、義姉さんにも知ってもらいたいと思ったんだ。なかなか大事なことを口にしない時もあるけど、深く考えてそうしている人なんだって」

「ハロルド様……」

もしかしたら彼は、これを一番に言いたくて、私をここへ誘ったのかもしれない。

兄自身が話さない兄のことを、少しでも私に知ってほしくて。

その気持ちを嬉しく感じていると、彼はぱっと表情を明るくした。

「あっ、そうだ。その鳥の人形は義姉さんにあげるよ。ここまで一緒についてきてくれたお礼」

「えっ、ですが、さすがにそれは……」

慌てて遠慮する私に、彼はなんでもないことのようにのんびりと言う。

「いいんだよ。ここにあるもののほとんどは、僕が兄さんから譲り受けたものだから。その鳥はまあ、最近作ったみたいだけど、それも最終的には僕のもとに来るはずなんだ。もしそうじゃなかったとしても、義姉さんに渡したって、後でそれとなく兄さんに言っておくから」

「そうだったのですか……それなら、ありがたく頂きます」

カーライル様の魔力で作られたものと思えば、持っていたいし、大切にしたかった。

大事そうにぎゅっと持った私に、ハロルド様は嬉しげに目を細める。

「なんか義姉さんを見てると、兄さんが最近、王宮で頑張ってた理由がよくわかるなぁ」

「王宮で？」

それはもしかして、彼がテオ王子に呼ばれて戻らなかった、あの一週間のことだろうか。

確かにハロルド様は王宮内で働いているから、その間にカーライル様の様子を目にしていてもおかしくはない。

「あの、ハロルド様は先日、王宮でカーライル様にお会いしたのですか？」

「うん。とは言っても、ちらっと遠くから見ただけだけどね。氷のような眼光で相手を震え上がらせたり、紳士的な態度で老若男女を懐柔《かいじゅう》したりしてたよ」

一体、なにをしていたの……？　いや、その様子はなんとなく想像がつくけれど。

（きっとなにか、人助けみたいなことでもしていたのかもしれないわね……）

だって、私が知っているカーライル様は、そういう人だ。

そう結論づけて頷く私に、ハロルド様がくすりと笑って言う。

「それから、僕のことはハロルドって呼んで。あっ、敬語もいらないからね！　せっかく義姉弟になったんだもん。義姉さんによそよそしい呼び方されると、僕そのうちすねちゃうよ」

「まあ……」

目を瞬《しばたた》いた私は、彼の申し出を嬉しく思い、微笑む。

「わかりました。……いいえ、わかったわ、ハロルド。今からそう呼ぶわね」

「うん！　改めて、どうぞよろしく」

その後、笑い合い、私たちはしばらく魔道具を眺めて過ごしたのだった。


それから私たちは魔道具の部屋を出ると、カーライル様の自室へ向かった。

ちなみにハロルドから「あの部屋に義姉さんも一緒に行ったことは、兄さんに内緒ね」と囁《ささや》かれたので、私たちは途中の廊下で合流したことになっている。

そうして三人でしばらく和《なご》やかに会話していたが、やがてハロルドが窓の向こうの空を見て、

「わっ」と吃驚《びっくり》した様子で席を立つ。いつの間にか窓の外は夕暮れがかっていた。

「うわ、気づいたらもうこんな時間！　ごめん、僕、もう行かなきゃ」

「え……ハロルド。今日は泊まっていくのではないの？」

驚いて尋ねると、彼は申し訳なさそうに言う。

「そうできたら嬉しいんだけど、明日、二つ離れた領で学会があるんだ。だから、今日は本当に顔見せに来ただけなんだ」

「そうだったの……」

「また今度ゆっくりできる時に、改めてお邪魔するよ。義姉さんともっとお話ししたいし、結婚祝いもちゃんと渡せてないしね」

「ありがとう。私もまた貴方とお話しできたら嬉しいわ」

その時、私はここにいるかわからないけれど……と思いつつ、素直な気持ちを伝える。

すると、にこっと微笑んだ彼は、なにか思い出したのか、カーライル様に真剣な目を向けた。

「あっ、そうだ。それと兄さん。これも言っておこうと思ってたんだけど……今、王宮でちょっと嫌な魔法の気配を感じるんだ」

「嫌な魔法の気配だと？」

真剣な眼差しで聞き返した兄に、ハロルドは難しい顔で頷く。

「うん……なんだか濁った水みたいな気配っていうか。上手く言えないんだけど、気分が悪くなる感じの魔力。兄さんはともかく、義姉さんはそうそう王宮に行くことはないとはいえ、気をつけてほしいなと思って。それに、あの人……」

「あの人？」

聞き返した私に、彼は歯切れ悪く言う。

「あの、義姉さんから王子の婚約者の座を奪った女性……シェリルっていったっけ？　あの人が、少し変な感じというか……」

「彼女がどうかしたの？」

「うーん……ごめん、やっぱりなんでもない。僕の勘違いかも。なんだか最近、やたらと僕に話しかけてくるんだ。義姉さんの事情を知りたいのかもしれないけど」

それはきっと、ハロルドが攻略対象の一人だからだ。

ゲームの主人公であるシェリルは、攻略対象たちと自然と関わりが多くなるため、ハロルドに近づいてきてもなんらおかしくない。私が婚約破棄されたのと同様に、避けられない出来事の可能性もある。だが、それを知らない彼からすれば、私がらみで彼女が近づいてきたと思えたのだろう。

ともかく、乙女ゲーム同様、美青年たちとの出会いを謳歌《おうか》している様子のシェリルについては、特に気にしなくて大丈夫そうだ。

「そう……色々と教えてくれてありがとう」

「教えてくれて助かった。王宮に行く際は気をつけよう」

私がお礼を言うと、カーライル様もなにかを深く考えているらしき眼差しで礼を口にする。

「いえいえ。それじゃあ、二人共。またお会いしましょう！」

そう手を振り、ハロルドは最後まで元気に屋敷を去っていったのだった。

彼の背を見送った私は、ぼんやりと考える。

(嫌な魔法の気配か……。一体どういうものなのかしら？)

ただ、たとえ王宮に行ったところで、魔力のほとんどない私ではそもそもそれを感じ取れない気がする。それとも、そんな私でさえわかるほど異様な状態なのだろうか。

なんにせよ、不穏な予感がしてかすかに肌が粟立《あわだ》った。

そうして腕をさすりつつ振り向くと、顔を上げたカーライル様と、ばちっと目が合った。すぐに視線を逸らされると思ったのだが、彼がじっと見つめてきたため、私はやや動揺してしまう。

「あ、あの……私の顔になにか？」

「いえ……ただ、貴女がハロルドを名前で呼んでいたなと思って」

「え？」

「それにいつの間にか親しげな話し方になっていたので、少し気になりまして」

そう言い、ふいっと視線を逸らした彼の様子に、ああ……急に私とハロルドの距離が縮まっていたから不思議に思ったのか、と納得する。私はふふっと笑って返した。

「だって、彼は私にとっても弟になる方ですもの。それに、そう呼んでほしいと頼まれましたから」

「では――私が望めば、私のこともカーライルと呼んで頂けますか？」

「え……」

驚いて視線を上げると、いつもの涼《すず》しげな青い瞳に、どこか熱いものを宿した彼がいた。

目を奪う、海みたいに深い青の瞳――

こちらへ一歩近づいた彼は、私を見つめたまま、低く掠《かす》れた声で口にする。

「どうか呼んでください。カーライル、と」

「カ、カーライル……？」

「……ええ。貴女の愛らしい声で呼ばれると、まるで自分の名が美しい詩《うた》のように聞こえる」

そう言って瞼《まぶた》を閉じた彼の表情は幸福そうで、男の色気が漂《ただよ》うものだった。

そんな彼の様子に、私はかぁっと顔が熱くなるのを止められない。

ただ私が名を呼んだだけで嬉しげにする彼を見ていると、胸が切ないような嬉しいような心地になる。どうしたらいいかわからなくなり、私はそっと目を伏せた。

「アリシア……？」

彼に名を呼ばれると、なぜこんなに胸が苦しくなるんだろう。

ううん――違う。この痛みは、前から時々感じていたものだ。

彼が私の名を呼ぶ度《たび》、彼の想い人のことを考える度《たび》、胸が切なくなって、けれど気づかず――いや、きっと無意識にその意味を考えないようにしていた痛み。

それが今、抑えきれなくなって私の胸を締めつける。

そしてようやく私は、自分の奥底に隠していた気持ちを自覚した。

（ああ、そうか……。私はいつのまにか、カーライル様のことが好きになっていたんだわ。だから、こんなに苦しかったんだ。ずっと……）

けれど、自分はいずれここから出ていく身と無理やり見ないようにしていた。自覚すると、より別れが辛くなってしまうから。

しかしもう、押さえつけることが難しくなってしまった。だって好きな人にこんな目で見られて、平気でいられるはずない。

（……私、やっぱりここを離れよう。こんな想いを抱えて、ここにいていいわけがないもの。偽物の奥方は、そろそろ退場すべきだわ）

私は噛み締めるように、静かにそう決意したのだった。

第七章　悪役令嬢として、最後の務めを果たしましょう

カーライル様への想いを自覚した日から、私は少しずつ行動に移し始めていった。

領主夫人の務めを続けながら、いずれこの屋敷を出るための準備を。

ただ一つ助かったのは、結婚後の休暇を終えたカーライル様が、騎士として再び王宮へ出勤するようになったことだろうか。長期休暇を取った反動からか、しばらくは泊まりこみで連勤となるらしく、彼はその旨《むね》を謝罪し、早朝馬に乗って出かけていった。

王宮の宿舎に泊まり、連日で王宮内の警備に当たるのだとか。

「ということは、カーライル様としばらく顔を合わせないことになるのね……」

自室に戻った私は、ほっと息を吐く。しばらく会えないのは寂しいが、屋敷を出る準備ができるのは正直助かる。これでだいぶ荷造りも進められるだろう。

そして、彼が帰ってきた時に、すべてを伝えるのだ。

（誓いの式については、やはりできないと言いましょう。……いくら形式上のものとはいえ、偽物である私が彼と挙げていいはずがないもの）

白い花嫁衣装も初めての式も、それは彼が本当に愛する人とするべきだ。

私がこれ以上、彼の時間を奪ってはいけない。

「……カーライル様は三日後に帰ってこられるから、その時にすべてお話ししましょう。人違いの件も、だからこそ離縁して頂きたいことも」

以前はすんなりと口に出せなかったことを、掠《かす》れる声で口にできた。

ようやく彼への想いを自覚したからなのだろう。自分の気持ちがよくわからなかった少し前は、なぜそれが嫌で、思うように言葉にできないのか理解できなかった。

けれど――今ならわかる。

私はずっと無意識に、彼の妻の立場にしがみついていたのだって。

「テオ殿下に前に言われたこと、今思えばちょっと当たっていたのかもしれないわね……。無様に婚約者という立場にしがみついて、見苦しいって」

目を伏せて苦笑する。

私が求めたのは王子ではなくカーライル様の傍だったが、不相応な場所にしがみついている点では変わらない。傍にいたくて、離れたくなくて、いつの間にか子供のように手を伸ばしていたのだ。

叶うなら、ずっと彼と一緒にいたいと。

「……でも、それももうおしまい。ちゃんとお話しして、私はここを出ていくんだから」

事情を話せば、ミアもきっとついて来てくれるだろう。

離縁された私が実家に戻っても、父や弟に迷惑をかけるだけだし、使用人たちも腫れ物に触るように接してくるはずだ。それならいっそ、女二人で旅をするのもいいかもしれない。

各地の動物を探訪する旅をして、それを旅行記としてしたためてみるのもいいだろう。

それに、できるだけカーライル様から離れた場所で生活をしたかった。

彼が本当の想い人を見つけ、幸せに暮らしていく様子を見るのは、やはりどうしても辛い。

「……さあ！　あと少しの期間、領主夫人としての務めを果たしましょう」

私はうん、と拳を握って気合を入れる。

たとえもうすぐ離縁される身でも、今目の前にある仕事を果たしたかった。

だって私はこれまでそういう風に生きて、これからもそう歩いていくつもりだったから。


そんな日の午後、チャールズがある手紙を持ってきた。

「奥様、どうぞこちらを」

「ありがとう。上品で素敵なお手紙ね」

受け取って裏返した私は、そこに押された封蝋《ふうろう》を見てぎょっとする。そこには、以前に父宛《あ》ての手紙で見たことがある、王族のみが使える紋様が描かれていた。

まさか、テオ王子からの手紙だろうか？

「チャールズ……これは、王宮から届いた手紙よね」

どきどきと緊張して尋ねた私に、チャールズが頷いた。

「先程使いの方が来られまして、エルド殿下より奥様へのお手紙と承《うけたまわ》りました」

「エルド殿下から？」

まさかテオ王子ではなく、彼の兄からの手紙だったとは、と目を瞬《しばた》く。

（ほっとしたけれど、エルド殿下が私に一体なんのご用事かしら……？）

私とは、これまであまり関わりのなかった人だ。

もちろん、テオ王子と婚約していた時は、エルド王子が私の未来の兄になるため、顔を合わせる機会は時折あった。けれど、その際も当たり障りのない会話しかしたことがなく、私的な手紙をもらうのはこれが初めてだったのだ。

エルド王子は、精悍《せいかん》な容貌のテオ王子と違い、麗《うるわ》しい雰囲気の青年だ。穏やかに見えて、相手を容赦なく見定める冷静で思慮深い面もあり、どこか油断ならない人という印象でもあった。

長い黒髪を結わえた端麗な王子の傍に、彼付きの騎士であるカーライル様が控える様《さま》は絵になっていて、王宮の侍女たちが、よくぽーっと見惚《みと》れていたことを覚えている。

そう——彼は、カーライル様の主《あるじ》なのだ。

（それなら、直々《じきじき》に私に手紙を送ってきても別におかしくはないのよね。もしかしたら、カーライル様に関する連絡かもしれないし……）

思い直した私は、ナイフで慎重に封を開け、中の便箋《びんせん》に目を通していく。そこには、次のような内容が書かれていた。

明日、王宮で夜会を催《もよお》すため、できれば私に参加してもらいたいこと。

何度かカーライル様に私を連れてくるよう頼んだが、テオ王子との騒動があった直後であり、まだ王宮へ行かせるのは心苦しいからと、ずっと断られていたこと。

これでは埒《らち》が明かないと思い、とうとう私本人に直接招待状を送ろうと決めたこと――そんな内容が、流麗な文字で綴《つづ》られている。

「王宮の夜会へのお誘い……」

「夜会への招待状でしたか。ちなみに、いつ開催予定のものでしょう？」

尋ねてきたチャールズに、私は便箋《びんせん》を見せながら言う。

「明日の夜と書いてあるわ。少しでいいから話がしたいと」

「明晩とは、また急な……」

眉を寄せた彼は、考えた末に気遣わしげに提案してくる。

「奥様、いかが致しましょう。殿下からのお誘いは、もちろん光栄であり、ありがたく参加すべきものではございますが、さすがに今回のお誘いはいささか急かと存じます」

「普通であれば、遅くとも一週間前には招待状が届くものね……」

「実際、テオ殿下と騒動があってからまだ日も浅いわけですから。それを理由にご辞退申し上げても、決して非礼には当たらないかと思います」

「でも、エルド殿下はカーライル様の主《あるじ》よ。それにもしかしたら、私が王宮へ行くきっかけを作ろうとしてくださったのかもしれない。殿下直々《じきじき》のお誘いであれば、きっと私になにか言ってくる外野たちも少ないでしょうから。その思いを無下《むげ》にしてはいけない気がするわ」

「はい……確かに、左様《さよう》でございますね」

チャールズも頷ける部分があったのか、神妙に同意する。

(それにしてもカーライル様、エルド殿下のお召しをかわしてくださっていたのね……)

恐らく、直接耳に入れては私が断れなくなると考え、陰でやんわり断ってくれていたのだろう。

けれど、さすがにそうしてかわし続けるのも無理がある。

もちろん元婚約者の兄であるエルド王子と顔を合わせるのは気まずいが、それでもカーライル様の妻としては、彼の上司に挨拶《あいさつ》しないわけにはいかない。

——だって私は、まだ彼の妻なのだ。

気持ちを決めた私は顔を上げる。

「チャールズ。殿下に、参加させて頂く旨《むね》お返事するわ。貴方には、明日の馬車の手配をお願いしてもいいかしら」

「もちろん喜んで承《うけたまわ》りますが……奥様、よろしいのですか？　もしかすればテオ殿下が……」

きっと、テオ王子にからまれることを心配してくれているのだろう。

まだ心配そうな彼を、安心させるように微笑む。

「大丈夫よ。エルド殿下に少しご挨拶《あいさつ》したら、すぐお暇《いとま》すればいいのだもの。カーライル様の妻として、失礼のないように振る舞ってくるわ」

夜会への参加を決めた私は、翌朝から準備に忙《せわ》しなく動き回った。

(急なお誘いで驚いたけれど、きっとエルド殿下はこの機を逃《のが》すまいとしたのでしょうね……)

昨日はチャールズにああ言ったが、こうも急だったのは、王子がカーライル様の不在時を狙ったからだろう、とも思っている。

カーライル様がいる時に招待状を送っても、恐らく私のもとへ来る前に彼が止めてしまうから。

そうして守ろうとしてくれるカーライル様の気持ちは嬉しかったが、私はここにいられる間は、守られるだけでなく、少しでも彼の妻として相応《ふさわ》しい行動を取りたかった。

いずれ離縁されようとも――いや、だからこそ、ここにいられる間は、彼の妻として恥ずかしくないように。そんな思いで私は今、自室で着替えをしていた。

周りにいる数人の侍女たちが、宝飾類や髪飾りなどをいくつも見せてくれる。

「奥様、こちらの指輪はいかがでしょう?」

「ああ、素敵ね。それにするわ。首飾りは……うん、これにしましょう」

選んだのは、青と緑の宝石を連ねた清楚《せいそ》な首飾り。青は海を思わせ、緑は森や湖面を思わせて美しく清々《すがすが》しい。ドレスは、いっそう爽やかな青色のものにした。

「よし、出来上がりね」

呟いて姿見を見る。ドレスに袖を通し、首飾りなどもすべて身につけた私の姿は、結婚後に初めて王宮へ出向くのにぴったりの格好だった。

なぜならドレスも首飾りも、伴侶の色――カーライル様の青い瞳を連想させる色が入っていたから。さらに言えば、首飾りには私の瞳の色も交じっている。

「綺麗だけれど……ちょっと恥ずかしいかしら」

夫婦が伴侶の髪や目の色の衣服や装飾品を身に着けて夜会に出るのは、昔からある風習だ。二人並んだ時にしっくりと調和させ、また、自分はこの人のものだと周囲に印象づけるために。

ただ、さすがにあからさますぎるかと、やや恥ずかしくなってくる。

(でも、最後くらいは、彼の色をまとってみたいと思ったのよね……)

きっとこれが彼の妻として、人前に出られる最後の機会だから。

そんな思いでドレスを見下ろすと、侍女たちが力強く首を横に振った。

「いいえ、奥様。大変お似合いでございます。それに、旦那様も今の奥様のお姿をご覧になったら、必ずお喜びになります。だって、こんなにもお綺麗なのですもの」

「ええ。どうか、こちらの装《よそお》いで参加なさってくださいませ」

「ありがとう……うん、勇気が出たわ。それならこれで行きましょう。あとは、そうね……」

もう忘れ物はないかと、辺りを見回した時、ふと目に入ったのは、棚に飾った赤い鳥の人形。カーライル様が作った魔道具であるそれは、彼と森で過ごしたひとときを思い出させてくれる上、傍にあると安心するので、もらってからずっとそこに飾っていた。

少し考えてから、私はそれをそっと胸元に入れて持っていくことにした。なんとなく彼が傍にいてくれているようで、勇気が出る気がしたのだ。

やがて準備を整えた私は、馬車に乗るため玄関へ向かったのだった。

馬車に揺られて二時間ほどすると、王宮の正面玄関へ着いた。そこは、すでに華やかな夜の始まりを期待させる風景になっていた。

広大な玄関前には豪奢《ごうしゃ》な馬車がいくつも横づけされ、その馬車から華やかな服装の男女が楽しそうに語らいながら降りてくるのが見える。中には、お目付け役の年長女性と歩く、緊張した様子の少女もいた。

そうして沢山の高貴な人々が一堂に会する様子を眺める私に、馬車を操っていた御者《ぎょしゃ》が振り向き、気遣わしげに声をかけてくる。

「奥様。その……どうか、お気をつけていってらっしゃいませ」

「ええ、ありがとう。行ってくるわ」

頷いた私は、青いドレスの裾を持って颯爽《さっそう》と馬車を降りた。

こうした夜会は、夫や恋人にエスコートされて参加するのが常識のため、一人で訪れた私は恐らく奇異の目で見られるだろう。

そうでなくとも私は先日、テオ王子に公衆の面前で婚約破棄された身。陰で笑われたり、こそこそと噂話《うわさばなし》をされたりすることは今から目に見えていた。

たぶん遠巻きにはされても、私に話しかけてくる人はほぼいないはず。

王宮とは、そういう場所だ。権威の高い者のもとに自然と人が集まり、少しでも足を踏み外した者は、一瞬で好奇と嘲笑の的《まと》となる場所。

（……だから、カーライル様は私をここへ来させたくなかったのよね、きっと）

胸がぎゅっと切なくなる。

彼の気持ちが嬉しい。けれど、だからこそここで負けてはならないと、やる気も出てきた。

それに、もしかしたらエルド王子は、私のそういう気構えや覚悟を見たいという理由もあって、ここに誘ったのかもしれない。私が部下の妻として、相応《ふさわ》しい女なのかを確認するために。

そう思い、緊張しつつも背筋を伸ばして夜会の会場である大広間に入る。すると、そこには溢れる光と共に華やかな光景が広がっていた。

先日、私が婚約破棄された広間よりずっと広い部屋だ。美しい模様が描かれた大理石の床上では、幾人もの男女が軽《かろ》やかにダンスを踊っている。

その中心のフロアから離れた壁の方には、瀟洒《しょうしゃ》な丸テーブルが数えきれないほど並べられ、上品な料理や美しい花が置かれていた。

天井には目を瞠《みは》るほど大きく豪奢《ごうしゃ》なシャンデリアが輝き、ホール中にいる人々をきらきらとした輝きで照らしている。華やかに着飾った人々がさらに映え、まるで夢の国のような光景だ。

そこに一人で現れた私に、ざわっと人波が揺れた。

王子に捨てられた女がなぜここに、と驚かれたのだろう。

（なにを言われても気にしないわ、エルド殿下を探して、早く挨拶《あいさつ》してしまいましょう）

辺りをざっと見回して、彼がいそうな場所の見当をつける。

そうして足を踏み出した時。少し離れた場所から私に歩み寄る人影があった。

貴族服を着た、夫婦らしき茶髪の壮年の男女だ。

「アリシア嬢……！　ああ、これは失礼。今は侯爵夫人でいらっしゃいましたな。ここでお会いできるとはなにより」

「貴方は……スペンサー侯爵、ですよね。どうもご無沙汰《ぶさた》しております」

一瞬身構えた私だが、父と親しい侯爵だとわかり、ほっと肩の力を抜いて挨拶《あいさつ》する。

四十代半《なか》ばの穏やかな顔立ちの男性で、彼は以前と変わりなく親しげに私を見た。

「うむ。ご健勝そうでなにより。しかし、あのようなことがありながら、こうして夜会に参加されるとは、なんと気丈でいらっしゃることか」

労《いたわ》りに満ちた声の彼に、私は少し心配になって返す。

「ありがとうございます。あの、ただ、お声がけ頂けて嬉しいのですが、私と一緒にいるところを周囲に見られると、侯爵のご評判まで落ちてしまうのでは……」

すると、彼はにっと笑った。

「なーに、ご案じなさいますな。あの婚約破棄の晩こそ我々も驚きましたが、今では貴女に非がないことはわかっておりますゆえ」

目を細めて彼が言うと、その隣にいるスペンサー侯爵夫人が強く同意する。

穏やかな夫と違い、こちらは凛《りん》と背筋の伸びた、厳しい雰囲気の女性だ。

「そうよ。貴女が後ろ暗く感じる必要はないわ。わたくし、そもそも貴女が婚約破棄されたあの晩も夜会にいたのだけれど、殿下はなんと心ないことをなさるのかと思って見ていたのだもの」

「侯爵夫人……」

驚いて目を見開いた私の前で、彼女は納得がいかないとばかりに眉を寄せる。

「恐れながらテオ殿下は、貴女の言葉を少しも聞かず、男爵令嬢の話にばかり耳を傾けていらして……あれは、とても公正な態度ではあられなかったわ。どんな理由があれ、まずは双方の意見に耳を傾けるべきだったのに」

「そんな風に思ってくださったのですね……あの、ありがとうございます」

彼女の言葉に、私は嬉しさと戸惑いを隠せない。

彼らが私を信じてくれているらしいことはありがたかったが、こんな風に王子について赤裸々《せきらら》に話して大丈夫なのだろうか。

すると、彼女は私の不安を察したのか、ふっと微笑んだ。

「あら、ご心配なさらなくても大丈夫よ。今の王宮内には、わたくしたちと同様に思っている者の方が多いのだから」

「えっ、そうなのですか……？」

「ええ。だって、男爵令嬢シェリルが貴女に嫌がらせをされたと言ったのは、ただの彼女の思いこみだったと、今では周知の事実になっているのよ」

「え……」

力強く言いきった彼女に、今度こそ私は固まった。

いつか私が無実だと皆にわかってもらえればと願っていたが、まさかこんなに早く風向きが変わ

ると は、少しも考えていなかったからだ。

妻の言葉にうんうんと頷いた侯爵が、さらに予想外のことを口にする。

「しかし、貴女の御夫君《ごふくん》の働きかけがなければ、私たちもこうも早く真実を知ることにはならなかったでしょうな。いやはや、王宮内を駆け回っていた彼の姿に、何人が度肝を抜かれたことか……」

「え……あの、待ってください！　もしかして私の夫が……カーライル様が、私の無実を明らかにしてくださったのですか？」

信じられない思いで聞いた私に、侯爵夫人があら、と驚いた様子で答えた。

「ご存じなかったの？　そうよ。カーライル様が、貴女が無実であることの証拠集めに奔走《ほんそう》されて……ここ最近は、王宮内でもっぱらの噂《うわさ》よ」

夫人は記憶を引っ張り出すように、うーんと遠くを見て続ける。

「確かあれは……そう、十日ほど前だったかしら。貴女の御夫君《ごふくん》がテオ殿下に呼ばれて王宮にやってこられたの。その時、貴女のことで彼に進言する者たちが多数いたのよ。あんな性悪な女性とは早々に離縁した方がいい、せっかくの君の名に傷がつくと」

そして彼女は、なにを思い出したかふふっと笑う。

「その時の彼といったら……それは見物《みもの》だったわ」

「見物《みもの》？」

「ええ。いつもの穏やかさが嘘のように、氷のごとき眼差しで彼らを見据えて言ったの。『彼女が性悪だなどと、貴方がたは彼女のなにを知ってそう仰《おつしや》るのか。その馬鹿げた疑惑は私が晴らしてみせます』って。そして彼は言葉通り、しばらく王宮に留まって実行したのよね」

「カーライル様が、そんなことを……」

それであの時彼は、テオ王子に呼ばれてから一週間も戻ってこなかったのか……

そういえばハロルドも、そんなことを言っていた。

――カーライル様が、王宮で奮闘していたと。私の濡れ衣を晴らし、王宮の人々に真実を知ってもらうため、彼は密かに尽力してくれていたのだ。

彼はそれを私に一言も伝えず、それどころか、離れていた間の私を案じてばかりいて……

嬉しいような苦しいような、なんと表現すればわからない気持ちに、胸がぎゅっとなる。

侯爵が、その時の様子をさらに教えてくれた。

「彼は手始めに、シェリル嬢が貴女に小屋に閉じこめられたと言った件から明らかにしていったそうだよ。その日時に周辺にいた者たち一人一人に聞きこみをし、現場の小屋にはシェリル嬢しかやってこなかったことを立証してね」

「そう。あとは、貴女がシェリル嬢を池に突き落としたという件も、状況的にあり得ないと明らかにしていたわ。なにしろその日の貴女は、お妃《きさき》教育のためずっと図書室で勉強していたのだからって。これは王宮司書が証言していたわね」

「司書の方が……」

驚いて目を見開く私に、侯爵夫人は同情したような顔で頷いて続ける。

「シェリル様の言い分がおかしいのはわかっていたけれど、もし自分が口を挟めば、テオ殿下に睨まれるのではと思って、怖くて言い出せなかったのですって」

「それだけ、殿下の男爵令嬢への入れこみぶりは明らかだったからね。仕事を失わないためにも、口を噤《つぐ》んでいるしかなかったのだろう。しかし、稀代《きたい》の英雄が味方になると宣言したことで、その司書も安堵して口を開くことができた、と」

「そう……だったのですね」

それは、カーライル様の人徳と能力があればこそだったのだろう。

彼が真摯《しんし》な眼差しで「どうか真実を教えてください。貴方には一切、ご迷惑をおかけしません。もしなにかあれば私がお守りします」などと言えば、きっと皆、躊躇《ためら》わず口を開くはず。

実際に彼は、言葉にしたことはきちんと守る人だ。

そして、その事実を知った今、エルド王子から招待状が来た本当の意味がわかってくる。

私が王宮に行っても問題ない状態になったと、王子の目にも明らかになったからだ。

(どうしよう……。私、今すぐカーライル様に会いたいわ)

ありがとうと伝え、彼にぎゅっと抱きつきたかった。だって彼は、私の名誉を守ろうとしてくれた。私自身さえ諦めて手放した、私のちっぽけな名誉を。

(……私、やっぱり彼のことが好きだわ)

彼の見た目よりなにより、彼の心が好きだ。

いつだって人を思いやり、助けることを少しも躊躇《ためら》わない、その真っ直ぐな心が。

そんな風に、ぎゅっと服の胸元を握りしめて思っていた時。

向こうから新たに私に近づいてくる、ほっそりとした人影があった。

「あら……まさか、アリシア様？」

「え……？」

ふと視線を上げると、そこにいたのは男爵令嬢シェリル。あの夜会の晩以来だ。

彼女は、ふんわりした栗色の髪に濃い桃色のドレスを着ており、今日は後ろに美青年を二人引き連れていた。あれは——そうだ、ゲームで攻略対象だった青年たち。豪胆で勇猛な赤髪の騎士ゼファルと、優美で皮肉屋な茶髪の宮廷楽師オベロンだ。

なぜシェリルは、テオ王子でなく彼らといるのだろう？

シェリルは目にうっすらと涙を浮かべ、疑問の視線を向けた私のもとへ足早に寄ってきた。

「ああ……良かった！　私、ずっとアリシア様に謝りたくて」

「え？」

驚いて目を見開いた私に、目の前まで来た彼女は、涙をこぼして悲しげに語る。

「私、アリシア様が嫌がらせの犯人とお聞きしていたけれど、本当はずっと信じられなかったのです。だって、貴女ほど高貴な方がそんなことするはずないって。でも、テオ殿下はきっとそうだと仰《おっしゃ》るし、私、それ以上なにも言えなくて……」

彼女は、一体なにを言っているのだろう。その言い方ではまるで、王子がすべての元凶のようだ。

実際には、彼女の発言から始まったことのはずなのに——

「シェリル様、あれは、貴女の言葉から始まったことでしょう。貴女が私に池に突き落とされた気がしたとか、小屋に閉じこめられた時に私の声を聞いたと仰《おっしゃ》ったから」

怪訝《けげん》な表情で反論した私に、シェリルはふるふると首を横に振る。

「そんな……誤解ですわ。確かに似たことを言ったかもしれませんけれど、それは周囲の方々が、私にそう教えてくださったからで。でも……そうですね。鵜呑《うの》みにしてしまった私がいけなかったのかもしれません……」

しゅんと肩を落とす彼女に、私は、はっきりと思ったことを告げた。

「申し訳ないけれど、今さらそう言われても貴女の言葉は信じられないわ。だって貴女は、私に嫌がらせされていると、自分の意思で殿下に何度も相談していたはずよね。だからこそ彼もそれを信用して、あの日私に婚約破棄を言い渡したのだから」

「アリシア様、そんな風に仰《おっしゃ》らなくても……。やっぱり、私に怒っておいでなのですね……」

さらに目を潤ませたシェリルを庇《かば》う形で、ゼファル様が一歩進み出た。短い赤髪に凛々《りり》しい容貌の彼は、体調があまり良くないのか、どこか顔色が悪かった。

「アリシア嬢。いいか、シェリルは周囲の者たちの愚かな発言によって惑わされていただけだ」

「惑わされていた……？」

「そうだ。彼女の立場で嫌がらせをされたら……っ……貴女を疑うしかないだろう。シェリルが殿下と親しくして、一番不快に思う人間は、どう考えても貴女なんだ。だから……」

「その通りです。ゼファルもこう言っていますが……これは……っ……悪意ある者たちが勝手にしでかしたこと。シェリルはそのか弱さゆえ、不憫《ふびん》にも陥《おとしい》れられただけで……」

続けて言ったオベロンも、苦痛を堪《こら》えているみたいに脂汗を滲《にじ》ませている。

まるで、無理やり言葉を口にしているような——

だが、そんな二人を不思議に思った様子もなく、シェリルは涙を拭《ぬぐ》いながら嬉しげに言う。

「お二人共、私を庇《かば》ってくださるなんて……！　なんとお優しいのでしょう」

そんな三人が連れ立っている様《さま》は、なんとも奇妙な光景だった。

あの日、テオ王子に庇《かば》われて泣いていたシェリルが、今は王子のせいで自分が被害者になったと言い、さらには別の美青年二人を当たり前とばかりに連れている。

あの婚約破棄の後、彼女が新たにテオ王子の婚約者になったことを人づてに聞いたが、それは嘘だったのではと思ってしまう振る舞いだ。

(それに、シェリルってこんな性格だったかしら？　もう少し儚《はかな》げだった気が……)

疑問を感じている私よりも、スペンサー侯爵夫人の方が、彼らの言い分に耐えられなくなったらしい。彼女は冷たい眼差しでシェリルたちを見据え、私を彼らから引き離そうとする。

「アリシア様。こんな方々のお相手をする必要はないわ。聞いていれば、先程から白々《しらじら》しいことばかり仰《おっしゃ》って。誰のせいで、アリシア様が婚約破棄されて王宮を追い出されたとお思いなのかしら」

しかし、シェリルはなおも食い下がってくる。

「待ってください……！　本当に私、アリシア様に謝りたいんです。私の勘違いで、とてもひどいことをしてしまったから」

「シェリル様……お気持ちはありがたく思います。ですが、私に貴女と話したいことはありません。それに、エルド殿下にご用事もありますので」

実際、彼女とこれ以上話したいことはなにもなかった。

カーライル様のお陰で私の濡れ衣が晴れた現在、今さら彼女に謝罪されてもなんの意味もないし、その必要もないのだ。なのに彼女がこうも食い下がるのは、私と和解したことを周囲に見せつけたいだけのように思えた。

(悪いけれど、もう彼女に利用されるのはまっぴらだわ)

だがシェリルは、なおも猫撫で声で縋《すが》る。

「アリシア様、ねえ、どうかそんなことを仰《おっしゃ》らず……」

「そうね。——では、もし貴女が私に本当に申し訳ないと思ってくださっているなら、私ではなく周囲の皆様に、そのお気持ちを伝えてくださらないかしら。……それでは、失礼します」

そうお辞儀して告げると、シェリルは涙ながらに訴えた。

「そんな……こんなに申し訳ないと感じているのに。ひどいわ……！　謝罪さえ受け入れてくださらないなんて」

そして彼女は、周囲に響くような大声で嘆き始める。

「きっと、男爵令嬢風情《ふぜい》が自分に話しかけるなんて、おこがましいと思っていらっしゃるのね。確かに私の身分は低いかもしれないけれど、こんなに深く反省しているのに……！」

「シェリル……なんといたわしい」

「おい、アリシア嬢！　さすがにその態度はないのではないか」

シェリルを庇《かば》いつつ、オベロンとゼファルが私をぎっと睨んでくる。

私の中で、前世では結構好きなキャラだった二人の好感度が、がくんと下がった。か弱い彼女を妄信して私を責める男性は、もはやかなりの地雷だ。

どうしたものかと、小さく息を吐く。

（このままだと無駄に問題を大きくしてしまいそうだし……仕方ないわね。気乗りはしないけれど、シェリルの話を聞くだけは聞いておきましょう）

エルド王子に会う前に、こんなことで問題を起こしたくなかった。

だって今日の私は、カーライル様の妻として恥ずかしくない行動をするために来たのだから。

こくりと頷いて私は言った。

「……わかったわ。少しでよろしければお話しします。ただ、同席頂くと話が変にこじれてしまいそうだから、ゼファル様とオベロン様にはお引き取り頂いてよろしいかしら」

「まあ……！　アリシア様、ありがとうございます。ええ、もちろんですわ」

すると、シェリルは涙を拭《ぬぐ》い、ようやくにこっと微笑んだのだった。


ここなら人気《ひとけ》がなくて話しやすいからと、シェリルが私を連れていったのは、王宮の中庭にある噴水の側だった。

美しく整えられた緑の中に、石畳の道や小さな滝などが点在し、日中は貴族たちの散歩道になっている風流な場所だ。舞踏会後は、散策や愛の語らいをする人々が多く見受けられる庭だが、舞踏会中である今は、とてもひっそりとしている。

燭台《しょくだい》の灯りが薄闇を照らす中、前を歩くシェリルが言った。

「ああ……涼《すず》しくて気持ちいい風。アリシア様もそう思われません？」

「そうね。貴女と顔を合わせなければ、きっとより清々《すがすが》しかったでしょうけれど」

「まあ、そんなつれないことを仰《おっしゃ》らないで。せっかくこうしてまたお会いできましたのに」

シェリルは、困ったような悲しいような顔をする。

彼女がなぜ今さら私と話をしようと思ったのかはわからないが、たとえ彼女がなにを話そうとも、私の答えは変わらない。足を止め、彼女を見据えて告げた。

「シェリル様。先程もお伝えしたように、もし貴女が私に申し訳ないと思ってくださっているなら、そのお気持ちを受け入れるかは別として、ありがたくは思います。けれど、起きてしまった事実はもう変えられません」

「アリシア様……」

「テオ殿下の婚約者でなくなった今、私はカーライル様の妻となり、ここから離れた領地で暮らしています。もはや貴女と関わることはありませんので、どうかもう私には近づいてこないでください。貴女だって、私と対面しても良い気持ちにはならないでしょう」

するとシェリルはふるふると首を横に振った。

「でも……そういうわけにはいかないんです。だって貴女と関わらないと、物語を本来の道筋に戻せないから」

「……本来の道筋？　なんのこと？」

怪訝《けげん》に思って尋ねた私に、シェリルは答えず、ふわりとした足取りで噴水の方へ歩いていく。

石畳の上を、まるで雲の上を歩くみたいに、一歩一歩。

やがて噴水の手前で止まった彼女は、くるりと振り返って微笑んだ。

「ねえ、アリシア様。私、貴女にお会いできて本当に嬉しいんです。――だって、こうして貴女に相応《ふさわ》しい結末をあげられるんだもの」

「相応《ふさわ》しい結末って……」

問いかけようとして、途中で言葉を失う。

なぜなら、シェリルの後ろにある円形の噴水から、水が意思ある存在のように空中へ蠢《うごめ》き出していたからだ。

「え……」

見る見るうちに宙に浮いた大量の水は、恐ろしい魔物の姿を作り上げていく。蛇のようで竜のようでもある、禍々《まがまが》しい長い胴体を持つ魔物の姿へと――これは、魔法だ。

私は驚きと恐怖で、目を見開いて凍りつく。

(なにこれ。こんなのゲームでも見たことがないわ。ここまで大きな魔物を魔法で作り出すなんて、それこそパラメータを魔力に全振りでもしないと……)

そこで私は、はっと思い出す。前世でしたゲームのことを。

ゲームでは、主人公シェリルの能力を、攻略対象に合わせて成長させることができた。騎士キャラルートを目指す時は、彼に好感を持ってもらうため体力を上げ、文官キャラなら知力を、魔法に関係するキャラなら魔力を、という風に。

つまり目の前のシェリルは、魔力を驚くほど成長させた結果、こうなったのだろう。

まるで、魔力の強いキャラを攻略せんとしたかのように――

シェリルはふわりと微笑んで言う。

「アリシア様。本来なら貴女は、テオ殿下に婚約破棄され、そのまま国外追放されて亡くなるはずだったんですよ」

「それを知っているということは、シェリル、貴女まさか……」

彼女もまた、前世の記憶を持つ転生者なのだ。

その事実に驚く私に、彼女は歌うみたいに続ける。

「なのに、貴女が物語と違う行動ばかり取るから、私の予定は狂いっぱなし。殿下の婚約者にはなれたけれど、他の殿方たちはむしろ私を避けるようになって。だからゼファル様もオベロン様も魔法で無理やり言うことを聞かせないと、ついてきてくれなくて……本当に忌々《いまいま》しい」

「貴女、そんなことをしていたの……？」

だからさっき、ゼファルもオベロンもあんなに苦しげだったのか。

あれはシェリルに魔法で操られ、自分の意思でない言葉を無理やり言わされていたのだ。

考えてみれば、彼ら二人は攻略対象の中でも魔力がかなり低い。恐らく、魔力の高い攻略対象――たとえばハロルドなどは操れなかったのだろう。

ハロルドが、最近よく彼女に話しかけられると訝《いぶか》しんでいた様子を思い出す。

愛らしい顔を歪《ゆが》めたシェリルは、吐き捨てるみたいに言う。

「でも、なにより忌々《いまいま》しいのは、貴女がまんまとカーライル様と結婚したこと。彼の正体について、最初に気づけなかったことが悔しくてならないの」

「悔しい……？」

「ええ。だって本当ならあの方は、私の恋人になるはずだったのに。そして、騎士になどなるわけがない方だったのに……！」

「シェリル、待って。一体なにを言っているの……？」

だって彼は攻略対象ではなく、ただのモブキャラだ。

なのに彼女の口ぶりは、攻略対象の一人を私が奪ったかのよう。

困惑する私に答えず、シェリルは自分の背後にいる魔物を手で操りながら言った。

「アリシア様がまだ気づいてないなら、わざわざ教えるつもりなんてないわ。さあ……魔物よ、アリシア様を呑みこんで頂戴！　できるだけ苦しむようにね」

その言葉をかけられた瞬間、水の魔物は辺りに響く低い唸《うな》り声を上げ、私に向かってくる。

「いやっ……！」

とっさに避けて水しぶきを浴びる程度で済んだが、魔物が噛みついた石畳は見るも無残にへこんでいた。水でできているけれど、相当の力なのだろう。

（こんなのに襲いかかられたら、命がないわ……！）

ぞっとした私は、すぐにその場から逃げつつ頭を働かせる。

シェリルの魔力は水だ。だったら、なにか相手が嫌がるものを――そうだ、火に近いものでも投げれば、ダメージを与えられるんじゃないだろうか。

そう思って走りながら周囲を見回すが、そんなものは見つけられなかった。

中庭内にある火と言えば、遠くに見える背の高い燭台《しょくだい》くらいで、たとえ側まで行っても高さがありすぎて、火の部分に手が届かない。

（どうしよう……どうしたらいいの。せめて、誰か助けを呼んで……）

「お願い、誰か……!!」

しかし声を上げたところで、後ろから歩いてくるシェリルがくすりと笑う。

「無駄よ、アリシア様。周囲に魔法で霧《きり》を発生させたから、誰も私たちには気づかないわ」

「え……？」

驚いて周囲に視線を向けると、確かに辺りは白く深い霧《きり》に包まれていた。

恐らく、水を水蒸気へと変えたのだろう。

呆然とする私に、シェリルはおっとりと告げる。

「だからね、アリシア様。貴女は哀れにも、『足を滑らせてそこの噴水で溺死』するの。そうして貴女が退場すれば、きっと私の物語も正しい方向に修正されて――すべて元通り、よね」

そう愛らしく言ったシェリルは、指で示し、水の魔物を再び私へ向かわせようとする。

雄叫《おたけ》びと共に、蛇のような魔物が蠢《うごめ》き、見る見る近づいてくる。

（そんな……私、ここで死んでしまうの？）

けれど、諦めたくなかった。たとえ無駄だとしても最後まであがきたい。

（だって私は、カーライル様にちゃんと本当のことを伝えていないもの。だから、こんなところで死ぬなんて絶対、絶対に嫌……！）

そう思い、水に濡れた手で胸元の服を握った時だった。

握った部分が一瞬、内側からぱぁっと輝いたかと思うと、中から赤い鳥が飛び出てくる。

それは先日、カーライル様の魔道具部屋で見つけた、鳥の人形だったもの。

赤と緑の羽を持つ神秘的な鳥に変化したそれは、翼を広げて宙を羽ばたいていた。

もしかしたら、シェリルの魔力を帯びた水に濡れた手で、それに触ったせいかもしれない。

彼女が怪訝《けげん》そうに眉根を寄せる。

「なによ、そんなちゃちな鳥でなにが……きゃあっ!!」

言いかけたシェリルが悲鳴を上げた。

なぜなら、赤い鳥が一直線に魔物へ向かい、嘴《くちばし》でその胴体を突き刺したからだ。その拍子に魔物の身体の一部が水に戻り、傍にいたシェリルにばしゃっと降りかかったのだ。

ぐあああああ、と水の魔物から叫びがこだまする。

健闘した鳥だったが、元々の体格がはるかに違うため、さすがに魔物を倒すことはできなかったらしい。やがて怒りの声を上げた魔物に巻きつかれて締め上げられると、魔力が切れたのか、ぼんっと音を立てて人形に戻ってしまった。

「あっ……」

私は慌てて駆け寄り、鳥の人形を拾い上げる。

そういえば、この鳥は火と風の魔力によって作られていると、ハロルドから聞いた覚えがあった。だから、水の魔物にダメージを与えることができたのだろう。

そして、魔力が強い人間が作ったものには作り手の心が宿るのだとも聞いた。だからこの鳥も、こうして私を助けてくれたのかもしれない。だって、この鳥にはカーライル様の心が宿っているはずだから。そう考えると、胸に勇気が湧いてくる。

「……カーライル様に助けられた命、みすみす失いたくなんてないわ」

私は鳥の人形をぎゅっと胸に抱き締めて呟くと、シェリルをぐっと見据えた。

シェリルが苛々した様子で濡れた髪を掻き上げる。

「ねえ……アリシア様。無駄な悪あがき、いい加減やめてくださらない？　せっかくの髪が濡れて、私、凄く嫌な気分になっちゃった。……ほんと、貴女って腹が立つ」

そして彼女は、気だるげに続けた。

「邪魔なの、貴女の存在そのものが。――いい加減、さっさと消えて頂戴！」

彼女は私を指差し、また水の魔物をこちらへ向かわせる。

「……っ……！」

なんとかドレスの裾を持って機敏に避け、数度攻撃をかわすことはできたが、魔物の素早い動きに、とうとう捕まってしまった。

「あ……」

恐ろしい顔が目の前に来たと思った次の瞬間、大きな水の塊《かたまり》に顔を包まれ、息ができなくなる。

（息、できない……くるしい）

必死にもがいても水は私を逃《のが》さず、それどころか徐々に全身を包んでいく。

次第に意識が混濁していく中、頭に浮かんだのは、カーライル様の姿だった。

ああ、とうとう本当のことを……彼に好きだと伝えられなかった。そうぼんやりと思う。

（馬鹿だわ、私……あんなに傍にいたのに、大事なことをなにも伝えないままで）

力を失っていく私の手から、鳥の人形がぽとりと落ちる。

それを見ながら、私は薄らいでいく意識の中で願った。

（ねえ、もし貴方がカーライル様の心をわずかにでも持っているなら、どうかあの人に伝えて。貴方のことをお慕《した》いしていました、って）

それが、なんとか考えることができた最後の想いだった。

さらに意識が白く混濁していき、もうなにも考えられなくなる。

そして私の息が止まろうとした瞬間。庭の繁みから風のような速さで飛び出し、水の魔物に噛みついた影があった。

――それはなんと、ブランだった。

（え……？）

ただの犬であるブランが、水の魔物に歯が立つはずがない。だが、視線の先の彼はしっかりと魔物に噛みついていた。ぐおおおと唸《うな》り、身を捩《よじ》った水の魔物は痛みに耐えられなかった様子で、体内に取りこんでいた私をぼとっと手放す。

急に空中から地面へ投げ出され、さらに息ができるようになり、私はげほげほと噎《む》せながら呼吸を整えた。

「ブラン……もしかして、助けにきてくれたの……？」

ほっとしたものの、信じられない。いくらなんでも、彼が王宮まで追いかけてきたというのは、さすがに信じがたいことだった。

だが、それ以上に驚くべき事態が目の前で起こっていく。

なんとブランの姿が淡い光に包まれ、見る見るうちに人の姿へ変化していったのだ。

「え……」

私は言葉を失って、その神秘的な光景に見入る。

蜂蜜色《はちみついろ》の毛並みは、次第に柔らかな金髪へ変わっていく。ふさふさとしていた手足は、騎士服に包まれたすらりとした長い手足へと。

やがてブランがいたはずの場所には、騎士服姿の麗《うるわ》しい容貌の青年が立っていた。

――それは見紛《みまご》うはずもない、カーライル様の姿。

シェリルと魔物を見据えた彼は、涼《すず》しげな美貌に静かな怒りを湛《たた》えて口を開く。

「シェリル嬢。――これ以上、私の大切な妻を傷つけないで頂きたい」

押し殺した声で言った彼は、腰に佩《は》いた剣を抜くや、魔物に斬りかかっていく。

（凄い……こんなに強いなんて）

美しくも力強い彼の剣技に、私は目を奪われていた。

襲いかかる魔物に一切怯《ひる》むことなく、胴体を斬り牙を斬り落とし、確実に威力を削っていく。

もしかしたら、彼の剣には魔力がこめられているのかもしれない。

魔物は彼の振るう剣に歯が立たない様子で、ぐうっと呻《うめ》き声を上げていた。

水の魔物は徐々に弱り、身体が小さくなっていき――

ぐおおおおおと最後に苦悶《くもん》の声を上げたかと思うと、ばしゃん、と水風船が割れたような音が聞こえ、大量の水となって地面を濡らした。

そして残されたのは、石畳や噴水が壊れた、荒れはてた中庭だけ。

（やった、本当に倒したんだわ……！）

びしょ濡れの姿のまま、信じられない思いで、私はほっと息を吐く。

シェリルもまた眼前の光景が信じられない様子で、呆然と立っていた。だが、目の前にいるのが本物のカーライル様だと気づいたのか、彼女は慌てて口を開く。

「カ、カーライル様……あの、これは誤解ですわ！　気づいたらあの魔物が私たちに襲いかかってきたんです。それで、アリシア様が襲われてしまって」

そんな彼女に、剣を腰に収めたカーライル様は氷のごとく冷たい視線を向けた。

「おかしなことを仰《おっしゃ》いますね。あの魔物は、明らかに貴女の意思で動いていたようですが。――それに魔力を持つ私には、魔物が誰の魔力から作られたものなのか、相対すればわかります。あれには、確実に貴女の魔力が注がれていた」

「そ、それは……違うんです。きっと、誰かが私を陥《おとしい》れようとして……」

「なにが違うというのでしょう。貴女は魔法で邪悪な魔物を操り、私の妻を亡き者としようとした。そして、貴女は以前も、彼女を愚かな虚言で貶《おとし》めようとした。誰が知らなくとも、貴女自身の心がそれをわかっているはずです」

冷静に告げられ、シェリルはぐっと言葉に詰まる。そして開き直ったらしい彼女は、今度は気持ちを奮《ふる》い立たせ、彼へ想いを告げようとする。

「それは……。で、でも、これはすべて、貴方とお近づきになりたかったからですわ！　魔力を伸ばし続けたのもそのためで。だって貴方は、本当なら偉大なる魔術師として王宮に君臨し……」

しかし、カーライル様の強い眼差しに制され、その台詞《せりふ》は途中で尻すぼみになる。

「――今のお言葉は、私以外の方にも胸を張って言えますか？」

尋ねられ、今こそアピールすべき時と思ったのか、シェリルが頬を紅潮させて身を乗り出す。

「え？　も、もちろんですわ！　だって私、本当にカーライル様のことをお慕《した》いしていますもの」

「では、貴女の後ろにおられる方々に、きちんと伝えてください。私よりなにより、貴女の正式な婚約者であらせられる方に」

「え……」

驚いてシェリルが振り向いたそこには、なんといくつもの目があった。

今の会話を聞いていたのか、呆然と立ちすくむテオ王子と、やれやれと肩を竦《すく》めるエルド王子、そして彼らの後ろにずらりと並ぶ近衛兵たちの姿。さっきまでは霧《きり》に隠れていて見えなかったが、彼らは恐らくカーライル様のすぐ後にここに着いていたのだろう。

それに気づき、シェリルは無意識の様子で後ずさる。

「あ……」

なにしろ彼女は今、私を亡き者にしようとしたことを認め、さらには第二王子の婚約者でありながら、既婚者であるカーライル様に横恋慕したことまで、はっきり言ってしまったのだ。

シェリルは目に見えて狼狽《ろうばい》し、今度はテオ王子たちに向けて縋《すが》るみたいに言う。

「ち、違うの……違うんです！　だってこれは、全部アリシア様が悪いんです。テオ殿下に婚約破棄された時、素直に死んでくださらなかったから、だから私は……」

「お前、その時からアリシアを殺そうとしていたのか……？」

愕然《がくぜん》として呟いたテオ王子に、自分の失言に気づいたシェリルは唇を震わせた。

彼女は瞳を揺らし、なおもうわ言のように言う。

「私、私は……主人公なんです。だから、なんだって私の望む通りになるはずだったの。だって、それが正しい物語の流れだから。だから、おかしいのは今で、本当はこうなるはずじゃなくて……」

そして彼女は、私にぎっと恨みがましい目を向けてくる。

「貴女が……貴女がおかしなことをするから!!」

逆恨みも甚《はなは》だしい台詞《せりふ》に、さすがに呆れたのかエルド王子が肩を竦《すく》めた。

「やれやれ……その子に納得のいく説明を求めても、どうやら無駄らしいね」

「兄上……」

青褪《あおざ》めたテオ王子にちらりと冷めた目を向け、エルド王子は続ける。

「シェリルと言ったかな。君の弁だと、君の嫌う女は皆息絶えて、君の好いた男はすべて君の恋の奴隷《どれい》にならねばいけなくなる。そんな不条理な世界、少し考えればあり得ないとわかるだろうに」

長い黒髪をゆったりと結んだ優美な彼は、ひやりとする声で告げた。

「君がどんな夢を見てそう思ったか知らないが、僕らが生きるこの国では人を殺そうとすれば罪に問われるし、婚約者のいる女性が他の男性に言い寄れば、当然、姦淫《かんいん》の罪に問われる。相手が既婚者だとすれば、なおさらだ」

「そんな……」

震えるシェリルに、エルド王子はいっそ優しげに言い渡した。

「君は夢の世界でなく、この国で生きていることをきちんと牢の中で思い知ることだ。――近衛兵、彼女を連れていけ」

「や……やだ、放して!!」

暴れるシェリルを見て、私はとっさにエルド王子に声をかける。

「エルド殿下。あの、できれば彼女を連れていくのを少しだけお待ち頂けないでしょうか？」

「アリシア嬢……ああ、構わないが」

「ありがとうございます」

目を瞠《みは》った彼に一礼すると、私はシェリルに歩み寄った。そしてそっと語りかける。

「シェリル」

「……なによ」

「私、貴女の気持ちが今なら少しわかるわ。きっと貴女は、好きになった人に自分だけを見て欲しかったのよね。他の女性には目を向けず、ただ自分だけを」

「アリシア様……」

目を見開いた彼女は、きっと私を睨んで言った。

「そうよ……だから、貴女がいなくなってくれたら良かったのよ！　そうしたら、全部、全部上手くいったはずなのに……！」

そんな彼女を見据えたまま、私はなおも語りかける。

「でも、そうして彼の親しい人を排除して、彼の目に入る人間を自分だけにして。それで、貴女の好きなその人は本当に幸せだと言えるのかしら？」

「なんですって……？」

「その人が好きだからこそ……大切で堪《たま》らないこそ、身を引くという選択肢もあると思うわ。それは、殿下に婚約破棄されてカーライル様と結婚したことで、私がようやく知った思いでもあるの」

そう――カーライル様と結婚し、彼と過ごす中で知っていったこと。

彼の隣にいるべき女性は私ではないと理解し、切なくて苦しくて。でも……それでもいいと、いつしか思えるようになった。彼が本当に愛する人と幸せになれるなら、もう十分だと。

それくらい、いつの間にか彼が大切になっていたのだ。

だから私は、今こうしてシェリルにも、静かな気持ちで思いを語れているのだろう。

彼女は顔を歪《ゆが》めて吐き捨てた。

「なに言ってるの？　……馬鹿馬鹿しい！　わかるはずないわ。なんでせっかくの美形をむざむざ他の女に譲らなきゃなんないのよ。そんなの、ただの負け犬の遠吠えでしょ！」

「そう、貴女にはわからない。そこに、私と貴女が歩んできた道の違いがあるのだと思うわ。――それから、テオ殿下」

くるりと振り向いた私に、テオ王子が驚いた様子で身を震わせる。

精悍《せいかん》な容貌の彼は、今は青褪《あおざ》めた顔で呆然と立っていた。

「な、なんだ……？」

「あの日――いえ、婚約者だった間、ずっと貴方に言えなかったことを、少しだけお伝えさせて頂いてよろしいでしょうか？」

「か、構わないが……」

「貴方はあの夜会の晩、シェリルを信じて私を切り捨てました」

「それは……」

なにも言えずぐっと言葉に詰まった彼に、私は静かに首を横に振る。

「謝ってほしいわけではありません。謝罪して頂いても、終わってしまったことはもう変わりませんから。ただ、ご自分のなさったことをきちんと受け止めて頂きたかったのです」

「アリシア……」

「それに、私は貴方と結婚したいと思ったことは一度もありません。幼い日、貴方の婚約者になった時から今まで、ただの一度もないのです。それは貴方自身、ご自分の行動を思い返せば、理由はおわかりではないでしょうか?」

「う……」

思い当たる部分があったのか、ショックを受けたように固まる彼に、私はさらに続けた。

「今後、貴方と私の道は決して重なり合いませんが……ただ私は、殿下にもう二度と道を誤って頂きたくないと思いました」

「道を、誤る……?」

「ええ。あの日私を切り捨てたのと同様に、シェリルのこともどうか切り捨てて終わりにはしないでほしいのです。これは彼女のしたことであり、貴方のしたことでもあるのですから」

「俺の、したこと……」

掠《かす》れた声で呟いた彼の目を真っ直ぐに見つめて、私は告げる。

「どうかこれ以上、貴方のことを見損なわせないでください。貴方は、民《たみ》を守る王族のはず。民《たみ》を導く立場にある方でしょう? ——ならば、きちんと導いてください。まずは、目の前にいるシェリルのことから」

シェリルを視線で示すと、王子の目は戸惑うように揺れた。

「アリシア……お、俺は……」

「さて――そろそろ話は終わったかな。彼女を連れていくよ」

私たちのやりとりを静観していたエルド王子だったが、そこで静かな声で宣言する。

そろそろ人が集まって来る頃と判断したのだろう。

王子の命令によって近衛兵たちがシェリルの腕をがしっと掴み直すと、彼女はまた暴れ出す。

「やだ、放して!! 私、主人公なのに……ただのモブが気安く触らないで! 貴方たち、そういうことをしていい立場じゃないでしょう!?」

「シェリル……」

初めの頃の可憐《かれん》さをかなぐり捨てたシェリル。

彼女の本当の姿を見たテオ王子は、一瞬、泣きそうに顔を歪《ゆが》めて視線を逸らそうとし――だが、途中で思い留まるみたいに、ぐっと拳を握って顔を上げた。

その間、彼は一体、なにを考えたのか。

やがて兄に向き直った彼は、絞り出すような声で口にする。

「――兄上、どうか俺にも裁きを」

「テオ?」

「彼女は……シェリルは、俺の婚約者です。彼女のしたことは、俺に責がある」

そんな彼に虚をつかれた様子で眉を上げ、エルド王子は小さく笑った。

「驚いたな。……どうしようもない愚弟とばかり思っていたが、僕の弟にも、まだ多少は見こみがあったらしい」

そして彼は首を巡らせて、こちらに視線を向ける。

「いや……カーライル。これは君の細君《さいくん》のお陰かな」

「エルド殿下……」

目を見開く私とカーライル様に、エルド王子はふっと穏やかに目を細めた。

「今宵《こよい》は来てくれてありがとう、アリシア。できれば君とゆっくり語りたかったが、どうやらその必要はもうなさそうだ」

「え……？」

「だって――話さなくとも、君たちが互いに良い伴侶を得たのは、もうよくわかったからね」

彼は俯《うつむ》くテオ王子の肩をぽんと叩いて促《うなが》すと、兵たちを連れて去っていく。

暴れ続けるシェリルと、そんな彼女から決して目を離すまいとするテオ王子の真剣な眼差しが、しばらく胸から離れなかった。


王子たちは去り、夜の灯りのともる庭園には、カーライル様と私の二人きり。辺りにはさっきまでとは違う、静謐《せいひつ》で穏やかな空気が漂《ただよ》っていた。

ほっとしたような、それでいてまだ胸がどきどきと落ち着かないような心地の中、なにから話せばいいか迷いながら、私はまずお礼を口にする。

「カーライル様。先程は助けてくださってありがとうございました。それで、あの、さっき見たブランは……」

「いえ、それについては、どうか私の口から言わせてください。……ずっと、貴女に大切なことを隠していて申し訳ありませんでした」

潔《いさぎよ》く頭を下げた彼は、顔を上げると真摯《しんし》な口調で言う。

「先程の様子を見てもうおわかりでしょうが――私は初めて貴女と出会った時、獣《けもの》の姿をしていました。そしてその際、貴女にブランと名づけて頂いたのです」

「やっぱり……あの姿は、夢ではなかったのですね」

ほうっと息を吐く。意識が混濁していた時に見たことだったから、もしや夢かとも思ったが、本当に彼はブランだったらしい。

ということは……今まで散々ブランを抱き締めたり、彼に頬を舐められたりしたが、あれは実際にはカーライル様としていたわけで。気づいた私の頬が、じわじわと熱くなっていく。

さらに言えば、ブランに伸《の》しかかられたことだってあるのだ。

犬だと思っていたから気にしていなかったが、あれがカーライル様だと思うと、無性に気恥ずかしいというか、彼と目を合わせられなくなる。

熟《う》れた林檎《りんご》のような頬で俯《うつむ》いた私に、彼も恥ずかしそうに視線を逸らして口にする。

「すみませんでした……ずっと、なにも知らない貴女にみだりに触れてしまって」

「い、いえ。あの、嫌ではなかったですし、私の方こそ、ブランだった時のカーライル様に慣れなれしく触れてしまって……」

慌てて返すと、彼はそっと首を横に振った。

「いえ、あれは私が求めたせいですから。貴女に撫でてほしくて仕方なかった。犬……というか、実を言えばあれは狼なのですが、あの姿になると、どうしても私は野生の本能に引っ張られるのです。それで思いのまま、普段の私なら取らないような行動を取ってしまう」

つまり、いつもは抑えている気持ちが、犬――ではなく、狼の姿になると表に出てしまうということらしい。

(前にポーラが言っていたのって、このことだったのね……)

彼女の言っていた色々な意味がわかって、余計に頬が熱くなっていく。

私は恥ずかしさから意識を逸らそうと、質問する。

「あの、そもそもカーライル様は、なぜブランに……いえ、狼の姿に変化されたのですか?」

それが一番の謎だった。

「それは……話すと少々長くなるのですが、私は代々魔術師を輩出《はいしゅつ》する家系に生まれ、幼い頃は魔法の教育を受けていたのです。いずれは偉大な魔術師になるようにと」

「魔法の教育を……」

「ええ。例えば、こうして風を操るような魔法を」

彼はそう言い、びしょ濡れなままの私に右掌を向けて呪文を唱えた。すると、あたたかな風がふわっと通り過ぎたと思った次の瞬間には、私の全身が完全に乾いていた。

驚いて自分の身体を見下ろす私に、彼は続く言葉を紡《つむ》ぐ。

「そして、十二歳の時。初めて変化の魔法に成功し、私は嬉しくなって無邪気に狼の姿で駆け出していました。獣《けもの》の姿で風を切ることが楽しくて――その時、貴女の屋敷に紛れこんだのです」

「あれは、初めて変化の魔法に成功した日のことだったのですね……」

戸惑った様子で、中庭をきょろきょろと見回していたブラン。

幼き日の彼は、慣れない姿で本当に困惑していたのだろう。

「ええ。貴女の屋敷に入り、きっとすぐに追い出されると思っていた。けれど使用人たちが悲鳴を上げる中、貴女だけは私を抱き締めてくださったのです。『貴方、可愛いわね。ブランって呼んでいい？』……そう無邪気に微笑んで」

遠くを見て懐かしげに言った彼は、さらに続ける。

「最初は、物珍しさからでした。狼を怖がりもせず無邪気に喜ぶような女性は、私の傍にはいなかったものですから」

「ええと、それは、ずっと犬だと思っていて……」

まさか蜂蜜色《はちみついろ》の狼がいるなんて思わなかったし、それに凄く人懐っこかったため、狼だとは思わなかったのだ。

恥ずかしそうに言った私に、カーライル様がくすりと微笑んだ。

「――ええ。それも今はわかっています。ただその時の私は貴女のことが不思議で気になり、度々《たびたび》、狼に変化しては屋敷へ通うようになりました」

そして彼は、想いをこめて口にする。

「貴女はいつも人を思いやり、使用人たちに慕《した》われていて……その素直で伸び伸びとした笑顔を幾度も見るうち、私は貴女に淡い想いを抱くようになっていました」

「カーライル様。あの、それって……」

つまり、彼の想い人は本当に私だったらしい。驚きと共に、じわじわと喜びが湧いてくる。

(じゃあ、私、このまま彼の傍にいてもいいの……?)

信じられないような心地で瞳を揺らがせる私に、彼はなおも続けた。

「そうして通い続け、私はやがて貴女から不思議な話を聞くことになりました。それは、貴女が近い将来、第二王子の婚約者に選ばれるが、後に婚約破棄され、残酷な運命を辿るというものでした」

「あ……! そういえば」

そうだ、私は他の誰でもない、ブランにだけその話をしたのだ。

『私は将来、第二王子殿下の婚約者になって、断罪されることが決まっているの。嘘だと思うでしょう? でも、本当なのよ』と。

「貴女が寂しげに、どこか諦めたように言うのを聞き……私はその意味を考えるようになりました。どうやら貴女は、自分の運命がなぜかわかるらしい。それも、王子の婚約者になることと、やがて王宮の広間で断罪されることは決定事項なのだと」

「なにをおかしなことを言っているのだと、不思議に感じられたことでしょう。私だって、自分で言っておきながらそう思いますもの」

恥ずかしくなって目を伏せた私に、彼は静かに頷く。

「ええ。初めは到底信じられる話ではありませんでした。ですが、実際に数年後、貴女が第二王子の婚約者に選ばれたことで、その言葉は真実味を帯びました。そして私は、どうしたら貴女を助けられるだろうと、いつしかそればかりを考えるようになっていたのです」

「そんなことを……？」

「それには、断罪される場――王宮の広間にいられる立場にならねばならないと思いました。王族以外でその場にいられるとすれば、それは護衛騎士ぐらい。それも、筆頭騎士でなければ許されないだろう。そう考え、騎士の道を志すことを決めました」

「カーライル様……」

私は驚き、すべての謎が解けた思いで彼の名を口にする。

彼はその思いのまま騎士の道を真っ直ぐに進み、十年の時を経《へ》て見事筆頭騎士となり、あの婚約破棄の場にいたのだ。

断罪され、どんな目に遭うかもわからない私に、すぐ手を差し伸べるために。

(それで、ああも迷いなく求婚してくださったのね。強大な魔力を持ち、魔法の道を極めればどこまでも高みに――それこそ大魔術師にだってなれたはずなのに。こうして騎士の道を歩んで)

……ん？　大魔術師？

そこでなにかが引っかかり、私は首を捻《ひね》る。

そういえば、さっきシェリルも気になることを口にしていた。

彼女は、カーライル様が自分の恋人になるはずだったと主張していた。けれど、私のせいで物語が狂ったのだと。彼女は、確かこう言っていなかっただろうか？

『カーライル様に近づくために、魔力を伸ばした。だって本当ならカーライル様は、偉大なる魔術師として王宮に君臨するはずだったのだから』と。

そこで、はっと気づく。

「あっ、そうか……！　そういうことなのね」

つまりカーライル様は、本当なら攻略対象としてシェリルの前に現れる人だったのだ。

それも、隠しキャラである大魔術師として。

そう……私が前世でゲームをしていた時、攻略難度が高すぎて出会えもしなかったキャラが一人だけいた。それは、大魔術師ライルと呼ばれる青年。

幼少時から強い魔力を持っていた彼は、年経《へ》るごとにさらに才能を開花させ、圧倒的な力で王宮魔術師たちのトップに君臨するようになった。

火水風土に加え、光と闇の魔法まで操る稀代《きたい》の天才魔術師。

願えばなんでも魔法で叶えられるほどの力を持っていた彼は、それゆえにいつしか人生になんの面白味も感じられなくなり、気だるげで退廃的な雰囲気を漂《ただよ》わせるようになったそうだ。

初登場時も、主人公に欠片《かけら》も興味を示さない麗《うるわ》しくも冷たい眼差しを向けてくるらしいのだが、そこがいい！　と、ファンたちの間でもっぱらの話題だった。

そして、主人公が隠しキャラである彼と出会うには、他の能力をすべて捨て、パラメータを魔力に全振りしなければならないため、ゲームの進行自体が難しくなり、無理ゲーキャラとも呼ばれていた。

つまり本来、カーライル様は大魔術師ライルになるはずだったが、幼少時に私と出会ったことにより、筆頭騎士カーライルになったのだろう。

（それで、私と同じく前世の記憶があるシェリルは、大魔術師ライル狙いで魔力を上げ続けてきたのね……）

けれど、そのライルはいつになっても姿を現さず、シェリルはやきもきしていた。

さらには、王宮から追い出した私の結婚相手こそが、自分の狙っていたライルだったと後から気づき、私に憎しみを抱くようになったのだろう。こんなはずではなかったのに……！　と。

（ようやく謎が解けたわ……）

息を吐く私に、カーライル様がどこか苦しげに、切なげな眼差しで想いを紡《つむ》いでいく。

「本当なら、殿下の婚約者だった時に、すぐにでも貴女を攫《さら》ってしまいたかった。だがそれは王家への謀反《むほん》であり、貴女を危険に晒《さら》すだけだったため、できるはずもありませんでした。……だから、ずっと心待ちにしていました。貴女をようやくこの手に掴める、あの瞬間を」

「カーライル様……」

それで彼は、王宮で顔を合わせていた時も私と深く関わらず、ただじっと待っていたのだ。

下手に私に想いを寄せている姿を見せては、私から遠ざけられ、いざという時――婚約破棄される晩に、私を助けることができないから。

「ですが、それは私の勝手な想いであり、貴女に望まぬ結婚を強《し》いているだけだという自覚もありました」

長い睫毛《まつげ》を伏せ、彼は続ける。

「だから、我が家へ来てからも思い悩んでいる様子の貴女にどう声をかけるべきか悩み、ブランの姿で会いに行きました。ブランの姿をした私であれば、少しは貴女の気持ちを癒《いや》せるかもしれないと思ったのです」

そこで、私は夜の中庭の光景をはっと思い出す。

「そういえば、私がグレファスたちとの勝負を決めた晩も、ブランが会いに来てくれました。その夜、カーライル様に頭を撫でて頂く夢を見て……。じゃあ、あれは本当に、カーライル様が撫でてくださっていたのですね」

あの時、彼は王宮で私の汚名をそそごうと奔走《ほんそう》していたはずだが、恐らく私のことが心配になり、ああして狼の姿で駆けてきてくれたのだろう。ほんのひととき、私の様子を見るために。

ずっと野を駆け続け、草や埃《ほこり》がついてボロボロになっていたブランの身体を思い出し、胸がぎゅっとなる。

(本当に私、カーライル様にずっと大切にされていたのね……思い違いでもなんでもなく。なのに私は、屋敷を出ることばかり考えていて)

そんな自分が恥ずかしく、だからこそ、自分の本当の想いをちゃんと伝えたいと思った。

もう勘違いして、変な方向にすれ違わないために。

息を吸って、私は顔を上げた。

「カーライル様……私のお話も聞いて頂けますか？」

「ええ、どうか聞かせてください」

覚悟を決めたような神妙な表情のカーライル様に、私は少しずつ自分の気持ちを語っていく。

「私……あの日、カーライル様に求婚して頂くまで、貴方のことをよく存じ上げませんでした。騎士として立派な方だけれど、いつも冷静でなにを考えているかわからない方だとも思っていて」

そして、屋敷で彼と過ごした日々を思い浮かべ、目を細めて言う。

「けれど結婚して、一緒に過ごすうち次第にわかっていきました。貴方は誰より強くて優しい方だって。それに、私が気づかない間も、貴方はずっと傍にいて守っていてくださったのだと知って……それが本当に嬉しくて」

「アリシア……」

驚いた様子で目を瞠《みは》った彼に、私は微笑んで続ける。

「いつしか、貴方といると胸がどきどきして落ち着かなくなっていました。そして、傍にいたいと思うようになったのです」

最後は、彼の目を真っ直ぐに見つめて告げる。思いを余さず伝えるために。

「カーライル様、お慕《した》いしています。これから先もずっと、貴方のお傍にいたいです。……貴方が、好きなんです。他の誰よりも」

「貴女が、私を……」

私の告白にしばらく呆然とし、やがて信じられないと言わんばかりに彼が尋ねてくる。

涼《すず》しげな声は、わずかに掠《かす》れていた。

「それは、言葉の通りに受け止めていいのですか……？　私は貴女が誓いの式を延期したいと言った時、落ちこんで、狼姿でこっそり貴女に会いにいくような、情けない男だというのに」

「はい。そういう貴方だから、いいのです。なんでもできる器用な人に見えて、不器用なところもある方だから……だから、愛《いと》しく感じるんです」

はにかんで微笑んだ私に、カーライル様が目を見開く。

次の瞬間、喜びが溢れた様子の彼に、ぎゅっと抱き締められた。

「きゃっ！」

彼の柔らかな金髪が頬に当たり、くすぐったくなって私は身を捻《ひね》る。

「カ、カーライル様、くすぐったいです」

「すみません……どうにも気持ちが抑えられなくなって。アリシア……愛しています」

私を抱き締めながら肩口に額《ひたい》を擦りつける彼は、まるで戯《たわむ》れている時のブランのようで。

思わず私は、ふふっと笑ってしまう。

(失礼かもしれないけれど、なんだか凄く可愛らしいわ……抱き締めたくなる感じ)

彼が愛《いと》しくて仕方なくなり、私はそっと両手で彼の顔を上げさせる。

「私もです……だから、どうかこちらを見てください」

そうして目線を合わせると、私を見る青い瞳にはいつしか熱情が滲《にじ》んでいた。

可愛いだけの犬、もとい狼にはない、人間の男性としての凛々《りり》しさと色気が滲《にじ》む眼差しが――

「あ……」

自然、かぁっと顔が赤らむ。

彼はそんな私の額《ひたい》に口づけるや、真摯《しんし》な声で囁《ささや》いてくる。

「では――どうか貴女をください。貴女の心も吐息もすべて……どうか私に」

その圧倒的な口説《くど》き文句に、一体なんと答えればいいのだろう。

恋愛の経験値がない私は、正解なんて当然わからない。だから、赤い顔でうろうろと視線を彷徨《さまよ》わせて思案した結果、自分の思うままに行動することにした。

すなわち、ぎゅっと瞼《まぶた》を瞑《つぶ》り、ほんの少し踵《かかと》を上げ――唇で彼の温《ぬく》もりを受け止めたのだった。

エピローグ

それから一週間後の、清々《すがすが》しく空の晴れた日。

私は純白の花嫁衣装に身を包み、教会の中の通路をゆっくりと歩いている。奥の祭壇まで伸びる深紅《しんく》の絨毯《じゅうたん》を進む度《たび》、ドレスの裾がさらりと衣擦《きぬず》れの音を立てた。

今の私は長い銀髪を編みこみ、美しいレースのヴェールを被っている。

そう――カーライル様と晴れて両想いになり、ようやく私たちは、ここで誓いの式を挙げることになったのだ。

当初の予定通り参列者はおらず、私たち二人と証人となる聖職者だけで行う静かな式。けれど、なにものにも代えがたいほど、嬉しい式だった。

（まさか、本当に誓いの式を挙げられることになるなんて……感慨深いわ）

この世界に悪役令嬢として生まれ、初めは、幸せな結婚など絶対に望めないと思っていた。王子に婚約破棄され、きっと過酷な生活を送るのだろうと。もしそれを避けることができても、恐らく修道院や地方での寂しい暮らしになるはずだと。

しかし、思いがけずカーライル様に求婚され、戸惑いながらも彼との結婚生活が始まって――途中で思い悩んだことも色々あったけれど、今の私は、深い安堵と幸せな気持ちで胸が満たされていた。

ふと顔を上げると、天井近くに嵌《は》められた美しいステンドグラスが、深紅《しんく》の絨毯《じゅうたん》を鮮《あざ》やかな色彩で彩《いろど》っているのが見える。そして、そのもっと向こうには――

（カーライル様……）

祭壇の手前に立つ白い正装姿の彼が、こちらを振り返り微笑んでいた。

彼は、涼《すず》しげで落ち着いた声で私の名を呼ぶ。

「――アリシア」

「はい……！」

神聖な気持ちで、それ以上にどきどきと胸を高鳴らせながら、私は彼のもとへ歩いていく。公的にはすでに私は彼の妻扱いになっているけれど、やはり誓いの式は特別だった。

彼の――誰より大切な人のお嫁さんになれる。そう一番実感できる瞬間だったから。

祭壇の手前まで辿り着くと、奥に立つ老齢の聖職者が頷いた。

穏やかな眼差しの彼は、私たち二人を順に見てから厳《おごそ》かに口にする。

「それでは、これより誓いの式を始めさせて頂きます。――まずはこの良き日、お二人を導かれた精霊神様に感謝の祈りを捧げ、言祝《ことほ》ぎの詩《うた》を詠《よ》みましょう」

そして、彼は朗々と詩を朗読していく。

まるで聖書の言葉のようだが、それとは違い、この世界独特の文言が入った詩《うた》だ。

目を閉じて祈りを捧げ終えた彼は、瞼《まぶた》を開けると私たちに向き直る。

「ではお二方、どうぞ一歩前へ」

「はい」

頷いたカーライル様に、彼は落ち着いた声で語りかけた。

「カーライル殿。貴方はここにいるアリシア殿を、病《や》める時も健《すこ》やかなる時も、富める時も貧しき時も、妻として愛し敬い、貞節を守り、慈《いつく》しむことを誓いますか？」

「誓います」

落ち着いた声で真摯《しんし》に答えた彼に頷くと、聖職者は次に私へ顔を向ける。

「アリシア殿。貴女はここにいるカーライル殿を、病《や》める時も健《すこ》やかなる時も、富める時も貧しき時も、夫として愛し敬い、貞節を守り、慈《いつく》しむことを誓いますか？」

「誓います」

緊張しながら、私もはっきりと答えた。

そんな私たちに、聖職者は目を細めて告げる。

「それでは誓いの証《あかし》として、互いに祝福された宝飾品の交換を」

これは、前世の結婚式とはかなり違う風習だ。

前世だと、教会で挙げる式は指輪の交換をしていたはずだが、この世界では指輪に限らず、互いに宝飾品を贈ることになっている。

カーライル様が上着のポケットから首飾りを取り出し、私の首にかけようとしてくれた。

「アリシア。どうかこちらを」

「ありがとうございます……これは?」

それは、彼の瞳と同じ青色の首飾り。鎖は彼の髪と同じ金で、上品で瀟洒《しょうしゃ》な意匠だ。

「指輪とどちらにすべきか悩んだのですが、こちらの方が貴女に身に着けて頂いた時に映えると思ったのです。それに……」

「それに?」

かすかに視線を逸らした彼は、どこか恥ずかしげに言う。

「……狼姿で貴女に撫でて頂く時、指輪では少し邪魔になってしまうかと思ったので」

その答えに、私は目を瞬《またた》き、すぐにふふっと笑ってしまった。

これからも狼姿の彼と戯《たわむ》れることができるんだ、とか、そういうことも色々考えて彼が選んでくれたんだな、と思うと、なんだかとても嬉しくて。

首飾りを首にかけてもらった私は、今度は自分の宝飾品を差し出す。

「カーライル様。私からはこちらです」

それは、私の瞳と同じ緑色の宝石を嵌《は》めこんだ指輪だった。金具の部分は、私の髪と同じ銀色で、男性が身に着けてもしっくりくるような落ち着いた意匠である。

カーライル様が嬉しそうに目を細めた。

「ああ……ありがとうございます。これは、貴女の色ですね」

「はい。それによく見てください」

「これは……もしや、私ですか？」

「ええ、ブランです」

驚いた様子の彼に、私は微笑んで頷く。

よく見ると、宝石をぐるりと囲む彫金部分が、草木とそこに隠れる狼の模様になっているのだ。

私だけでなく彼の姿もどこかに入れたくて、特別に作ってもらった。

麗《うるわ》しい目を細め、カーライル様が幸福そうに呟く。

「澄んだ緑の瞳を持つ貴女を、私がすぐ傍で守っているのですね……。ありがとうございます……最高の贈り物です」

「あ、あの……はい、そうなります」

改めて言われると照れくさかったが、その通りなのでこくんと頷く。

私たちのやりとりが終わったのを見て取り、聖職者が声をかけてきた。

「それでは、宝飾品の交換を終えた今、お二人は精霊神様の御許《みもと》で、固い絆《きずな》で結ばれた夫婦となりました。――最後に、誓いの口づけを」

そして、カーライル様にヴェールを上げられた私は、額《ひたい》にそっと口づけを受ける。

その後は、誓約書へ署名をし、そのまま静かに終わるはずだった。

予想外の出来事があったのは、教会を出た後のこと。

扉を開けた瞬間、多数の人の弾んだ声と共に、花がわっと降ってきたのだ。

「カーライル様、アリシア様、ご結婚おめでとうございます……！」

「えっ、これって……」

驚いて視線を向けたところ、見渡す限りに、笑顔でこちらを見る大勢の人々がいた。

摘んできた花を籠《かご》いっぱいに詰め、照れくさそうに笑う侍女や執事、それに農夫や町人姿の領民……恐らく、教会から出てくる私たちを待っていてくれたのだろう。

少し離れた場所では、ミアがぼろぼろと泣きながら手巾《ハンカチ》で目元を拭《ぬぐ》っていた。

「奥様、本当に本当にお美しいです……！　ミアは、ずっとこのお姿を拝見したくて……うう……よ、良かったぁ……！　こうしてお幸せになってくださって」

その横では、チャールズが感極まった様子で肩を震わせている。

「あの、長年初恋をこじらせ続けていた旦那様が……お、狼ではなく、ちゃんと人の姿で誓いの式を……！　なんと、なんとおめでたい……！」

チャールズの肩をぽんと叩き、うんうんと頷いたポーラもそっと涙を拭《ぬぐ》っている。

その後ろでは、侍女や執事たちが、わっと声援を上げてこちらを見ていた。

また、彼らの横では、農夫姿の領民たちが朗《ほが》らかに祝ってくれている。

「本当におめでたいこって……！　おう、兄ちゃんもまずは飲め飲め」

すでに赤ら顔になっている農夫に酒を勧められているのは、以前、私と彫刻勝負した茶髪の青年だ。苦笑した彼は、慣れた様子で農夫の相手をしている。

向こうを見れば、木の幹《みき》に背を預けた騎士服姿のグレファスがにやっと笑い、腕組みした片方の手をひらひらと振っていた。どうやら彼はこの場を警備してくれているらしい。

他の護衛騎士たちも近くにいて、彼らは穏やかに微笑んで私たちに一礼した。

――ここには、私がこの領に来てからの出会いが詰まっていた。

私は嬉しいような心が震えるような心地で、隣にいる夫を見上げる。

「カーライル様。これって……」

「ええ。彼らなりに精一杯祝おうとしてくれているのでしょう。私たちの門出《かどで》を」

目を細めて頷いた彼に、私もこくんと頷く。

「はい……そうですね。凄く嬉しいです。あっ、見てください、あそこに……」

前に料理対決をしたふくよかな青年が、両手に皿を沢山抱え、周囲の人々に料理を配っていた。

彼はこの領の人々の口に合う料理を会得《えとく》したのか、笑顔で舌鼓《したつづみ》を打つ人々に、照れくさげに笑い返している。

私と同じように少しずつ、彼らも馴染《なじ》んでいっている。この領の一員になってきているのだ。

嬉しくなってふふっと笑った私に、カーライル様が真摯《しんし》な声で言う。

「アリシア。この光景は恐らく、貴女がいなければ得られなかったものです」

「私がいなければ……？」

見上げると、慈《いつく》しむような眼差しが私を見下ろしていた。

彼は、そよぐ風によってやや乱れた私の髪を、優しい手つきでそっと直してくれる。

「ええ。――そして、貴女は私にとって勿体《もったい》ないほどの妻だと、今改めて思い直しました」

「カーライル様……」

そんなことはないと、とっさに謙遜しようとして、けれど私はその言葉を呑みこんだ。

だって、少しでもそう思ってくれた彼の気持ちが嬉しかったから。そして、この場で祝ってくれる皆の気持ちを、今はただ素直に受け取りたかったから。

だから私は「はい……」と答え、彼の手に自分の手を繋いだ。

この人が、私の旦那様で本当に良かった――そう心の中で深く感じながら。


それからは、教会前の広場でそのまま酒盛りが始まり、その後、結婚後のお披露目《ひろめ》ということで私とカーライル様は領内を馬車で回り、楽しくも賑やかな時間が過ぎていった。

そして、ようやく戻った夜の屋敷。

夕食と湯浴みを終え、白い清楚《せいそ》な夜着に着替えた私は今、廊下を歩きながら必死の思いでポーラに縋《すが》っていた。

「ねえ、ポーラ。本当に私、今日からカーライル様と同じ部屋で眠るの？」

「もちろんでございます。ようやく旦那様と奥様が互いに想いを伝え合い、晴れて結ばれたのですから」

ポーラは前を歩きつつ、しっかりと頷く。

確かに誓いの式を終えた今、夫婦である私とカーライル様が別室で眠る理由はなにもなくなる。

私だって、もちろん嫌なわけじゃない。

ただ、こうした経験がまったくないため、どうしても怖気《おじけ》づいてしまって――

私はなおも縋《すが》る。

「でも、もう少しだけ先でも良くないかしら？　ほら、カーライル様も今日は色々あってお疲れかもしれないし……」

そんな私に、くるりと振り向いたポーラは諭《さと》すように言った。

「奥様。旦那様は、それはこの日を心待ちにしてこられたはずです。恐らく、今旦那様が狼姿であれば、盛大に尻尾を振っておられることでしょう」

「う……そう聞くと、ちょっと可愛いと思ってしまうわ……」

ぶんぶんと尻尾を振るブラン――もとい、カーライル様。

普段がクールで麗《うるわ》しい分、そのギャップに胸がきゅんとする。

そんな私に、ポーラが眼差しを緩めて尋ねた。

「それに奥様も、決して旦那様と同衾《どうきん》なさるのがお嫌なわけではないのでしょう？」

「それは……当たり前よ。だって、誰より好きな方なんだもの……」

でも、やっぱり緊張するし、どきどきして、頭がどうにかなってしまいそうなのだ。

先日初めてキスした時だって緊張して倒れそうになったのに、彼と一緒に夜を迎えるなんて——絶対、途中で心臓が爆発すると思う。

熟《う》れた林檎《りんご》のような頬で俯《うつむ》いた私に、ポーラは勇気づけるみたいに言う。

「でしたら、きっと旦那様も同じお気持ちでいらっしゃるはずです。愛《いと》しくて、ずっと触れ合いたいと思っていた方と夜を共にできるのですから。そんな時、その大切な方がいらっしゃらなかったら、どんなに悲しく感じられることでしょう」

「ポーラ……」

目を見開いた私は、やがてこくんと頷く。

確かに、もし私が逆の立場だったら……ずっと待ち続けた挙句に相手が来なかったら、きっと枕を濡らして泣いてしまうだろう。そんな切ない思い、好きな人にさせたいわけがない。

「そうね……わかった。勇気を出して行ってくるわ」

「ええ。どうかご健闘をお祈りしております」

優しい眼差しで言ったポーラにぐっと頷き、私は意を決して一歩踏み出したのだった。

カーライル様の部屋の前に着いた私は、緊張しながらそっと扉を叩く。

「カーライル様……？　失礼致します」

「どうぞ、お入りください」

「はい……」

扉を開けて室内に入ると、彼は窓際に立っていた。シンプルな白い筒袖《シャツ》に黒い下袴《ズボン》という夜着姿でさえ、格好いい。惚れた欲目を抜きにしても、彼はやっぱり麗《うるわ》しいと思う。

そんなことをドキドキしながら考えていると、すっとこちらへ歩み寄った彼が、落ち着いた声で言った。

「アリシア。どうか緊張なさらないでください。……大丈夫です。貴女が嫌がるようなことはなにもしません」

「え……？」

驚いて顔を上げたところ、彼は涼《すず》しげな目を細め、こう続けた。

「今日は並んで眠ることにしましょう。貴女が隣にいると思うだけで、私はこの上なく幸せに感じますから」

「カーライル様……」

そして、彼は奥にある広い寝台まで私の手を引いて連れていくと、そっと隣に横たわらせ、優しく上掛けをかけてくれる。

まったく艶《つや》めいた様子のない、まるで幼子を寝かせるような仕草に正直ほっとする。その反面、覚悟を決めてきたこともあり、なんとなく肩透かしを食ったみたいに感じてしまった。

ドキドキしていたのは、もしかして私だけだったのかな？　なんて少し残念に思ったのだ。

そう考え、慌ててぶんぶんと首を横に振る。

（いやいや、なに考えてるの！　せっかくカーライル様がこう言ってくださったんだから、今日はお言葉に甘えて眠らないと）

ポーラは、彼が狼姿なら尻尾を振っているはずと言っていたけど、どうやらそんなことはなかったみたいだ。だって、彼はこんなにも冷静で落ち着いているのだから。

ただ眠るにしても、せめてもう少しだけ彼に身を寄せて眠ろうと、そっと身体を近づけた時――私は、あれ？　と目を瞬《しばた》いた。

なんだか今、速い胸の鼓動がかすかに聞こえてきたような。

勘違いかな？　と思い、さらに彼に身体を近づけてみる。すると――

うん……やっぱり勘違いじゃない。私と同じぐらい速い心臓の音が聞こえてくる。

――これ、絶対にカーライル様だ。

そう確信した私は、あることを確かめようと、むくりと上半身を起こす。

「あの、カーライル様。少しだけ、ブランの姿になって頂いてもよろしいですか？」

「？　はい、それはもちろん構いませんが……」

不思議そうにしつつも、彼は身を起こして寝台から降りてくれる。

そして窓際に立った彼は、呪文を唱えてブランへと変化した。

何度見ても、神秘的で不思議な光景だ。金髪の美青年が、淡い光に包まれながら、見る見るうちに蜂蜜色《はちみついろ》の狼へ変わっていくのだから。

やがて光が消え、完全にブランになった彼は——盛大に尻尾を振っていた。

豊かな尻尾をぱたぱたと振ってご機嫌な彼は、私の方へ飛びつくように駆け、すぐにぺろぺろと私の頬を舐めてくる。

嬉しくて、はしゃいでいる様子だ。

「きゃっ！　くすぐったいわ、ブラン……！　じゃなくて、ええと、カーライル様」

そう宥《なだ》めても、彼は私の頬を舐め、もふもふした身体を摺《す》り寄せてくるのをやめない。

可愛らしくて背中辺りの毛並みを撫でると、彼はとても機嫌良さそうに目を細めた。

そしてついには、ごろんと転がってお腹を晒《さら》す。

お腹に広がるふわふわした白い毛並みを撫でると、彼はさらに心地良さそうにぐるると鳴いた。

これは……どう考えても、気を許して浮かれている時のブランの姿だ。

嬉しくてどうしようもない時、いつも彼はこんな感じに尻尾を振ったり、ごろごろと転がったりしていた。

どうやら彼も、私と同じ気持ちだったらしい。

(なんだ……ドキドキしているのも嬉しいのも、私だけじゃなかったんだ)

ほっとした私は、ブランに声をかける。

「カーライル様、ありがとうございました。もう結構です。どうか人間に戻ってください」

くぅん、と鳴いて答えた彼は、端の方へ駆けていくと、そこで見る見るうちに光に包まれて青年の姿に戻っていく。

——まるで初めからそうだったように、そこには夜着姿のカーライル様がいた。

狼の時は飛んでいた理性が、人間になった途端、凄い勢いで戻ってきたらしい。彼はがっくりと目元を押さえ、なんとも居た堪《い たま》れない様子で口を開く。

「その、アリシア。今のは……」

「カーライル様、冷静そうに見えて、実は今、とても喜んでいらっしゃいますよね」

「……すみません。正直に言えば、非常に浮かれていました」

視線を逸らしたまま恥ずかしげに言う彼が、なんだかとても愛《いと》しくなって、私はつい、ふふっと笑ってしまう。彼が浮かれてくれていることが嬉しかった。だって、それだけ私を意識しているということだから。

私は、すぐ傍まで戻ってきた彼を見上げて口にする。

「浮かれてくださって嬉しいです。ドキドキしてくださって、もっと嬉しい。私も同じ気持ちですから」

「同じ、気持ち……？」

目を見開いた彼に、私はこくんと頷く。

「ええ。それに、冷静で落ち着いている貴方も好きだけれど、可愛らしい貴方の姿も見たいです。だって……どんな貴方でも、きっと素敵だから」

そう言った私は、勇気を出して、そっと彼の胸に自分の身体をくっつける。彼と同じくらい速い私の胸の鼓動が、少しでも伝わるようにと。そして、それは無事伝わったのだろう。

カーライル様の目がさらに見開かれ、やがて――

「アリシア……！」

思いが抑えられなくなった様子の彼に、私はそのままどさっと押し倒された。

「きゃっ……！　あ、あの、カーライル様……！」

嬉しいけれど、待って、ちょっとだけ待ってほしい。

そう思い、彼の胸元を慌てて押して見上げる。すると、余裕のない凛々《りり》しい眼差しと、切なげな吐息が返ってきた。

「すみません。余裕がないとわかっています。――でも、私は貴女が欲しくて仕方ない」

囁《ささや》いた彼は、それでも自分を抑えようとしたらしく、少し身を離すと私の額《ひたい》にそっと口づける。

愛《いと》おしくて触れたい。なにより大切にしたいのだと、そう告げるかのように。

そんな不器用でスマートではない彼の姿を見た瞬間、私の胸にすとん、と見事に矢が刺さった。

――うん、落ちた。もう完全に彼に落ちてしまった。

やっぱり私、格好いい彼も好きだけれど、可愛い彼も凄く好きみたいだ。

抵抗する気もなくなり、彼をぼうっと見上げていると、少しずつ夜着が脱がされていく。そして、彼がやはり可愛いだけではない、凛々《りり》しい男の色気を併せ持つ大人の男性であることをすぐに思い知らされる。

だって、金髪を掻き上げ、私の胸元にあるリボンを口で咥《くわ》え、緩めていく彼の色気が物凄い。

なにより、こちらを見つめる熱の籠《こ》もった眼差しが、私の心を静かに震えさせた。

「アリシア……愛しています」

囁《ささや》いた彼は、幾度も私の頬や首筋、胸元に口づけていく。誰にも触れられたことのない場所に触れられる感覚に身体がびくりと跳ね、次第に私の瞳は潤んでいった。

「カ、カーライル様……」

名を呼ぶ度《たび》、彼は宥《なだ》めるように私の額《ひたい》にそっと唇を落としてくれた。

だから、ドキドキして胸が破裂しそうだったけれど、少しも怖くはなかった。彼と一緒なら、きっとどんな夜だって越えられる気がするから。

そして私も、ただ彼の温《ぬく》もりを受け止めるのでなく、自分の気持ちをちゃんと伝えたいと思った。

涙で潤んだ目のまま、微笑んで口にする。

「私も……貴方が好きです。ブランの時の貴方も、それに、こうして長い腕で抱き締めてくださる貴方も……どちらも、私の大切なカーライル様だから」

すると、私の額《ひたい》に口づけていた彼は、ぴしっと固まって、やがて呻《うめ》いた。

「アリシア。貴女という人は、本当に……」

「本当に……？」

見上げればそこに、狂おしい感情を抑えるような眼差しがあった。愛《いと》しさと熱情に溢れた瞳が。

彼は声を掠《かす》れさせ、私の耳元で囁《ささや》いた。

「――いつだって私を、貴女を愛《いと》おしむだけのただの獣《けもの》にしてしまう」

「あ……」

気づいた時には、深く吐息を奪われていた。私のすべてを奪うように、そして彼の中にずっとあった、深い想いのすべてを伝えるかのように。

熱を持った頭と身体は、次第に彼のことしか考えられなくなっていく。

そうして、私たちはその晩、本当の意味で夫婦になったのだった。

Regina COMICS
大好評発売中!!!!!
原作：青蔵千草
漫画：秋野キサラ
Presented by Chigusa Aokura
Comic by Kisara Akino
異世界で失敗しない100の方法 1~3
シリーズ累計14万部突破!
攻略マニュアル系ファンタジー
待望のコミカライズ!
アルファポリスWebサイトにて好評連載中!
就職活動が上手くいかず、落ち込む毎日の女子大生・相馬《そうま》智恵《ちえ》。いっそ大好きな異世界トリップ小説のように異世界に行ってしまいたい……と、現実逃避をしていたら、ある日、本当に異世界トリップしてしまった! この世界で生き抜くには、女の身だと危険かもしれない。智恵は本で得た知識を活用し、性別を偽って「学者ソーマ」になる決意をしたけど——!?
B6判／各定価：本体680円＋税
アルファポリス 漫画
検索

この作品に対する皆様のご意見・ご感想をお待ちしております。
おハガキ・お手紙は以下の宛先にお送りください。

【宛先】
〒150-6005 東京都渋谷区恵比寿4-20-3 恵比寿ガーデンプレイスタワー 5F
（株）アルファポリス　書籍感想係

メールフォームでのご意見・ご感想は右のＱＲコードから、
あるいは以下のワードで検索をかけてください。

アルファポリス　書籍の感想　検索

ご感想はこちらから

悪役令嬢《あくやくれいじょう》の結婚後《けっこんご》　もふもふ好《ず》き令嬢《れいじょう》は平穏《へいおん》に暮《く》らしたい

青蔵千草（あおくらちぐさ）

2019年　12月　31日初版発行

編集ー反田理美
編集長ー太田鉄平
発行者ー梶本雄介
発行所ー株式会社アルファポリス
〒150-6005 東京都渋谷区恵比寿4-20-3 恵比寿ガーデンプレイスタワー5F
TEL 03-6277-1601（営業）　03-6277-1602（編集）
URL https://www.alphapolis.co.jp/
発売元ー株式会社星雲社
〒112-0005東京都文京区水道1-3-30
TEL 03-3868-3275
装丁・本文イラストー風ことら
装丁デザインーAFTERGLOW
（レーベルフォーマットデザインーansyyqdesign）
印刷ー中央精版印刷株式会社

価格はカバーに表示されてあります。
落丁乱丁の場合はアルファポリスまでご連絡ください。
送料は小社負担でお取り替えします。

ISBN978-4-434-26919-6 C0093